A E
& I

La bailarina y el inglés

Autores Españoles e Iberoamericanos

Emilio Calderón

La bailarina y el inglés

Finalista Premio Planeta
2009

© Emilio Calderón, 2009
Citas de páginas 31 y 103 de *Pasaje a la India*, Alianza Editorial, 1996.
Traducción de José Luis López Muñoz

© Editorial Planeta, S. A., 2009
Diagonal, 662-664, 08034 Barcelona (España)

Primera edición: noviembre de 2009

Depósito Legal: M. 39.404-2009

ISBN 978-84-08-08924-7

Composición: Foinsa-Edifilm, S. L.

Impresión y encuadernación: Unigraf, S. L.

El papel utilizado para la impresión de este libro es cien por
cien libre de cloro y está calificado como «papel ecológico»

Para Mari Luz, mi mujer,
y la pequeña Inés

Los conquistadores extranjeros han tratado a los nativos con violencia, pero nadie los ha tratado con tanto desprecio como nosotros, nadie como nosotros ha estigmatizado a toda la población como inmerecedora de confianza, como incapaz de honradez y como digna de ser empleada tan sólo donde no pudiéramos prescindir de ella.

THOMAS MUNRO

Aquello que hicimos nunca está del todo perdido; madurará en su momento dando su fruto.

Divyavadana

Aquellos países que ya no tienen leyendas están condenados a morir de frío.

LA TOUR DU PIN

PROEMIO

—

Si heredar de mi tío Henry Masters un bien raíz me ha proporcionado un techo bajo el que cobijarme, su mantenimiento y conservación me ha impelido a coger la pluma para escribir esta historia, pues carezco de patrimonio propio, exceptuando un par de cientos de libras que he podido reunir realizando trabajos esporádicos aquí y allá.

Se trata de una pequeña heredad de quince acres que mi tío, «un soltero impenitente y misógino a carta cabal», como gustaba referirse a sí mismo, adquirió en el condado de Somerset, muy cerca de Glastonbury, allí donde la leyenda dice que estuvo la isla de Avalon. Un lugar de una belleza y serenidad incomparables, donde el verde esmeralda se mezcla con el cardenillo siguiendo la cadencia ondulada de colinas que semejan suaves olas, la tierra huele a turba y los árboles —manzanos en su mayoría— rezuman el perfume de la savia.

La historia que unió a mi tío con esta tierra es tan curiosa como simple. Durante la Segunda Guerra Mundial, con el propósito de proteger Bristol y otros enclaves estratégicos, la Oficina de Guerra ordenó crear «pueblos señuelo». Se trataba de hacer creer a los pilotos de la Luftwaffe que estaban bombardeando lo que habían ido a destruir, cuando en realidad eran simples réplicas de cartón piedra que reproducían con exactitud milimétrica puertos, estaciones ferroviarias, aeródromos, hospitales, etc. Incluso simulaban los efectos de las bombas incendiarias arrojadas por aviones de una expedición anterior. Como los bombardeos se efectuaban dc noche, los pilotos de la Luftwaffe picaban el anzuelo a menudo. De esa forma, se logró salvar miles de vidas y numerosos enclaves estratégicos. Mi tío Henry, que trabajaba por aquel entonces en los Shepperton Studios como artesano especializado en decorados, participó en la construcción de los «pueblos señuelo» del condado de Somerset, y quedó tan prendado de la belleza incomparable de la comarca que, al finalizar la guerra, acabó comprando una propiedad —un manzanal— y retirándose a vivir allí.

Ahora, mi intención es reflotar la antigua sidrería que, en el tiempo transcurrido entre la muerte de mi tío y el día en que pude hacerme cargo de su herencia, se ha echado a perder. El trabajo que tengo por delante se me antoja arduo, pues el viejo lagar presenta un aspecto ruinoso y la huerta de manzanos hace años que necesita un buen aclareo y una limpieza a fondo de la maleza; por no hablar de los pulgones, hormigas, avispas y pájaros que han convertido los frutales en su principal fuente de alimento. He calculado que voy a necesitar al menos ocho brazos y medio año para poner las cosas de nuevo en funcionamiento. Los hombres cobran un jornal, y el tiempo, como suele decirse, es oro, por lo que al cabo la necesidad me ha llevado a aceptar la propuesta —y el suculento adelanto— de Mr. Lawson, el propietario de Lawson Publishing House, de escribir un relato detallado sobre los turbios sucesos que tuvieron lugar en la frontera indobirmana en la primavera-verano de 1944, y en los que me vi envuelto como un turbante se enrolla a una cabeza, sin solución de continuidad.

A la espera de que el futuro se despeje un poco, me he

instalado en la pequeña casa de campo del huerto, que el desuso ha convertido en un lugar frío y húmedo, a pesar de que en su día, cuando la sidrería estaba en su esplendor, contaba con luz y agua corriente. Mi principal enemigo es, pues, la humedad, dado que la propiedad se encuentra a pocas millas de los Somerset Levels, una zona de humedales desaguados durante siglos que de continuo es batida por el viento procedente del canal de Bristol. Claro que, después de venir de donde vengo, aprecio la tranquilidad del lugar y la bondad del paisaje más que echo en falta ciertas comodidades.

Mi padre fue tutor de un príncipe de la India, y yo mismo recibí una educación esmerada en la Escuela Protestante Europea de Cuttack (la antigua capital del estado de Orissa), con lo que la escritura no era para mí un problema. Sin embargo, al aceptar la propuesta de Mr. Lawson no estaba en mi propósito manchar el nombre de personas o lugares que, de forma directa o indirecta, se vieron implicados en los acontecimientos que me correspondía relatar, por lo que lo hice con la condición de que me permitiera realizar ciertos cambios de nomenclatura. Por otro lado, no deseaba convertir mi historia en una letanía de nombres, títulos y lugares incomprensibles para el lector. Por no mencionar que lo que está más vivo en mi recuerdo de aquella época son, en la mayoría de los casos, las preguntas a las que nunca encontré respuesta. Yo no disponía de prontuario, de diario o de cuaderno de notas a los que recurrir, de modo que habría de valerme únicamente de mi memoria, y ya se sabe que ésta se vuelve menos fiable (como la vida misma se torna menos segura) con el paso de los años. No podía descartar, por tanto, cometer algún error de apreciación que ofendiera a alguno de los protagonistas de *mi* historia que aún están vivos. Mr. Lawson consintió siempre y cuando no omitiera mi nombre ni mis actos, a sabiendas de que el lector, al reconocer mi identidad, le pondría «rostro» a todo lo demás. No en vano, mi caso era tan poco corriente que todo el mundo en el Reino Unido había oído hablar de él.

Así pues, los nombres hindúes de Hiresh, de Chiman o de Nayakan, entre otros muchos que aparecen en esta obra, han de ser tomados por lo que significan, «rey de piedras preciosas», «curioso» y «héroe», respectivamente, tal que alias o apodos. Incluso el reino donde transcurre esta historia, al que yo he bautizado con el nombre de Jay, no figura en ningún mapa de la India como tal. No obstante, sí me he permitido mencionar los nombres de aquellos que la Historia —esa ciencia inexacta que se empeña en medir las acciones colectivas e individuales de pueblos y hombres— ha convertido en héroes, ya sean del bando británico o del hindú. En este apartado, por poner un ejemplo, aludo directamente al brigadier Orde Wingate y a Mohandas Gandhi. ¿Cómo sustraer estos dos nombres de un relato que transcurre en la India, junto a la frontera con Birmania, durante la Segunda Guerra Mundial? Orde Wingate frenó el avance de los japoneses hacia la India a través de la selva birmana, en tanto que Mohandas Gandhi, gracias a su extravagante forma de hacer política, puso en evidencia a los británicos. Gandhi fue un hombre excéntrico, un pésimo político, y sus ideas económicas hubieran devuelto a la India a la edad de las cavernas de haberse llevado a la práctica. A pesar de ello, él solo se bastó para poner en jaque al Imperio británico. Con sus acciones, Gandhi demostró al mundo que un hombre en taparrabos podía ser mucho más peligroso que otro armado hasta los dientes. Desgraciadamente, nuestras autoridades tardaron demasiado tiempo en darse cuenta. Claro que detrás del aspecto famélico e indefenso de Gandhi se escondía un hombre de gran astucia y determinación. Tanto es así que hasta la pobreza de la que hacía gala (y que llegó a convertirse en uno de los estandartes de su movimiento) obedecía a un plan que él mismo, con la ayuda de sus colaboradores, había elaborado hasta el último detalle. Como reza una célebre frase pronunciada por uno de los discípulos más cercanos del líder hindú: «Cuesta mucho dinero mantener a Gandhi viviendo en la pobreza.» Toda una paradoja que no ha sido debidamente explicada por los biógrafos (tan inclinados siempre a los panegíricos) de quien es considerado hoy como el padre de la India moderna. En cuanto a Wingate, era igualmente raro y genial, y trató de poner patas arriba el estamento militar. Algo que posiblemente hubiera logrado de no haber muerto prematuramente en un accidente aéreo. Ambos personajes, le pese a quien le pese, fueron fruto de la tolerancia y la liberalidad británicas. Gandhi y Wingate eran hijos del Imperio británico, y ninguno de los dos hubiera prosperado fuera de sus fronteras. No nombrarlos, por tanto, sería comparable a extraer la sal del mar y pretender que ese hecho no tiene influencia en la vida de los océanos.

Mr. Lawson, avezado comerciante de fértil imaginación, fruto sin duda de los cuarenta años que lleva ejerciendo el oficio de editor, me sugirió que bautizara a la «criatura» —ésa fue la expresión que empleó— con el llamativo título de *El viento del diablo*, puesto que con ese nombre eran conocidos los soldados británicos entre los nativos, tras sofocar y reprimir cruelmente las primeras rebeliones de cipayos, cuando la India aún estaba en manos de la Compañía de las Indias Orientales. Le tuve que recordar entonces a Mr. Lawson que nuestro ejército empleó durante dicha contienda métodos expeditivos para contener a los rebeldes, tales como disparar cañones a quemarropa para fusilar a los prisioneros, y que, en consecuencia, no creía que resultara oportuno que el título de la obra aludiera precisamente al capítulo más oscuro de nuestro paso por la India. «¿Qué le parece entonces *El peso del orgullo*?», sugirió a continuación el editor. «Satisfactorio en cuanto a su lirismo, pero vago en lo que se refiere a su significado, puesto que no queda demasiado claro a qué orgullo alude, si al de los nativos, al de los británicos o, simplemente, al mío propio», respondí. «¿Qué título propone entonces?», me preguntó. «*La bailarina y el inglés*», solté. «¡Que me parta un rayo si no es el título más explícito que jamás he oído! —exclamó el editor—. ¡*La bailarina y el inglés*! ¡Me gusta que los títulos de los libros que publico sean directos y hagan referencia al asunto que tratan! Usted, por supuesto, es el inglés. Ahora falta que el lector conozca a su bailarina. Sí, adelante, cuenta usted con mi bendición.» Con esas palabras, Mr. Lawson aceptó el título por mí propuesto.

A pesar de ser hijo de padres ingleses, nací en la India y no pisé la tierra de mis ancestros hasta que se hubo consumado la independencia de dicho país. Sé que esa circunstancia ha sido aprovechada por muchos medios de prensa escrita para justificar mi conducta, como si nacer en la India fuera en sí mismo motivo de oprobio. Al igual que en su día sucedió con los crímenes de Jack el Destripador (que tanto impresionaron a la opinión pública victoriana), la naturaleza de mi delito ha impedido durante años que los británicos me vean como a un igual, de ahí que en todas partes se haya repetido hasta la saciedad que estoy afectado por una enfermedad del espíritu, con ramificaciones en la razón, conocida como «síndrome de la patria cambiada».

Es decir, para mis conterráneos soy un oriental, un hindú, a pesar de mi tez rubicunda, mis ojos claros y mi cabello pajizo. Ni siquiera el hecho de que mis progenitores fueran naturales del ducado de Cornwall me ha salvado de ese baldón.

Con el propósito de que el lector pueda superar lo que a mi entender no es más que un prejuicio recurrente, cuyas raíces se encuentran en el desconocimiento que en esta parte del mundo se tiene de eso que se llama el Oriente, transcribo a continuación un breve diálogo que puede arrojar luz sobre lo peligroso que resulta emplear apriorismos como método de razonamiento. Los protagonistas son el célebre emperador Akbar y un bufón llamado Birbal.

—¿Qué es Oriente y qué Occidente? —preguntó el emperador al bufón.

—Nadie lo sabe, majestad —dijo Birbal, que sólo necesitaba una leve insinuación de su amo para comenzar uno de sus cuentos interminables y laberínticos—. Pero —continuó— el Oriente demasiado lejano es Occidente, y el Occidente demasiado lejano es Oriente.

Al observar la expresión de aburrimiento que se había dibujado en el rostro del emperador, Birbal prosiguió en otro tono:

—Los hindúes, como ya sabe vuestra majestad, tienen una deliciosa historia del Génesis. Ante todo, Brahma, el Creador, modeló una hermosa mujer, Tilottama, con la esencia de todas las perlas del mundo. La misión de esa mujer era tentar a su propio Creador. Comenzó, pues, a dar vueltas a su alrededor, suavemente, y fuera cual fuese el lado en que aparecía, encontrábase allí con una majestuosa cara del Creador. La cara que miraba hacia el norte era apacible como la luna, pero la que miraba hacia el sur era terrible y destructora. El semblante dirigido hacia el este era sereno y alegre, pero el dirigido hacia el oeste era dominante. Sin embargo, aunque el Creador tenía cuatro caras (norte, sur, este y oeste), sólo poseía una mentalidad universal.

En resumidas cuentas, cada ser humano tiene su Oriente y su Occidente, y una mentalidad universal a semejanza de la del Sumo Hacedor.

Si logramos, pues, vaciar nuestra mente de prejuicios, convencionalismos e ideas preconcebidas, ganaremos en discernimiento y seremos capaces de analizar la realidad con una mayor amplitud de miras.

Dice Montaigne que la conciencia hace que nos denunciemos o nos acusemos a nosotros mismos, y a falta de testigos acaba declarando en nuestra contra. Nadie, por tanto, puede vivir de espaldas a ella o esquivarla, puesto que la conciencia es, esencialmente, la propiedad del espíritu que alberga los atributos primordiales e inamovibles de cada uno de nosotros. Pues bien, yo me comprometo a escribir este libro atendiendo de manera exclusiva a la voz de mi conciencia.

SOBRE EL LUGAR DONDE
TRANSCURRE ESTA HISTORIA
—

El reino de Jay tenía una superficie dos veces mayor que el condado de Yorkshire, el más grande de Inglaterra, con unas doce mil millas cuadradas de extensión, y se encontraba enclavado en el nordeste de la India. El país era una inmensa planicie que se extendía por el delta del Yamuna, hasta la frontera birmana. La mitad del territorio estaba constituido por tierras de aluvión, que resultaban tan fértiles como vulnerables a la sequía y a la lluvia, siendo frecuentes ambos fenómenos climáticos. La otra mitad estaba ocupada por una jungla pantanosa. En esta zona del país no cabía el sosiego nocturno, puesto que el silencio de la noche era tan amenazador como un par de ojos acechantes. En ocasiones, de la oscuridad selvática brotaba el horrísono rugido del tigre imitando la llamada del sambar, un cérvido que formaba parte de su dieta, como muestra de su genio endiablado. Otras veces era el gruñido de la pantera, el aullido del chacal, el ladrido de las jaurías de perros salvajes o la risa histérica de las hienas los que componían una sinfonía aterradora en la noche tropical.

Para encontrar una montaña había que viajar en dirección noroeste hasta las colinas de Chittagong, cuya cota más elevada era el Keokradong, de 4.035 pies. Allí, mientras el terreno se iba haciendo más escarpado, el bosque alcanzaba el tamaño y la majestuosidad de una catedral, donde los troncos hacían las veces de pilares y las copas de los árboles de cúpulas. Las oscuras oquedades de la madera servían de capillas, en cuyos interiores los dioses del bosque compartían espacio con las serpientes, y por los intersticios de la espesa fronda se colaba una luz oblicua y evanescente, semejante a la que filtran vidrieras y rosetones.

La población, que superaba los tres millones y medio de habitantes, vivía del arroz en el campo y del comercio y los trabajos artesanales en las ciudades. Cada vez que la tierra se secaba o se inundaba, la capital del reino, Jay Town, duplicaba su población. Era ésta una ciudad levantada sin ningún orden urbanístico, salvo en el pequeño distrito británico, formado por media docena de calles trazadas en cuadrícula donde habían sido plantadas una cincuentena de construcciones —bungalows en su gran mayoría—, en medio de amplias parcelas valladas y arboladas. La intersección entre las dos principales avenidas formaba una glorieta que era conocida como Pocket Square o «el Perfil Inglés», pues en aquel cruce se levantaban cuatro edificios de ladrillo rojo de cuyas fachadas colgaban otras tantas banderas del Reino Unido y de Jay. El mayor de estos edificios, de cuatro plantas, albergaba las oficinas del Imperial Bank of India en el bajo, y un hotel en las tres restantes. No obstante, el edificio más famoso de Jay Town era el Club Británico, también conocido como «el Templo», pues la larga lista de reglas que lo regían superaba las de cualquiera de las religiones que se practicaban en el país. De hecho, si los británicos afincados en Jay profesaban una confesión religiosa era la que se oficiaba todos los días en el British Raj Club of Jay Town a partir de las once de la mañana. Entre sus paredes, la sangre de Jesucristo era reemplazada por un vaso de whisky con soda, y las confesiones no se llevaban a cabo en la intimidad del confesionario, sino a cara descubierta, en una mesa de juego, mientras el pecador tomaba parte con su confesor en una partida de gin rummy. La recompensa de la penitencia no era la redención de los pecados, sino la obtención de unos cuantos chelines, puesto que no estaban permitidas las apuestas superiores a una libra esterlina. La absolución se obtenía cuando el pecador, en la mayoría de los casos completamente ebrio *(Ego te absolvo a peccatis tuis in vino veritas)*, tenía que ser trasladado hasta su bungalow en una calesa.

La mayoría de los barrios de Jay Town, de calles estrechas y tortuosas, eran hórridos por su extrema pobreza y falta de higiene, y los blancos evitaban frecuentarlos a toda costa. En realidad, la no presencia de colonos en aquellas zonas no se debía al temor a contraer una enfermedad, sino a que los harapientos pobladores de aquellos sórdidos callejones, que vivían acuclillados, agazapados como animales acorralados, pudieran saltar sobre ellos como tigres heridos. Para subsanar ese inconveniente, se había organizado un bazar en las afueras que no fuese enteramente indio, pero sí enteramente del agrado de los colonos. Allí, los comerciantes tenían la obligación de permanecer de pie o correctamente sentados, nunca en cuclillas, vestir ropas decentes, y entre los puestos de uno y otro lado tenía que haber el espacio suficiente para que circulara el aire y un vehículo *tonga*.

En cuanto al clima del reino, sus efectos eran siempre perniciosos para la salud. Su principal característica era la extremosidad y la desmesura de sus valores, y resultaba tan poco saludable como meter la cabeza en la gruta del infierno e inspirar una bocanada de aire. Uno tenía la impresión de que el oxígeno no llegaba a llenarle nunca los pulmones. Durante la estación de las lluvias, que duraba de junio a octubre, la situación se complicaba aún más. Podía llover durante días enteros sin descanso, y de la misma manera que la tierra se ahogaba con el llanto desconsolado que caía del cielo, el hombre blanco se convertía en un náufrago en el mar más peligroso de cuantos pueden surcarse: el de la propia desesperación. Aguas procelosas y profundas que enturbiaban el espíritu y que, créanme, invitaban a la depresión o al suicidio.

1

Cómo y por qué acabé siendo jefe de la policía de Jay Town sigue siendo una incógnita para mí. Digamos que la guerra convierte a los hombres en peones repartidos en un tablero de ajedrez, y en la partida que ésta libra contra el azar, el destino de una persona se revela un asunto ineluctable.

Hasta que Hitler invadió Polonia, yo trabajaba para la Compañía Ferroviaria de las Indias Orientales, en calidad de funcionario del servicio civil. Durante una larga temporada participé en la construcción del tramo Mandalay-Rangún, la capital del protectorado de Birmania. Mi trabajo consistía en hacer llegar los materiales necesarios a su destino en el momento preciso. Para lograrlo tenía que luchar contra los elementos, nunca mejor dicho, puesto que cuando se han de llevar a cabo obras de ingeniería en la selva, lo primero que hay que tener en cuenta es que se trata de un ser vivo, en continua transformación. De modo que transportar el balasto sobre el que habían de asentarse las traviesas de la vía ferroviaria hasta la jungla no era una tarea fácil. Había que desenterrar o dinamitar rocas para luego triturarlas y empaquetarlas en sacos que eran transportados por todos los medios a nuestro alcance. Otro tanto ocurría con los troncos de los *sales*, los árboles que empleábamos para fabricar los durmientes, cuya procedencia era la lejana región del monte Cheena, y que en muchos casos teníamos que arrastrar por caminos tortuosos utilizando la única fuerza motriz de mulas o elefantes. En cuanto a las calderas de las locomotoras, parecían asfixiarse cuando tenían que atravesar el espeso bosque, se volvían asmáticas. En ocasiones, el follaje crecía tanto y tan rápido que se enganchaba al botaganado de la máquina, impidiendo el avance del tren. Entonces había que mandar una avanzadilla de nativos armados con machetes para que desbrozaran la maleza que brotaba de entre los raíles y se agarraba a ellos con la fuerza de tenazas.

No obstante, a veces, la superstición de los lugareños era una barrera más difícil de franquear que la propia selva.

Se contaba como cierto que un superintendente de la compañía llamado Charles da Silva, que vivía con su familia en la ciudad de Seconee, había presenciado cómo el espectro de un tigre blanco devoraba a un viejo ciego y leproso mientras llevaba a cabo una inspección rutinaria en una vía. Al parecer, el anciano le pidió ayuda, pero al comprobar que Da Silva no estaba dispuesto a prestársela, le dedicó una maldición antes de expirar. «¡Que también tú sufras mi destino!», exclamó furioso el enfermo anciano. «¿Qué sentido tendría arriesgar mi vida por ayudar a un viejo que, además de no ver, tiene los días contados a causa de su grave dolencia?», se preguntó el superintendente, al tiempo que se ratificaba en su decisión de no mover un dedo. Cuando Da Silva le contó a su sirviente lo que le había ocurrido, éste le indicó que tuviera mucho cuidado con la maldición del ciego leproso, pues había oído hablar de casos similares en los que ésta se había cumplido. Un año más tarde, Da Silva volvió a encontrarse con el espectro del tigre blanco parado en medio de una vía. El animal estaba al acecho, presto para saltar sobre una mujer y un niño que caminaban por los alrededores. El superintendente se percató entonces de que se trataba de su esposa y de su hijo. Con sumo sigilo, cargó y disparó su rifle contra el animal, justo cuando éste acababa de iniciar el salto hacia sus presas. El disparo fue tan certero que el espectro del tigre blanco desapareció. Sin embargo, la bestia tuvo tiempo de alcanzar el rostro de Eric, el hijo de Da Silva, que como consecuencia de las heridas falleció un mes más tarde. Desde entonces, el superintendente Da Silva vivía maldiciéndose por no haber ayudado en su día al viejo leproso.

El problema era que los nativos conocían un sinfín de historias del mismo jaez que la del superintendente Da Silva, que asumían con idéntica fe a la que un cristiano profesa por las Santas Escrituras.

Más tarde, a primeros de 1936, fui enviado de regreso a Jay Town, mi ciudad natal, para ayudar a los ingenieros de la compañía a poner en marcha la nueva línea ferroviaria que habría de unir la frontera indobirmana del golfo de Bengala con la ciudad de Sadiya, en el norteño estado de Assam. El propósito de las autoridades era que los trabajos estuvieran finalizados a mediados de 1941. Teniendo en cuenta la orografía —montañosa por la proximidad de la cordillera del Himalaya— y la premiosidad con que se realizaban las obras públicas en la India —no precisamente por culpa de los nativos, sino por el pesado corpus burocrático de nuestra administración—, se antojaba un plazo razonablemente corto para llevar a término una empresa de esa envergadura.

La razón de esta premura no se debía exclusivamente al interés estratégico que mostraban nuestras autoridades por esta zona del país, sino también a la necesidad que el pequeño reino de Jay, representado por la figura de su alteza real el marajá Hiresh Singh, tenía de mejorar sus comunicaciones con el resto de la India. Digamos que la frontera birmana estaba demasiado próxima, y que la carretera que unía el reino de Jay con Rangún era impracticable, lo que limitaba las posibilidades comerciales de la región. Lo único que entraba de manera regular por aquella frontera era arroz procedente de Birmania, pero lo hacía bajo estricto control británico. Los pocos kilómetros de ferrocarril existentes en el reino de Jay eran de vía estrecha (incluido el tramo que unía la capital con la residencia de su alteza real), mientras que la línea de Calcuta era de vía ancha. El país, por tanto, necesitaba una impulsión, y el ferrocarril de vía ancha se antojaba como el instrumento idóneo.

Pese a que se trataba de un lugar apartado, el reino de Jay contaba con el privilegio de ser uno de esos estados principescos «con derecho a una salva de ordenanza». Según el baremo de la burocracia británica para asignar el rango de un gobernante nativo, conforme mayor era el número de cañonazos que le correspondían en los actos oficiales, menor era la intervención de los agentes políticos del gobierno de la India. El número de cañonazos oscilaba entre los nueve y los veintiuno para los aproximadamente ciento sesenta príncipes con derecho a ellos. Por ejemplo, el nizam de Hyderabad, cuyo reino era casi tan grande en extensión como la Gran Bretaña, tenía derecho al número máximo. En cambio, el gobernante de Avachar, cuyo estado tenía tres kilómetros cuadrados escasos, carecía del derecho a una salva de ordenanza. Al marajá Hiresh Singh le correspondían diecinueve cañonazos, lo que le garantizaba un alto grado de autonomía política. Además, recibía el tratamiento de alteza real, dado que sus antepasados eran, según las leyendas locales, dioses relevantes emparentados con la mismísima Luna.

Con la entrada del Reino Unido en la Segunda Guerra Mundial, mi situación y, por extensión, la de la India en su conjunto, dio un giro de ciento ochenta grados. Los hombres aptos fueron movilizados, y se llevaron a cabo nuevas levas que permitieron contar con un contingente militar lo suficientemente numeroso para defender las vastas —diríase casi inabarcables— fronteras del Raj. De doscientos mil soldados se pasó a superar los dos millones. Desgraciadamente, yo no me encontraba dentro de la categoría que podríamos llamar «personal competente para el frente».

Siendo niño me caí de un terco poni de Manipur, con tan mala fortuna que mi muñeca derecha quedó dañada para siempre. No era una lesión en absoluto grave, pero, por ejemplo, me impedía manejar un fusil con soltura. Mi mano derecha era incapaz de sostener un arma más de treinta segundos seguidos. Transcurrido ese plazo, desfallecía y se contraía sobre sí misma, en una imagen que recordaba al capullo de una flor en el preciso instante de cerrarse al caer la tarde. Otro tanto me ocurría cuando tenía que amartillar el percutor de una pistola, lanzar una pelota de críquet o batearla, o realizar el golpeo con el mazo en el juego del polo. Era incapaz de mantener la tensión necesaria para ejecutar ciertas acciones con total normalidad.

Como consecuencia de este accidente, para colmo, comencé a sufrir episodios de parasomnia o sonambulismo que, aunque con el paso de los años remitieron, constaron en mi expediente médico junto a un «diario de sueño» que había elaborado mi padre por indicación del doctor que me atendió, y donde figuraban las veces que, de manera inconsciente, había caminado por el dormitorio o por las distintas estancias de la casa, las veces que me levantaba para orinar estando dormido o los gritos que, al parecer, profería. Desde entonces, sólo había vuelto a padecer un par de episodios de sonambulismo. El primero, el día que terminé mis estudios de Ingeniería en la Universidad de Calcuta y descubrí el whisky escocés; el segundo, siendo ya adulto, cuatro noches después de mi nombramiento como jefe de la policía de Jay Town, las mismas que había pasado insomne como consecuencia de la carga de responsabilidad que, de pronto e inopinadamente, había recaído sobre mis espaldas.

No voy a negar que en mi fuero interno ambicionara convertirme en superintendente del ferrocarril, pues siempre había sentido inclinación por el mundo ferroviario, pero el engorde del Ejército de la India dejó a muchos pueblos sin policías que velaran por el orden público. El propio príncipe Hiresh Singh, siguiendo el ejemplo de otros marajás, quiso enrolarse en el ejército para defender el paso del Khyber. Allí esperaba enfrentarse a los nazis, en caso de que éstos tuvieran la idea de invadir la India desde Afganistán. Se trataba de un gesto con el que su alteza real pretendía mostrar su fidelidad al rey-emperador y su adhesión al Imperio británico. Un acto que poco o nada tenía de baladí, habida cuenta de que para el movimiento independentista de la India, a cuya cabeza se encontraba el Partido del Congreso, liderado por Mohandas Gandhi y Jawaharlal Nehru, la guerra constituía un paso decisivo en la lucha que el país libraba por su propia libertad. Todo el mundo tenía a Gandhi por un pacifista irreducible, pero en aquellos días pronunció unas palabras que daban a entender lo contrario: «Preferiría que la India recurriese a las armas para defender su honor antes de que cobardemente se convirtiese en, o siguiera siendo, testigo de su propio deshonor», dijo.

Pese a que la guerra multiplicó los proyectos ferroviarios, en alguno de los cuales yo hubiera podido ser de mucha utilidad, su alteza real el marajá Hiresh Singh propuso —casi exigió— mi nombramiento como jefe de la policía del reino de Jay. El Servicio Provincial, que se encargaba de los asuntos de la Policía Imperial India, no puso ninguna objeción, pese a mi falta de experiencia. Así, no me quedó más remedio que aceptar el puesto.

Para ser del todo sincero, creo que en la decisión de su alteza influyó el hecho de que hubiéramos crecido en el mismo lugar y que fuéramos amigos desde la infancia. Mi padre, un funcionario del ICS (Indian Civil Service) había sido su tutor durante diez años y, en consecuencia, me crié y viví en el palacio de la Luz Lunar (bueno, en uno de sus edificios anexos) hasta que fui internado en la Escuela Protestante Europea de Cuttack primero, y luego me trasladé a Calcuta para completar mis estudios en la universidad. De modo que en mi nombramiento como jefe de la policía confluyeron dos elementos que, a la postre, resultaron decisivos. Por un lado, la carestía de hombres con aptitudes pero con una tara para incorporarse al frente. Por otro, el deseo expreso de su alteza real el marajá Hiresh Singh de que el encargado de su policía fuera un inglés nacido en su propia «casa», si se me permite expresarlo así, una persona de su entera confianza capaz de hacer conjugar correctamente los dos mundos que convivían en la India: el de los colonizadores británicos y el de los nativos.

En los primeros meses de la guerra, mi labor como jefe de la policía no resultó excesivamente complicada, y la principal tarea de los hombres bajo mi mando consistió en evitar dentro de lo posible que las viudas perpetraran el *sati*, la inmolación durante la ceremonia de incineración del esposo difunto. Costumbre atávica que las leyes británicas habían prohibido sobre el papel, pero que no habían logrado erradicar en la práctica. De hecho, hasta los primeros meses de 1942, el mayor problema que habíamos tenido en la comisaría de Jay Town había sido el ataque furibundo y por sorpresa de un centenar largo de monos, a los que hicimos frente a base de palos o de disparos intimidatorios, tal y como, siguiendo las órdenes de su alteza real, hubiéramos hecho por aquel entonces con una manifestación organizada por los miembros del Partido del Congreso o de la Liga Musulmana, la otra facción política que luchaba por la independencia y la segregación de la India.

¡Malditos simios aulladores! ¡Cualquiera que hubiera visto el estado en que quedó la comisaría hubiera asegurado que se trataba de un ataque premeditado, cuyo propósito era destruir informes relativos a ciertos individuos de naturaleza subversiva! Claro que aquellos monos no atacaron únicamente la comisaría. También se emplearon a fondo con algunos puestos ambulantes de comida, que destrozaron con la vesania de una banda de delincuentes organizados y furibundos.

A partir de entonces, los japoneses se apoderaron de Birmania y auspiciaron la creación del llamado Ejército Nacional Hindú con los más de cuarenta mil prisioneros de origen indostaní que lograron apresar, de manera que las cosas se complicaron sobremanera.

Dada la proximidad del reino de Jay con la frontera birmana, recibí la orden de Nueva Delhi de atajar cualquier movimiento de empatía hacia este ejército rebelde por parte de los independentistas indios, puesto que tanto Mohandas Gandhi como Jawaharlal Nehru habían declarado preferir la invasión japonesa a la permanencia británica en la India.

A finales de 1942 ya se habían practicado más de sesenta mil detenciones de independentistas, la mayoría de ellas en las zonas gobernadas directamente por los británicos. Y la situación empeoró durante los meses siguientes con la ilegalización del Partido del Congreso. El problema era que la guerra no podía ganarse sin la colaboración de los nacionalistas, quienes, insisto, estaban cada vez más tentados por la sedición. El propio Gandhi comenzó a defender que era necesario que la India creara ella misma la fuerza que la liberara, puesto que incluso esgrimiendo argumentos convincentes, Gran Bretaña defendería sus intereses con todos los medios a su alcance.

Fue entonces cuando nuestras autoridades pusieron sobre la mesa la promesa de que la India se convertiría en una nación independiente cuando finalizara la guerra.

Ahora imagine el lector a un corredor de fondo dando vueltas y más vueltas alrededor de una pista de atletismo, cuando de pronto la campana le avisa de la proximidad de la meta, lo que provoca a su vez que aumente el ritmo de la marcha de cara al *sprint* final. Pues eso, en mi humilde opinión, fue lo que ocurrió con aquella promesa de independencia (el sonido de la campana) y la consiguiente reacción de los independentistas, quienes aceleraron el paso al verse de pronto situados en la recta final de aquella larga carrera que habría de convertir a la India en una nación libre.

Sea como fuere, para lograr el apoyo de los nacionalistas, por tanto, se nos ordenó mantener una actitud más «tolerante» para con ellos, a quienes podíamos vigilar, detener y dispensarles un trato «enérgico», pero no causarles daños físicos ni humillaciones innecesarias o injustificadas, ya que en caso de hacerlo el frágil equilibrio podía romperse y la situación se tornaría en nuestra contra. De modo que la búsqueda de lealtades produjo una política de hostigamiento que al mismo tiempo era contrarrestada con excarcelaciones masivas. «Cuando tengas que interrogar a un nacionalista, ponte guantes blancos y compórtate como si fueras su camarero», se empezó a decir en las comisarías. A veces, incluso, nos teníamos que conformar con detener a los testaferros de los cabecillas. No obstante, pese a los esfuerzos de una y otra parte, podía asegurarse que la India vivía en un estado de insurrección permanente que ni siquiera el fragor de la guerra —supuesto objetivo común— conseguía silenciar o apaciguar.

Un proverbio hindú asegura que quien se dispone a declarar la verdad deberá tener ya plantado un pie en el estribo de su cabalgadura, y tanto británicos como independentistas tenían siempre los dos pies sobre tierra firme en lo que a declaraciones e intenciones se refiere. Algo, por otra parte, comprensible, teniendo en cuenta que gobernar la India se había convertido en una suerte de partida de naipes en la que los jugadores empleaban el viejo truco del farol o engaño en beneficio propio. Nadie, pues, se fiaba de nadie.

«Lo único verdadero y fehaciente de la India es que los musulmanes se tiñen la barba de rojo después de haber visitado La Meca. El resto es un galimatías que ni el propio dios Brahma sabría resolver», decía mi padre siempre que le tocaba dar su opinión sobre la situación política en general y las relaciones indobritánicas en particular.

En lo que a mí respecta, estaba seguro de que había más cosas «verdaderas y fehacientes» en la India de las que mi padre creía. El problema era que resultaban inasequibles para la mentalidad de un británico, de modo que todo intento de acercamiento a los nativos era baldío. E. M. Forster lo expresó con notable lucidez en su obra *Pasaje a la*

India: «Quizá es inútil que los hombres traten de unirse, porque al intentarlo sólo consiguen ensanchar el abismo que los separa.» Y más adelante, añade: «El misterio de la India no es más que pura confusión.»

Yo estaba de acuerdo.

Así las cosas, consciente de que la grieta que separaba nuestros dos mundos no hacía sino aumentar, no tuve más remedio que entrevistarme con el jefe local del Partido del Congreso, un tipo llamado Chiman Basak, para conocer los planes que su agrupación política tenía con respecto al reino de Jay.

El señor Basak, un hombre de cara amplia y llena de pliegues bajo los que, a mi parecer, ocultaba un sinfín de dobles intenciones, me dijo sin tapujos:

—No haremos nada para ayudarlos a ustedes ni para entorpecer el avance japonés hacia la India, superintendente Masters.

El primer ministro de Jay, Nirek Guha, había manifestado públicamente que mi cargo en la policía era equiparable al del superintendente de la provincia de Calcuta, pese a que ésta era mucho más grande y tenía una división administrativa mucho más compleja, así que todo el mundo se dirigía a mí con ese tratamiento.

—Sus palabras suenan a traición —le recriminé con idéntica franqueza.

—¿A traición, dice? Debería escuchar a Mohandas Gandhi con más atención, superintendente Masters. La pureza de los medios que se emplean debe ser igual a la pureza del fin que se obtiene. Si vienen los japoneses significará entonces que ustedes han tenido que marcharse, y ésa sería una gran noticia para la India. Pero como imagino que ahora va a decirme que con nuestra actitud lo único que conseguiremos será cambiar un dueño por otro, añadiré que si los japoneses ponen un pie en la India hallarán una inmensa alfombra de cuerpos tendidos para ser pisoteados por los cascos de los caballos o aplastados por los tanques de acero; encontrarán huelgas; el boicot de sus mercancías y el rechazo de su moneda; la resistencia al pago de impuestos, y la instalación de gobiernos paralelos en las zonas ocupadas. En definitiva, superintendente Masters, los japoneses encontrarán en la India lo mismo que ya tienen ustedes: no cooperación no violenta. Una guerra sin violencia...

Y, tras tomarse unos segundos, añadió:

—¿Sabe cuál ha sido el principal problema de los británicos desde que llegaron a la India? Pues que siempre han dado demasiadas cosas por supuestas, lo que puede traducirse por un exceso de presunción. Al final, de tanto jactarse de su pretendida superioridad, han acabado haciendo bueno ese dicho tan inglés... La familiaridad engendra deprecio.

—Me temo que a estas alturas se trata de un sentimiento recíproco —reconocí.

Para ser franco, lo que más me irritaba de aquel hombre era el hecho de que no bebiera té, vinos o licores, pues, por algún motivo que no alcanzaba a comprender, eso me hacía sentir inferior a él. No es que lo considerara superior a mí desde el punto de vista moral, en absoluto; lo que llamaba mi atención era la consistencia de sus convicciones, pues nunca daba un paso atrás. La consecuencia de esta doctrina de la consistencia era un odio lúcido que, con mucho, era muy superior a la arrogancia y el desprecio que los británicos desplegábamos en nuestras relaciones con los nativos. Yo había tenido que detener a Basak en varias ocasiones acusado de alterar el orden público, y cada vez que salía del calabozo, lo hacía con la cabeza más alta, henchido de orgullo, como si en vez de una amonestación acabara de recibir una condecoración. Sí, el odio que los indios sentían hacia nosotros, los británicos, era tan duro y resistente como uno de esos fabulosos diamantes que antaño se habían extraído de las entrañas de las colinas próximas a la ciudad de Golconda. En la India, las piedras preciosas no se tallaban, los joyeros separaban la ganga y después pulían el resto. Lo mismo ocurría con el odio. Bastaba con bruñirlo para que brillara como una piedra preciosa.

2

La noche del 13 al 14 de marzo de 1944 hizo tanto calor que dormí desnudo debajo de la mosquitera. Justo antes de que amaneciera, me despertó el zumbido de un insecto que, por mor del estado de duermevela en que me encontraba, me hizo recordar el ronroneo de un Zero japonés. Se posó en la gasa transparente que me protegía, y ambos nos quedamos contemplándonos durante unos segundos; él, estudiando la forma de llegar hasta mí; yo, la manera de librarme de él. A continuación pensé que así era como los británicos veíamos la India: desde nuestra pequeñez y a través de una tela. Éramos un mosquito que chupaba la sangre de aquel cuerpo inmenso, tan colosal en relación con nuestro tamaño que sólo alcanzábamos a verlo parcialmente. Gracias a nuestro aguijón, David había vuelto a vencer a Goliat, y eso nos hacía sentir especialmente orgullosos. Sí, tal vez ése había sido el problema —y lo seguiría siendo— de la presencia británica en la India: nos faltaba perspectiva. Gobernábamos el valle desde la colina, a demasiada altura. No nos mezclábamos con los pastores y los campesinos. Recordé una frase que había leído en un periódico local cuando era tan sólo un joven universitario en Calcuta: «El británico es un vástago groseramente injertado en el árbol de la India.» Acto seguido, caí en la cuenta

34

de que el ventilador del techo seguía funcionando. Un ingenio de cuerdas y poleas llamado *punkah* que era movido —que estaba siendo movido— desde el otro lado de la puerta del dormitorio por la mano de un *boy* que, en cuclillas, permanecía inmóvil durante cuatro horas, hasta que era relevado por otro compañero. Entonces volví a establecer un analogismo. Los indios eran seres invisibles para nosotros. En caso contrario, yo ya habría tenido la deferencia de instalar en mi viejo bungalow un ventilador eléctrico. Sin embargo, no lo había hecho porque el ruido de las aspas perturbaba mi sueño, lo que obligaba al *boy* a permanecer en vela. Su sueño no me importaba, simplemente, porque su vida me traía sin cuidado. Pero ¿acaso no era éste un requisito imprescindible para que todo siguiera funcionando como lo había hecho siempre? El problema era que la guerra había llevado las cosas demasiado lejos, como cuando el jugador de críquet batea la pelota fuera del campo.

En ocasiones, cuando el calor enervaba mis nervios en exceso, me dejaba llevar por pensamientos que ponían a prueba mi conciencia. Mi punto de vista como colonizador se quedaba de pronto sin argumentos en el momento que tenía que enfrentarme a la realidad cotidiana. Una cosa era colonizar la tierra y otra muy distinta conquistar los corazones de quienes la habitaban. Incluso en alguna ocasión planteé el razonamiento a la inversa, como si la India fuera en realidad Inglaterra, la metrópoli, y yo un hindú encargado de su administración. ¿Cabía imaginar que un inglés no pudiera sentarse en un banco de Picadilly o de Kensington porque una ley india se lo prohibiese?

La tonificante ducha de agua fría arrancó de raíz mis malos pensamientos, el afeitado aumentó mi autoestima tanto como un valor bursátil en alza, y la primera taza de té me hizo recobrar el optimismo. Volví a sentirme plenamente británico.

Cuando agarré *The Times of India* fue lo mismo que asirme a Inglaterra. Una patria que no conocía, una madre que había muerto al alumbrarme. ¿Y no añora el hijo a la madre que nunca ha estrechado entre sus brazos?

En la comisaría firmé la orden de traslado de media docena de saboteadores a Nueva Delhi, alguno de ellos de la peor calaña, y luego organicé el dispositivo de seguridad para la *coronation durbar* de su alteza real el marajá Hiresh Singh, que cumplía veinte años al frente del reino de Jay, y para quien prevalecía su condición de *chalanti vishnu*, es decir, de ser humano que encarnaba la divinidad, por encima incluso de cualquier guerra.

Para conocer de primera mano qué tramaban los opositores al régimen, le pedí a uno de mis subordinados que buscara unos ejemplares de la media docena de libelos que los partidarios de la Unión India distribuían de manera clandestina por el reino. En un editorial del *Young India* se aprovechaba la efeméride para cuestionar el sistema político-administrativo de la India en su conjunto:

Cada marajá o nawab posee una media de once títulos nobiliarios, seis esposas, doce hijos, nueve elefantes, treinta pieles de tigre, tres vagones de ferrocarril privados y cuatro Rolls-Royce. Por el contrario, los noventa millones de personas que son súbditos de estos quinientos sesenta y dos «señores feudales de la India» padecen toda clase de calamidades. En cifras, estos príncipes esclavos de los británicos controlan el 40 % del territorio de la India y gobiernan al 25 % de la población del país. Eso convierte a más de noventa millones de indios en esclavos por partida doble. Además, los ciudadanos del reino de Jay deberían saber que el marajá Hiresh Singh se «apropia» de veinte rupias de cada cien de la renta nacional... Lo más denigrante es que, entre los fastos que se han organizado para conmemorar su ascensión al trono, el indigno príncipe de Jay piensa calmar a las masas hambrientas de su reino haciendo entrega del equivalente a su peso en monedas de curso legal... Sin el apoyo de los británicos, hace años que parásitos como el marajá Hiresh Singh habrían sido borrados de la faz de la India, pero a los occidentales les interesa mantener fragmentado el país en pequeños estados medievales... La vida de los marajás es la muerte del pueblo indio.

Eso decía el artículo. Nada que no hubiera leído ya.

Para cubrirme las espaldas, ordené una redada de sospechosos habituales, que, naturalmente, incluía al señor Basak y a sus más destacados colaboradores. Pero di instrucciones para que ningún miembro del Partido del Congreso pisara la *thana*, el calabozo. Deberían aguardar mi llegada sentados en la salita de espera de la comisaría y se los agasajaría con té caliente y *chapatis* recién horneados, tal que a invitados ilustres. Algo que el señor Basak y sus compinches deberían descubrir una vez dentro de las dependencias policiales. Para amenizar la espera, dispondrían únicamente de ejemplares del *Victory*, la revista del ejército para las tropas británicas de la India, y cada vez que preguntaran los motivos por los que habían sido conducidos a comisaría, recibirían la misma respuesta: «El superintendente Masters está a punto de llegar. Él los pondrá al corriente de lo que ocurre.» En realidad, mi intención no era detenerlos, sino sacarlos de la calle durante algunas horas.

En la carretera que unía Jay Town con el palacio de la Luz Lunar, mi coche comenzó a renquear y a emitir unos extraños estertores, como quien tose para expulsar algo que se le ha quedado alojado en la garganta, hasta que finalmente se detuvo. Me había vestido de gala para la ocasión, y fuera del vehículo se extendía ante mí un campo de malezas quemado por el sol. Calculé la distancia que me quedaba por recorrer hasta llegar al palacio de la Luz Lunar. Entre dos y media y tres millas. Una milla menos de la distancia que ya había recorrido. En otras circunstancias, me hubiera atrevido a caminar el trecho que me faltaba —algo que siendo joven había hecho en innumerables ocasiones—, pero intentarlo vestido con el uniforme de gala y calzando unas botas Wellington hubiera sido un suicidio. Cuando el interior de la cabina empezó a caldearse como una paila de hierro puesta a la lumbre, me arrojé a la carretera en busca de la sombra de un árbol. Divisé un gigantesco *gulmohar* o flamboyán a un cuarto de milla, en la dirección hacia la que me dirigía. Su penacho rojo sobresalía como una lengua de fuego. En cuanto comencé a caminar, cesó momentáneamente el parloteo de monos y cacatúas. Un silencio ardiente y húmedo se coló por mi garganta como un mal trago de whisky. Una vez junto al árbol, reconocí bajo su copa el monolito de piedra que el padre del príncipe Hiresh Singh, el marajá Birendra, había mandado levantar en el lugar exacto donde el virrey de la India, lord Charles Hardinge, subió a lomos de un elefante que le condujo en loor de multitudes hasta la entrada del palacio de la Luz Lunar, a primeros de marzo de 1912, pocos meses después del *durbar* o ceremonia en la que el rey Jorge V y la reina Mary fueron investidos emperadores de la India, en Nueva

Delhi. Los trescientos mil asistentes al *durbar* se instalaron en cuarenta mil tiendas, la mayor concentración que había habido nunca en la India, y la celebración duró varios días. No existía un libro que hablara de la historia reciente de la India donde no apareciera un grabado, una estampa o una fotografía de aquel acontecimiento. Terminados los fastos, el virrey emprendió una gira por los principales estados principescos, para agradecer en nombre de los nuevos reyes-emperadores la fidelidad mostrada por todos y cada uno de ellos.

Por aquel entonces yo tenía ocho años y, como súbdito del Reino Unido en aquellas tierras, tuve el honor de presenciar la escena. Como digo, el elefante personal del marajá, previamente engalanado con unos colmillos postizos de los que colgaban arracadas de oro y al que habían pintado la cara con azafrán y las orejas de color azul cielo, aguardaba lord Hardinge. Éste subió a lomos del animal por medio de una escalera de marfil y plata y tomó asiento en un *howdah* dorado cubierto por un palio de paño adornado con filigranas de hilo de oro. Un segundo animal, pintado de marrón y escarlata, con colmillos postizos de argento, abría el séquito, compuesto por una cincuentena de paquidermos acicalados igualmente con profusión que no paraban de realizar aspavientos que simulaban saludos de bienvenida. Iban gobernados por diestros *mahuts* o *cornacs* a los que habían vestido con túnicas y turbantes de vistosos colores. La comitiva la cerraba el regimiento primero de los húsares y la caballería del reino de Jay, seguida de una banda de música. Luego, en la inmensa explanada que había delante del palacio, y que, entre otras cosas, contenía un campo de polo de hierba segada y reluciente como una esmeralda, se celebró una lucha de elefantes que complació al virrey por la fiereza de los animales. El truco para lograr que los paquidermos alcanzaran semejante paroxismo de furor, al parecer, pasaba por incorporar a su alimentación grandes cantidades de manteca y de azúcar durante tres meses consecutivos. Los marajás del estado de Jay mantenían una competencia ancestral (que tenía sus raíces en un matrimonio fallido y en una reclamación posterior que no había sido satisfecha) con sus homónimos del estado de Baroda, en el otro extremo de la India, y hasta Jay Town había llegado la noticia de que la lucha de elefantes que habían organizado en la capital de dicho reino para agasajar al virrey había resultado un gran fiasco. Los marajás de Baroda, además, habían dado muestras de su anglofobia nombrando a primeros ministros que luego habían sido destacados miembros del Partido del Congreso. Al parecer, el conflicto alcanzó su cenit cuando el marajá Sayajirao Gaekwad III de Baroda, quien había sido puesto en el trono por los británicos, no saludó convenientemente al rey Jorge V durante el *durbar* de Nueva Delhi, lo que fue considerado como una afrenta por parte de la prensa británica y un acto de heroísmo por los independentistas indios.

Los marajás de Jay, por el contrario, se enorgullecían de haber sido siempre manifiestamente anglófilos. Lo cierto era que la familia real de Jay no estaba bien vista entre los sectores más ortodoxos del hinduismo por haber cruzado las «aguas negras», es decir, el océano, y haberse contaminado con las costumbres extranjeras, tan diferentes en todos los órdenes de las tradiciones locales. De modo que la anglofilia de la familia se debía en parte a las malas relaciones que sus miembros mantenían tanto con los nacionalistas indios como con los hinduistas acérrimos e intransigentes, pues los continuos viajes de los Singh a Inglaterra y a otras partes de Europa habían acabado por inocularles la enfermedad del liberalismo.

Yo admiraba a lord Hardinge casi tanto como al propio rey Jorge V, puesto que había sobrevivido a varios intentos de asesinato por parte de nacionalistas indios. El último, perpetrado con una bomba, había tenido lugar cuando dio carta de naturaleza al cambio de capital, que pasó de Calcuta a Delhi, donde la población era por aquel entonces mayoritariamente musulmana. La forma que tuvieron los hinduistas más radicales de manifestar su disconformidad fue atentar contra la vida del virrey. Según le oí decir a mi padre en más de una ocasión, lord Hardinge era un hombre tan comprensivo y de miras tan amplias que llegó a declarar públicamente su admiración por Gandhi. Todavía conservo la fotografía en la que aparezco junto a lord Hardinge, después de que mi padre le hubo contado que yo era huérfano de madre. La instantánea recoge la imagen del virrey de la India inclinando su figura marcial e imponente hacia mí, en un intento por procurarme un consuelo que yo había dejado de buscar hacía tiempo, puesto que nunca llegué a conocer a mi madre. Lo que no recoge la fotografía es la frase que lord Hardinge me susurró al oído: «Pequeño, todos tenemos otra madre al margen de la que nos ha dado la naturaleza: Gran Bretaña. No lo olvides jamás.»

Estaba a punto de tomar asiento bajo la sombra del flamboyán cuando oí el ronroneo de un motor a mis espaldas. Se trataba de uno de los siete Rolls-Royce propiedad de su alteza real el marajá Hiresh Singh. Era todo un espectáculo ver rodar un automóvil como aquél por entre la maleza, absorbiendo las irregularidades del terreno como el hígado de un púgil encaja un golpe tras otro. Se bamboleaba como si fuera a desvencijarse, y a cada vaivén del camino los cromados refulgían como espejos cegadores. Todos los meses, uno de aquellos Rolls-Royce era cargado hasta los topes con la ropa de corte europeo del marajá, y emprendía un viaje de más de veinticinco horas por carretera hasta el aeródromo de Dum Dum, en Calcuta, donde el ajuar era enviado por avión a Londres para su limpieza, pues como solía decir su alteza real, «en la India no hay ni escuelas ni lavanderías que puedan compararse a las de Gran Bretaña». Supuse que en un día tan señalado como aquél, el marajá había dispuesto que su flotilla de coches trasladara a los invitados desde la ciudad hasta el palacio de la Luz Lunar.

Hice una señal con la mano y el *gariwan* se detuvo.

—¿Qué puedo hacer por usted, *sahib*? —se dirigió a mí el chofer.

—Mi coche me ha dejado tirado, así que tendrá que llevarme —le dije.

—Desde luego, *sahib*. Por favor, suba.

Me arrojé al interior del vehículo con el ímpetu de quien encuentra un oasis después de haber caminado durante horas por un desierto de dunas. Lo curioso fue que sufrí el espejismo justo un instante después de tomar asiento. En el lado derecho del asiento trasero viajaba una mujer vestida con un elegante *salvar-camis* de color índigo. Se había descalzado, dejando a la vista los pies más encantadores y cuidados que había visto jamás. No les faltaban tatuajes ni vistosos adornos, y rezumaban la fragancia de los jazmines. Pensé que tal vez acababa de interrumpir alguna clase de acto íntimo, un masaje o algo parecido, puesto que los pies eran para las mujeres indias la parte más impura del cuerpo. Mi obligación era la de postrarme delante del marajá —lo que protocolariamente se conocía como *mujira*—, pero desde luego hubiera preferido reverenciar aquellos pies antes que los de cualquier rey.

Junté las manos a la altura del pecho, incliné la cabeza hacia adelante y dije:

—*Namasté*.

La dama respondió a mi saludo con cierta turbación, e inmediatamente se retrepó en el asiento, pegando el hombro contra el cristal de la ventanilla, en un claro signo de que mi presencia le resultaba incómoda.

—¡Oh, alteza, disculpad la intromisión! —exclamé—. ¡Pensé que en el coche no viajaba nadie! ¡Chofer, haga el favor de parar!

Dije aquellas palabras para curarme en salud, ya que, aunque no había visto con anterioridad a la dama, daba por seguro que se trataba de un miembro de la familia real de Jay. Un familiar, en todo caso, muy lejano, puesto que viajaba sin séquito. Tal vez fuera hermana o prima de la cuarta o de la quinta esposa de su alteza real el marajá.

—No se haga ilusiones conmigo. No soy ninguna maharaní. Sólo soy una *naught girl*. Estaba realizando unos ejercicios para tonificar los músculos de mis pies cuando ha subido al automóvil —se desmarcó con un desparpajo impropio para una mujer india.

Me enfadó sobremanera que mi instinto no me hubiera puesto sobre aviso. Aquellos pies sólo podían ser los de una bailarina. Además, en el supuesto de que perteneciera a la familia real, nunca hubiera viajado sola, puesto que, aunque el marajá había viajado a Inglaterra en numerosas ocasiones y se había impregnado de ciertas costumbres, digamos, «liberales» para la mentalidad de los hinduistas más ortodoxos, en Jay se seguía observando un régimen atenuado de *purdah*, término que significaba literalmente «cortina» y que suponía de facto la segregación de la mujer de la vida pública. Una costumbre musulmana que también había acabado implantándose en las cortes de los príncipes hindúes, y que, en los casos más extremos, sólo permitía que las mujeres se mostraran delante de sus maridos o de los miembros varones de la familia cercana. Como digo, no era el caso de Jay, donde las mujeres de la casa se dejaban ver en los actos públicos, aunque no se mezclaban o se relacionaban con extraños, y a la hora de salir a la calle tenían que hacerlo en compañía de una carabina.

—Tampoco debe usted hacérselas conmigo, pese a que mi uniforme parezca el de un comodoro —dije—. Sólo soy un humilde funcionario policial. Me llamo Henry Masters, aunque todo el mundo me conoce como superintendente Masters.

—Su-per-in-ten-den-te Masters, yo soy Lalita Kadori. Esta noche bailaré para los invitados de su alteza, aunque mañana pasaré a ser «propiedad» del Ejército de la India.

—¿La han contratado para actuar delante de nuestras tropas? —le pregunté sin ocultar cierta sorpresa.

—Así es, aunque he firmado un documento que me prohíbe desvelar el emplazamiento de los acantonamientos donde actúe. De lo contrario, según me han advertido, correré la misma suerte que Mata-Hari. ¡Ustedes los hombres son tan desconfiados cuando se trata de sus asuntos! Siempre me he preguntado por qué las cosas que atañen a las mujeres son simplemente eso, asuntos de mujeres, mientras que cualquier cosa que hagan los hombres se convierte en un asunto de Estado. ¿No le parece que es injusto?

Oír hablar a aquella bailarina como a una sufragista inglesa o norteamericana me hizo sonreír abiertamente. ¡Era tan impropio de una mujer india expresarse en aquellos términos!

—Lo es, desde luego —respondí.

Digamos que el efecto que Lalita Kadori me causó fue

comparable al sonido de la flauta que provoca que la serpiente se cimbree hipnóticamente.

—Por fortuna, también hay hombres que tienen en cuenta la opinión de las mujeres. Gracias a la intervención decidida de un caballero dejé de ser una devadasi —dijo a continuación.

Históricamente, las devadasis eran jóvenes que los padres entregaban para casarlas con las deidades de los templos. Allí aprendían a bailar el Bharata Natyam, una sensual danza ritual, y se apareaban con los sacerdotes y con los peregrinos de las castas superiores que visitaban el templo. Las prácticas sexuales de las devadasis, por tanto, tenían un carácter religioso que hacía que estas mujeres fueran muy respetadas por el conjunto de la sociedad. La llegada de los primeros colonizadores a la India, portadores de la moral europea, vino a desvirtuar el trabajo de las devadasis, que acabaron convirtiéndose en vulgares prostitutas. La Ley Devadasi de Bombay de 1934 prohibía esta clase de «prostitución sagrada», si bien lo único que había conseguido era que las muchachas dejaran de ejercer en los templos para hacerlo en las calles.

—Me alegra saber que una ley británica ha servido de algo —ironicé.

—¡Oh, ya lo creo que ha servido! —exclamó—. Cuando tenía nueve años, mi madre creyó ver en mí uno de los símbolos que identificaban a las devadasis: un *jat* o rizo en el cabello. Me lo untó de grasa animal y dejó que creciera. Cinco meses más tarde entré en el templo, me casé con la estatua de un dios y un comerciante de Bombay pagó una buena suma por mi virginidad. Antes de cumplir los trece años me había acostado con cincuenta hombres. Pero no me quejo, porque gracias a mi condición de devadasi aprendí a leer, a escribir, a recitar poesía y a bailar. Algo a lo que ni siquiera tienen acceso muchas ranís de la India. En mi aldea, a las niñas como yo las enterraban vivas. Yo tuve mucha suerte.

Lalita Kadori reunía la belleza de todos los climas. Su cabello, de un negro de ébano, parecía una cascada de fina seda cayendo sobre sus hombros. Sus ojos eran oscuros y contemplarlos invitaba a la ensoñación; sus labios eran rojos y carnosos como gajos de pomelo fresco, y su piel poseía el tono del cobre bruñido. Todas y cada una de las partes que componían su ser, en suma, parecían estar en armonía entre sí: el brillo de sus pupilas con la forma de sus ojos; la trayectoria de su mirada con sus intenciones; el óvalo de su cara con la expresión de sus facciones; su acento extranjero con la persuasión de sus palabras; la espontaneidad de sus modales con la esbeltez de su figura. Hay mujeres sobresalientes, diría casi sobrenaturales, porque no parecen estar creadas por Dios, sino por la fantasía. Lalita Kadori pertenecía a esa clase.

Comparada con las insípidas damas británicas que había tratado hasta la fecha, Lalita Kadori era un picante curry de Madrás.

De pronto me sentí como Ulises cuando arribó a la isla de Ogigia, donde reinaba la irresistible Calipso. El infortunado se encontró de pronto en una fértil tierra sembrada de bosquecillos de alisos, álamos negros y cipreses, perejil y lirios, y en compañía de una hermosa mujer que, a cambio de olvidar el pasado, le prometía la inmortalidad y la eterna juventud. Desde luego, mi pasado no era comparable al de Odiseo, pues ni siquiera había una Penélope esperando mi regreso, por lo que hubiera aceptado de buena gana cualquier propuesta de Lalita Kadori.

—¿Le importa que siga con mis ejercicios? —me preguntó a continuación la bailarina.

—¡Se lo ruego, actúe como si yo no estuviera presente! —exclamé.

Durante los diez minutos siguientes, Lalita Kadori realizó una serie de ejercicios con los pies más propios de una contorsionista que de una bailarina convencional. Una vez que hubo finalizado, sacó el frasquito donde llevaba el *sindur*, el polvo bermellón que empleaban los nativos para pintarse el *bindi*, y procedió a maquillarse. La marca en la frente, una lágrima tan roja como una gota de sangre, no hizo sino acrecentar su magnetismo.

Cuando al cabo el coche tomó por fin la gran avenida de grava roja de más de una milla de longitud que conducía hasta la entrada principal del palacio de la Luz Lunar, los ojos de Lalita Kadori parpadearon repetidas veces deslumbrados por el espectáculo que se abría ante ellos.

—¿Estoy viendo visiones o delante del «gran palacio» hay otro «gran palacio»? —me preguntó.

Ahora era ella la que tenía que enfrentarse con el espejismo de una realidad incomprensible para cualquier persona en su sano juicio. El palacio de la Luz Lunar transmitía a quienes lo contemplaban por primera vez la sensación de que se trataba de un edificio irreal engendrado por el delirio de una mente enferma, pues tal era su desmesura.

—Lo que hay delante del palacio es una gigantesca *shamiana*. En esa carpa se pesará su alteza en una balanza. Y en su interior también tendrán lugar los discursos y la entrega de ofrendas al marajá por parte de sus súbditos.

Por último, nos adentramos por los jardines ingleses diseñados por Mr. William Goldring, uno de los impulsores de los Kew Gardens de Londres, dejando a ambos lados el hipódromo y los campos de polo y de críquet. Al cabo, las estatuas que flanqueaban el camino se fueron mezclando con un sinfín de sirvientes que, vestidos para la ocasión, parecía que acabaran de bajarse de sus pedestales.

En cuanto descendimos del coche, el fotógrafo encargado de inmortalizar el evento nos hizo un par de fotografías, como si formáramos una pareja de verdad. Le entregué una de mis tarjetas de visita y le pedí que me enviara una copia de las instantáneas. Luego nos vimos arrastrados por un gran maremagno, hombres y mujeres que buscaban su sitio en aquel gigantesco escenario, un río humano que arrancó a Lalita Kadori de mi lado como la mano del cirujano extirpa un tumor, sin contemplaciones. Durante la media hora siguiente estuve respirando el recuerdo de su perfume.

El palacio de la Luz Lunar era uno de esos edificios que los arquitectos llamaban de estilo «ecléctico licencioso». Es decir, una síntesis atrevida a la par que disoluta de elementos hindúes, islámicos y europeos. Para el resto de los mortales, en cambio, era, simplemente, un palacio de ensueño con sus cúpulas bulbosas y minaretes, sus arcos ojivales y festoneados, sus columnas de ónice, sus techos abovedados, sus aleros salientes y sus tejadillos bengalíes.

Según se decía, había sido proyectado para convertirse en la residencia privada más grande del mundo construida durante el siglo XIX, pero un error de cálculo del arquitecto redujo las dimensiones de su fachada principal en tres metros y medio, lo que le concedió ese honor al Lakshmi Vilas, el palacio que el mayor Charles Mant había diseñado para la familia Gaekwad de Baroda. Esto enfadó sobremanera al marajá Raja-Ram, el bisabuelo del marajá Hiresh Singh, quien decidió entonces levantar dos pabellones anexos. Dos construcciones igualmente desmesuradas de estilo conocido con el nombre de «*dak bungalow gothic*», algo así como dos gigantescas casas de posta para invitados, semejantes a las que se podían encontrar en la campiña inglesa. En uno de estos bungalows fue donde yo me crié, pues albergaba nuestro hogar y la escuela en la que mi padre instruía al joven príncipe Hiresh antes de que subiera al trono. El otro era el pabellón que el marajá, con motivo de la guerra, había cedido como hospital de campaña.

Al parecer, el arquitecto del palacio de la Luz Lunar había muerto desnucado en el transcurso de una cacería, cuando cayó accidentalmente del *howdah* o castillete del elefante que montaba. Las malas lenguas, en cambio, aseguraban que el marajá Raja-Ram había ordenado dejar suelta la cincha de agarre, pues consideraba que aquel hombre había mancillado su *izzat*, su reputación, al construirle un palacio que no «cumplía las expectativas de su dignidad». Una apreciación completamente desmesurada si tenemos en cuenta que el palacio de la Luz Lunar era casi cuatro veces más grande que Buckingham Palace. Incluso los miembros más pequeños de la familia real se trasladaban de una habitación a otra utilizando patinetes de plata.

Sea como fuere, había tres aspectos en los que el palacio de la Luz Lunar superaba al resto de palacios de la India: su fastuosa decoración —que incluía frescos de estilo italiano, mosaicos venecianos, suelos de mármol de Carrara, techos curvos de cristal emplomado, alfombras tejidas con perlas, rubíes y esmeraldas, un *gaddi* o trono de plata maciza de varias toneladas de peso, un pequeño tren también de argento que transportaba la comida desde las cocinas hasta el comedor...—; su gigantesco jardín, que superaba los mil ochocientos acres de extensión y albergaba el mayor bosque del reino, un *maidan* o campo de desfiles, unas caballerizas con capacidad para doscientos equinos, un *pilkhanna* o cuadra para ochenta elefantes y un poblado sólo para los jardineros, guardas forestales, *cornacs* o domadores de paquidermos, palafreneros y otros miembros de las caballerizas reales y la calidad de las joyas de la familia. Sirva como ejemplo el hecho de que los Singh eran dueños, entre otros, de uno de los diamantes más grandes del mundo: la Flor Blanca del Himalaya, de 172,7 quilates. Su alteza real, además, había heredado cuarenta y cinco collares de perlas tan gruesas como canicas, algunos de ellos de siete vueltas. Según me había contado mi padre en alguna ocasión, sólo la colección de collares de la familia había sido tasada en varias decenas de millones de libras esterlinas a comienzos de la década de los años veinte, con motivo de la suscripción de un seguro de robo con la casa Lloyd's de Londres.

Las diecinueve salvas de cañón resonaron en la jungla como tambores de guerra. La miríada de pavos reales macho que adornaban los jardines tal que esculturas vivientes cerraron de improviso sus vistosos abanicos y huyeron despavoridos. No obstante, fueron reemplazados al instante por los *chatris*, parasoles gigantes con flecos, los *chamares* reales o matamoscas fabricados con cola de yak, y los abanicos de pluma de avestruz que portaban o agitaban sirvientes y damas. El trono estaba colocado sobre una plataforma ligeramente elevada, en medio de la gigantesca carpa, en tanto que los invitados fuimos ordenados en filas dispuestas verticalmente a izquierda y derecha. También había una zona acotada por media docena de biombos reservada para las mujeres de la familia real, que, aunque podían mostrarse en público, tenían prohibido mezclarse con extraños.

Un sonido monótono y ronco parecido al arrullo de las tórtolas cuando están en celo —proveniente de cierto instrumento musical que yo no alcanzaba a ver desde mi posición—, seguido de los acordes de un armonio, dio paso a la entrada del marajá y a la consiguiente reverencia solemne y general. En ese instante comenzaron a sonar las notas de los himnos nacionales del Reino Unido primero y de Jay después.

Su alteza vestía una túnica calada en oro con un alzacuello bordado con más de cuatrocientos diamantes, y llevaba la cabeza tocada por un turbante acolchado adornado con plumas y joyas. Sus largos y delgados dedos apenas dejaban un milímetro de carne al aire, tal era la cantidad de anillos que los cubrían, y de su cuello colgaban media docena de collares interminables de perlas tan gruesas y brillantes que refulgían como azogue que reflejara el sol. El único hueco que quedaba libre en la pechera de su alteza real, a la altura del corazón, lo ocupaba la Flor Blanca del Himalaya, cuyos destellos hubieran bastado por sí solos para iluminar una estancia de tamaño mediano. De su cintura colgaba un puñal y un aguijoneador de elefantes, ambos de oro esmaltado con incrustaciones de piedras preciosas.

Traté de recordar al Hiresh niño, un pequeño enteco, indolente y algo caprichoso al que yo envidiaba no por su condición de príncipe, sino porque todos los años pasaba tres meses en Inglaterra o Suiza en busca de un clima más benigno. Nadie imagina cuán frustrante resultaba para un niño de padres ingleses que no había estado nunca en Inglaterra oír a un pequeño hindú hablar con familiaridad y suficiencia de su patria. En el fondo, me atormentaba que el príncipe Hiresh Singh pudiera sentirse más inglés que yo mismo, por el simple hecho de que conociera Inglaterra de primera mano y yo no.

Sin embargo, sabía que Hiresh también sentía celos de mí, puesto que por su condición de príncipe heredero no podía acercarse a la cuadra de elefantes tanto como le hubiera gustado. Por descontado, tenía prohibido acariciar la dura piel de los paquidermos con hojas de bambú, procedimiento que se empleaba para acostumbrarlos al contacto de las manos. Una actividad a la que yo le dedicaba una hora todos los días y que me permitía familiarizarme con los animales, que me trataban como si fuera uno de los cuidadores. Al cumplir los diez años, mi padre me regaló un ejemplar traducido al inglés del *Hastividyarnava*, un tratado escrito en la lengua de la región de Assam, que explicaba las técnicas para capturar y adiestrar elefantes. Un año más tarde conocía todos los puntos o *nila* que un *cornac* o adiestrador había de palpar para que el elefante hiciera en cada momento lo que se le ordenaba. Por ejemplo, si tocabas el extremo interior de la trompa, el animal la enrollaba; en cambio, si presionabas sobre el extremo de la cara exterior, el animal distendía el apéndice. Para que se arrodillara había que apretar un determinado punto justo debajo del ojo, y si lo que querías era que arrancara a andar, bastaba con acariciar la parte inferior del lóbulo de la oreja. Claro que antes el animal tenía que permitir que el conductor se subiera, para lo cual había que oprimir el extremo anterior de las patas delanteras. Como los elefantes no se reproducían en cautividad, había que capturarlos en estado salvaje y luego domarlos, labor que requería tanto esfuerzo y trabajo que hasta que los animales no cumplían los diecinueve años no se les permitía entrar a formar parte del servicio de su alteza real. Otro tanto sucedía con las perreras, en las que yo me desenvolvía como un *duria* más. Daba de comer a los canes, los cepillaba y los sacaba a pasear siempre que mis obligaciones me lo permitían.

A continuación me vino a la cabeza el primer contratiempo serio que tuve en mi infancia, y en el que el príncipe Hiresh estuvo involucrado de una forma directa. Yo tenía una aya, una mujer india llamada Arundhati, a la que le gustaba contarme «historias de la misteriosa India», como las llamaba, cuentos tan antiguos como *yuga*, la edad del mundo. Una de estas narraciones hablaba de una joven nativa que se había quedado embarazada de su primer hijo y, al crecerle el vientre, todos los objetos pequeños que quedaban a la altura de éste desaparecían como por arte de magia. Por ejemplo, las cucharillas de café o los tenedores de postre. El día del alumbramiento, la criatura vino al mundo portando en una mano una cucharilla de café y en la otra un tenedor de postre. Obviamente, yo le pregunté a Arundhati por dónde habían llegado todos esos objetos hasta el interior de la barriga de la mujer, a lo que me contestó: «Por el ombligo, naturalmente. Los ombligos de las embarazadas son pequeñas puertas que se abren y se cierran a conveniencia de los bebés que habitan en sus barrigas. Por el ombligo los bebés comienzan a conocer el mundo exterior.» Pues bien, ingenuo de mí, fui a contarle la historia de la embarazada al más cándido de los príncipes de la India, Hiresh, quien a su vez no dudó en consultar con su padre, el marajá Birendra. Al día siguiente, mi padre me reprendió con severidad, advirtiéndome que no volviera a contarle una historia al príncipe, jamás, pues según su padre, el marajá, todos esos cuentos ridículos de la India eran obra de Rudyard Kipling, el mismo hombre que se había atrevido a escribir que «los estados nativos [de la India] habían sido creados por la providencia a fin de proporcionar un escenario pintoresco, tigres y buenos relatos. Son los lugares oscuros de la Tierra, llenos de inimaginable crueldad, que por un lado tocan el ferrocarril y el telégrafo y, por otro, los días de Harum al-Rashid», uno de los califas que aparecen en *Las mil y una noches.*

A partir de entonces, las únicas historias de la India que se nos permitía escuchar a los niños que residíamos en el palacio de la Luz Lunar eran las que se referían a la familia Gaekwad de Baroda. Una contaba que el marajá Khande Rao Gaekwad, quien era poseedor de más de seis mil palomas, había organizado una boda entre dos de sus aves, a las que cubrió de joyas y sentó en sendos cojines de seda delante del sacerdote que ofició la ceremonia. Al parecer, tras los fuegos artificiales que siguieron a la celebración, un gato acabó con la vida del novio en un descuido. Después de aquel contratiempo, que terminó con la desolladura y el desmembramiento del minino, el marajá Khande Rao se obsesionó con un simpático y vistoso pajarillo cantor de la India llamado bulbul (un ruiseñor), de los que llegó a poseer quinientos ejemplares. Hasta que un día se cansó de ellos y los hizo encerrar en una habitación sin ventanas y a oscuras, donde las aves, enloquecidas, acabaron matándose unas a otras. Otra historia de este siniestro personaje contaba que era propietario de un leopardo al que hacía correr detrás de un antílope. Cuando el cuadrúpedo era abatido y despedazado, la fiera recibía una escudilla de plata llena de sangre como recompensa. Pero el cuento que más me gustaba era uno que hablaba de un tipo de lucha que se celebraba en Baroda, cuyos combatientes, semidesnudos, peleaban llevando en las manos garras confeccionadas con huesos afilados. Desde luego no era mejor el destino que les aguardaba a los delincuentes del reino, que eran atados de un brazo y una pierna a las patas traseras de un elefante y arrastrados hasta las afueras de la ciudad. Allí, en el supuesto de que hubieran sobrevivido, se los reanimaba con cubos de agua antes de que el animal terminara de aplastarles la cabeza con una pata.

Recuerdo que, siendo el príncipe Hiresh y yo mismo niños, si alguien nos regañaba y mencionaba el nombre de Baroda, rompíamos a llorar desconsoladamente. Como digo, la función de aquellos cuentos no era la de entretenernos, sino la de alertarnos sobre las consecuencias que un mal comportamiento podía acarrearnos, además de aleccionarnos sobre la ancestral disputa que existía entre los reinos de Jay y de Baroda.

La cuestión era que, después de escuchar una de esas terribles historias, el príncipe Hiresh no podía buscar consuelo en el regazo de su padre, ni tampoco recibía explicaciones que pudieran calmar su desazón, tal y como yo hacía, pues podía pasar semanas sin ver a su alteza real el marajá Birendra. El fin de la educación de Hiresh no era tanto formarse como ganarse el respeto de su padre, quien, por otra parte, jamás le daba muestras de afecto; todo lo contrario. El rasgo principal del marajá para con sus hijos, incluido Hiresh, era la displicencia en el trato. Incluso se mostraba desdeñoso a menudo, pues, al parecer, así lo exigía su papel de divinidad omnipotente y distante. Los dioses, al fin y al cabo, no podían estar sometidos a los condicionamientos familiares. Cuando uno es niño tiende a confundir la figura de su padre con la de Dios, pues le atribuye a aquél un poder omnímodo, pero se trata de algo que se pierde, como la inocencia y la naturalidad, en el camino que conduce de la infancia a la adolescencia. El príncipe Hiresh, sin embargo, tuvo que enfrentarse al hecho de que su padre fuera el avatar de un dios «para toda la vida». Eso implicaba que no cabía la camaradería en la relación entre ambos, ya que el propio Hiresh se veía obligado a venerar a su progenitor untándose la frente con pasta de madera de sándalo cn el templo del palacio de la Luz Lunar. Supongo que, para un crío de nueve o diez años, oír decir que entre sus antepasados se encontraba la Luna debía de resultar de lo más confuso y extraño. No en vano, todos los varones de la familia Singh se llamaban de segundo nombre Yamir, cuyo significado es «Luna».

¿Acaso los descendientes de la Luna no son por derecho propio unos lunáticos?

Desde su ascensión al trono de Jay, el propio Hiresh, una vez heredado de su padre el papel de avatar de una divinidad, se había transformado en algo que ni la propia Gran Bretaña podía asumir, y eso, he de reconocerlo, me hacía feliz. Ver a Hiresh haciendo equilibrios en una balanza donde estaban siendo depositadas más de ciento ochenta libras en moneda local era un espectáculo idéntico al que se refería Kipling, una creación de la providencia que en el Reino Unido, en nuestra sociedad avanzada, hubiera quedado relegada a la categoría de atracción circense. Fuera un dios o lo que fuese Hiresh para su pueblo, había algo que no era, que no sería jamás: un británico.

Una vez hubo terminado la ceremonia de la balanza, su alteza real fue llevado de regreso a su trono en parihuelas, tras lo cual los «caballeros nativos» escenificaron su fidelidad hacia el soberano con una ofrenda simbólica que consistía en entregarle una moneda de oro, con lo que a la postre fueron ellos quienes sufragaron, al menos en parte, el gesto del monarca de entregar a su pueblo su peso en moneda local. Por último, el elefante de su alteza, cubierto por un dosel de perlas y enjaezado con tantas joyas que parecía «una montaña de oro» —para emplear la misma expresión que había utilizado Mr. Rousselet cuando presenció una escena parecida en la corte de Baroda—, avanzó hacia el trono esparciendo pétalos de rosas con la trompa.

La cena, un menú mixto elaborado por los chefs francés y bengalí de su alteza, y que, entre otros platos, incluía *vol-au-vent à la financière, kramousky aux huîtres y suprême de volaille*, sopa de coco, pescado al curry con mango seco, *burta* de arenques ahumados, pato salvaje al curry con salsa de pera y otra media docena de manjares, me dejó el sabor agridulce de la añoranza y me hizo recordar un razonamiento recurrente que mi padre compartía con los miembros del club. La India era el único lugar del mundo donde un hombre que no fuera rico podía tener sesenta criados, y también el único sitio de la Tierra donde un caballero podía morir asfixiado por tragarse un diamante. Al parecer, el marajá Birendra, padre de su alteza real el marajá Hiresh, ofreció en cierta ocasión una cena para un grupo de oficiales británicos con sus respectivas esposas. A los postres, se sirvió una tarta de chocolate recubierta de diamantes, de forma que cada porción de pastel estuviera adornada con una gema de tres quilates. Cada camarero advirtió al comensal que tenía asignado que la joya era auténtica y, en consecuencia, no comestible, excepto el del mayor Charles Hunt. Éste, creyendo que se trataba de un caramelo tallado, se lo echó a la boca. Después de mucho chupar, la piedra se quedó encajada en la garganta, y no salió de ella hasta que fue recuperada durante la autopsia del militar y entregada a su viuda, que, según parece, la llevó colgada hasta el día de su muerte como prenda de su dolor. La terrible historia del mayor Charles Hunt provocó un gran revuelo en la India, e incluso dio pie a numerosos cambios relativos al protocolo de actuación de la servidumbre. No en vano, como le gustaba decir a mi padre, «un caballero ha de tener plena confianza primero en su esposa y luego en sus criados, entre cuyas misiones se encuentra la de advertir a su señor qué alimentos son comestibles y cuáles no». Llegados al punto álgido de la reflexión, siempre salía a relucir el nombre de un tal William Hickey, quien sin ser un potentado pudo permitirse tener sesenta y seis criados, entre los que destacaban ocho para servir la mesa, dos cocineros, dos reposteros, dos encargados de enfriar las bebidas, tres jardineros, un cochero, cuatro mozos de cuadra, un peluquero y nueve ayudas de cámara, todos perfectamente adiestrados. El problema era que la Gran Guerra había cercenado este privilegio a la mitad, y pronto, a tenor de la situación económica y política del mundo en su conjunto, quedaría reducido a una tercera parte. La situación se había deteriorado más rápidamente de lo que mi padre y sus amigos del club habían vaticinado, y en 1944, con la Segunda Guerra Mundial en marcha, una persona de mi posición sólo podía permitirse tener cuatro o cinco criados a lo sumo.

La presencia de Lalita Kadori en la escena, un amplio círculo creado por los músicos que la acompañaban, me sacó de mis cavilaciones. Vestía un sari de seda de color rojo con estampaciones irisadas de hilo amarillo, y tanto su nariz como sus orejas, brazos y pies iban profusamente adornados. Tras realizar el *namaskaram* o saludo espiritual obligatorio previo al Bharata Natyam, comenzó a danzar con las rodillas flexionadas, simulando ser una escultura. Al cabo, la danza fue convirtiéndose en una combinación perfecta de ritmo, ejecutado con los pies, que seguían la melodía de los tambores, y expresiones faciales y movimientos que brotaban de sus ojos y manos. Pese a que yo era ajeno al significado de aquel baile, era capaz de percibir que detrás de los gestos de los ojos y de los *mudras* o movimientos de las manos se escondía el propósito de transmitir emociones, desde la felicidad a la cólera, desde el miedo al coraje, desde el asombro a la serenidad. La bailarina estaba narrando una historia con su cuerpo y, aunque yo no alcanzaba siquiera a comprender una pequeña parte del mensaje que estaba transmitiendo al público, la propia evolución de la danza, de una precisión y energía sobrecogedoras, me impresionó vivamente. Faltaría a la verdad si no reconociera que, conforme Lalita Kadori se fue transformando en un ser etéreo por medio de sus movimientos, mi enardecimiento aumentó hasta despertar mis instintos más primarios. Me sentía como un tigre tratando de cazar una mosca al vuelo. Abría la boca con rabia y soltaba dentelladas que hubieran desgarrado el lomo de un búfalo; sin embargo, resultaban completamente inútiles cuando se trataba de atrapar un insecto.

Cuando de repente sobrevino el final de la danza (los tambores se silenciaron bruscamente), Lalita Kadori se esfumó del escenario como desaparece un hermoso sueño al llegar el nuevo día.

Sin ser plenamente consciente, me acababa de convertir en un acólito del arte de la devoción, hasta el extremo de que la plétora de fatuos espectáculos que siguieron a la actuación de la bailarina (saltimbanquis, faquires, animales amaestrados y uniformados, etc.) desfiló delante de mis ojos con la celeridad de una manada de elefantes sedientos camino de la charca.

Pasé el resto de la velada sorteando los pequeños inconvenientes que, digámoslo así, conllevaba el protocolo local, por ejemplo, tomar *paan* después de la comida, un digestivo de hoja de betel y nuez de areca que ensuciaba el estómago tanto o más que los dientes, y en cuanto pude me zafé para unirme al grupo del «hospital». A falta de británicos de renombre que adornaran la celebración, habían sido invitados la veintena de soldados heridos que estaban en condiciones de mantenerse conscientes, puesto que aquellos que no podían ponerse en pie iban sentados en carritos empujados por enfermeras de blancos y almidonados uniformes. Aquellos muchachos tullidos o tísicos eran, en definitiva, lo único real de aquella conmemoración. Y si los miembros de la familia Singh eran avatares de no sé qué divinidad lunar, aquellos jóvenes eran la encarnación de los soldados caídos en las llanuras de Mandalay. Reconocí a un soldado del segundo batallón del Regimiento Oeste de Yorkshire que había tomado parte en la batalla de Admin Box, en la zona fronteriza de Sinweya. Un muchacho con suerte a pesar de su estado, sin duda, puesto que en la noche del 7 al 8 de febrero los japoneses habían asaltado el hospital de campaña y asesinado tanto al personal sanitario como a los heridos.

—¿Qué tal se encuentra, soldado? —le pregunté. Aunque permanecía sentado en una silla de ruedas, no paraba de tamborilear con los dedos sobre sus muslos, siguiendo el ritmo de la música.

—Parece ser que Eleanor se va a salvar. En cuanto a Susan, estaría dispuesta a bailar con usted a poco que hiciera el esfuerzo de mantener a Eleanor a raya —me respondió empleando cierto tono de misterio.

—¿Quiénes son Eleanor y Susan si me permite la pregunta? —me interesé.

—Eleanor es mi pierna izquierda, la que se llevó la peor parte cuando caí herido. Susan es mi pierna derecha. Ella sólo sufrió rasguños leves, así que tiene unas ganas enormes de bailar. Dejé apoyado el rifle contra un árbol y todo voló por los aires. Yo sólo quería cambiarle el agua al canario, ya me entiende. Ni ellas ni yo olvidaremos jamás el 21 de febrero de 1944. Al menos me queda la satisfacción de saber que nuestros Spitfires lograron derribar sesenta y cinco aviones japoneses. Acabaron bien jodidos porque no pudieron atravesar nuestras líneas. Por cierto, ¿sabe usted por qué todos los indios creen que nuestras enfermeras son viudas? Hay un montón de cosas que no entiendo de este país..., empezando por cómo permiten una fiesta tan empingorotada cuando los japoneses están a tan sólo setenta y cinco millas de aquí —dijo.

Pensé que, de haber vivido una temporada en Inglaterra, no hubiera tenido problemas para desentrañar el acento de aquel soldado a la primera. Sin embargo, las distintas «voces» de Gran Bretaña resonaban en mi cabeza como un eco lejano. Era capaz de distinguir el acento de un escocés o de un norirlandés, desde luego, y también la jerga rimada *cockney* del East End londinense, pero en cambio no sabía diferenciar la forma de hablar del centro de Londres de la de Manchester. Que el muchacho perteneciera a un regimiento con base en Yorkshire no significaba que fuera natural de aquella región.

—Digamos que, para que el marajá colabore permitiéndonos tener un hospital y un acantonamiento militar en su «jardín», es necesario permitirle que dé una fiesta de vez en cuando. Pero estoy de acuerdo con usted en que, dadas las circunstancias, una celebración de estas características resulta de todo punto ominosa —aclaré.

—De todas formas, los japoneses no intentarán invadir la India por la frontera de Jay —observó a continuación.

—¿Qué le hace pensar eso?

—Si le dieran a elegir entre acostarse con una mujer con ladillas y otra limpia y aseada, ¿con cuál de las dos se quedaría? La jungla de esta parte del país está infectada por la malaria. La invasión se producirá más al norte, por Assam. Me juego las dos piernas... —dijo al tiempo que emitía una sonora carcajada.

—Es por el color blanco de sus uniformes. Las viudas indias visten de blanco. Y, por regla general, no están bien vistas porque la mayoría de la gente cree que traen mala suerte. De modo que, si definitivamente decide pedirle a una enfermera que baile con usted, armará un escándalo. Consúltelo con Eleanor y Susan antes de dar un paso en falso...

El joven volvió a reír con estruendo, como si acabara de contarle un chiste.

En términos generales, el *durbar* resultó extravagante en cuanto a su puesta en escena, y plúmbeo en lo referente a su duración, que se prolongó más allá de la medianoche.

3

Una vez de regreso en Jay Town, me pasé por la comisaría. Todavía me quedaba por resolver el asunto de los nacionalistas indios.

Sentado en la escalinata que daba acceso al edificio, mientras bebía un *chai* comprado en un puesto de la calle, aguardaba Sabal Mendes, el *vakil* o abogado del señor Basak. Mestizo de origen portugués, era oriundo de Chittagong, un puerto a orillas del río Karnaphuli. A pesar de su piel del color del cobre, aseguraba ser descendiente de un «casado», nombre con el que se conocía a los reservistas portugueses que se asentaron de manera pacífica en el golfo de Bengala a finales del siglo XVI. Su porte era el de un *gentleman*, de ojos negros e inquisitivos, facciones afiladas y patillas plateadas. A veces lucía un diminuto bigotito, perfectamente recortado, al estilo de los galanes de Hollywood, y del bolsillo superior de su chaqueta de lino siempre sobresalía un pañuelo a juego con la camisa. Un *pocket square* que, a diferencia de la costumbre británica, encajaba en el bolsillo de su chaqueta sin doblar, como si se tratara de los pétalos de una flor. Se jactaba de ser un buen cristiano, practicante, aunque lo más sobresaliente de su carácter era su endemoniada astucia. Cuando un día le pregunté por qué razón un mestizo cristiano había aceptado al señor

Basak como representado, me respondió: «Porque me gustan los desafíos. Aunque, si quiere conocer mi opinión, defender a los miembros del Partido del Congreso no resulta un reto tan grande como puede parecer a simple vista. Cada día que pasa, ustedes pierden una porción de la India, una tan pequeña que ni siquiera perciben la merma. A mis antepasados portugueses les sucedió lo mismo, colonizaron y colonizaron, pero se olvidaron de los nativos, los ignoraron como si fueran intrusos en su propia tierra, los ataron como esclavos a unas leyes y a unas costumbres tan pesadas como cadenas, puesto que ni siquiera las comprendían, así que no les quedó otra alternativa que volverse en contra de los colonizadores. El camino que conduce a la libertad es sólo de ida y siempre es el mismo...»

El olor del té se coló por mi garganta hasta mezclarse con el *paan*, que, como de costumbre, más que ayudarme en la digestión había terminado de revolverme el estómago. Tras producirse en mis entrañas una feroz lucha entre la nuez de areca y la lima aguada con los efluvios de la infusión de Mendes, sentí una arcada que me obligó a agarrarme a la barandilla.

—¿Se encuentra bien? Tiene usted muy mala cara —se interesó el letrado.

—Estoy todo lo bien que uno puede encontrarse después de haber ingerido uno de esos digestivos de betel —reconocí.

Detestaba que un nativo tan sagaz como Mendes me viera flaquear, así que mastiqué una gran bocanada de aire caliente, a sabiendas de que sería como tragar un fósforo encendido. Al menos de esa forma mis jugos gástricos estarían ocupados tratando de apagar el nuevo incendio.

—Llevo esperándole más de dos horas, superintendente Masters, y estoy dispuesto a permanecer aquí sentado el tiempo que sea necesario, un día, dos o tres, hasta que subsane el atropello que ha cometido con mi representado. Sus subalternos ni siquiera me han permitido tener acceso a mi cliente —me reprochó en cuanto se cercioró de que me había repuesto.

—Tranquilícese, Mendes, el señor Basak ha sido convocado aquí para responder a unas preguntas, sólo para eso, de manera que stricto sensu no ha sido detenido. Él mismo se lo confirmará.

Previendo que el abogado se presentaría en las dependencias policiales para ver qué estaba ocurriendo, di la orden a los agentes de guardia de que le impidieran la entrada bajo el argumento de que yo me encontraba ausente.

—El señor Basak no tiene que responder a ninguna pregunta sin mi presencia, menos aún si no existen cargos contra él —replicó Mendes.

—Mendes, déjese de formulismos. Si hoy no hay cargos contra su cliente es porque no he querido que los hubiera. Usted y yo sabemos que el Partido del Congreso contrata a delincuentes comunes para que lleven a cabo acciones de sabotaje. En el fondo, para la mayoría de los nacionalistas hindúes Gandhi es un personaje tan pintoresco como lo es para nosotros —le hice ver.

—Usted no sabe, sólo supone, puesto que carece de pruebas, y yo ni sé ni supongo. Me ciño a los hechos que pueden ser probados. Y desde luego no he venido a hablar de lo que significa el señor Gandhi para el Movimiento Nacional de Liberación de la India. Ahora resolvamos este asunto de una vez —me replicó el *vakil.*

El interior de la comisaría parecía una tetera en ebullición. El olor a brebaje, a *chapatis* recién horneados, a salsa de curry, a sudor y a cigarrillos mal apagados daba como resultado una atmósfera densa y pegajosa que las aspas de los ventiladores del techo se encargaban de batir y compactar. Por el tono de la conversación, cualquiera que no estuviera al tanto de cómo funcionaban las cosas en una comisaría india hubiera llegado a la conclusión de que aquellos hombres mantenían una acalorada riña, pero no era más que la entonación de la nueva India, la de la «no violencia». Al parecer, mis hombres trataban de impedir que los seguidores de Basak cantaran el *Jana Gana Mana*, un texto de Gurudev Rabindranath Tagore que los nacionalistas más radicales habían adoptado como himno nacional de la India Libre.

—*Yai Jind*, superintendente Masters —se dirigió a mí el señor Basak en cuanto me tuvo en el punto de mira.

La expresión «*Yai Jind*» significaba literalmente «Victoria para la India», y había sido adoptada por los miembros del Partido del Congreso como saludo. Al utilizarla, Basak quería provocarme, pero yo no estaba dispuesto a dejarme llevar a su terreno. Ya me había acostumbrado a tratar a los rebeldes del Congreso Nacional Indio con guantes blancos, como si fuera un camarero y no un policía, siguiendo las instrucciones de las altas esferas.

—Me pregunto cómo se dirá en indostaní «Victoria para Japón», porque eso será lo que tendrán que gritar en el supuesto de que perdamos esta guerra.

Sabía que el hecho de emplear el plural para referirme a la unión de nativos y británicos en la persecución de un mismo fin, en este caso la derrota de Japón, irritaría sobremanera a Basak.

—¡Pagará caro este secuestro, superintendente! —exclamó al fin. Y a los profundos pliegues de su rostro se unieron el ceño fruncido y unas gruesas y negras cejas convertidas en acentos circunflejos—. Y usted, Mendes, ¿por qué ha tardado tanto?

—Porque me han impedido la entrada —respondió el abogado.

—¡Silencio todo el mundo! —grité—. Basak, siéntese aquí, y usted, Mendes, tome asiento allí.

Los dos hombres obedecieron a regañadientes. Yo aproveché también para dejarme caer en mi butaca y sacar del cajón del escritorio el libelo que pensaba utilizar para justificar la presencia de Basak y de sus hombres en comisaría.

—¿Ha escrito usted este editorial, señor Basak? —le pregunté, al tiempo que le mostraba el *Young India*.

—Como abogado del señor Basak, seré yo quien establezca si debe o no responder a sus preguntas —se inmiscuyó el letrado.

Basak, pasando por alto las indicaciones del abogado, tomó el pasquín, le echó un vistazo, esgrimió una amplia sonrisa de satisfacción y dijo:

—Desgraciadamente mi estilo literario es bastante más tosco. No, no he sido yo quien ha escrito este artículo. No obstante, suscribo todo lo que aquí se dice. Así que puede imputarme su autoría si ése es su deseo.

—A mí también puede atribuirme la propiedad intelectual del artículo —intervino el hombre de confianza de Basak, un tipo alto y flexible como el tallo de un junco, que permanecía sentado junto al resto de los retenidos.

—Y a mí —se autoinculpó un tercero.

En la región de Bengala existía un árbol llamado *banyan*, de cuyas ramas colgaban largas raíces aéreas que, al tocar la tierra, penetraban en ella formando nuevos troncos. El resultado era una higuera corpulenta y vigorosa que se ensanchaba sin cesar, creando auténticas fortalezas arbóreas. Una de ellas había adquirido tales dimensiones que en su interior se había montado un templo hindú. En muchos aspectos, el Partido del Congreso era como un *banyan* que no cesaba de crecer y que con sus recios tentáculos estrangulaba todo lo que quedaba a su alcance.

—Comprendo. Todos ustedes son responsables del artículo... Ningún país se ha elevado sin purificarse antes en el fuego del sufrimiento. ¿No dice eso Gandhi? —intervine.

—En efecto. La India no puede pretender librarse de la esclavitud sin padecer primero la ley eterna de los sufrimientos —observó Basak—. La ley del sufrimiento no puede evitarse porque es una condición esencial del ser humano. Lo importante es que cuanto más puro es el sufrimiento, mayor es el progreso que asume. De modo que, para librarnos de ustedes, primero hemos de padecer sus abusos. Aunque su mentalidad europea no le permite entenderlo, existen enfermedades que son beneficiosas... De la misma manera que hay enfermedades que se curan con la palabra oportuna...

—A veces me pregunto por qué en la India todo parece inevitable... —elucubré en voz alta.

—Muy sencillo, superintendente Masters, porque todo es, en efecto, inevitable —apuntó el señor Basak como si fuera la voz de mi conciencia.

Quien hubiera escrito o dejado de escribir aquel artículo me traía sin cuidado, puesto que la materia que trataba era una mecha que ya llevaba encendida algunos años. De hecho, sólo faltaba conocer exactamente el momento y el sitio donde tendría lugar la explosión. De modo que para mí lo importante era que la larva de la que estaba a punto de nacer una India libre no eclosionara en el reino de Jay.

Antes de que me llegara el turno de inculparme, decidí terminar con la farsa. Los pies me ardían dentro de las botas como si estuviera caminando sobre ascuas. Incluso sentía cómo el corazón me latía a la altura de los tobillos.

—Está bien, Basak, ya puede marcharse.

—¿Eso es todo? ¿No piensa encerrarme? —preguntó ahora con cierta desazón.

—No alcanzo a entender qué se propone, superintendente Masters —indicó el abogado.

—Mendes, ya conseguí mi propósito hace un rato: evitar posibles disturbios y mantener con vida al marajá durante la celebración del aniversario de su coronación —reconocí—. Ahora, si están de acuerdo, podemos irnos a descansar.

—¿No se ha preguntado nunca, superintendente Masters, qué será de usted el día que la India sea devuelta a sus legítimos propietarios? —me interrogó Basak—. Cuando estuve en Inglaterra pude comprobar que los británicos también tienen un sistema de castas tan estricto como el nuestro, con su aristocracia, sus militares, sus comerciantes burgueses y sus obreros esclavos, sin olvidarnos de los que quedan fuera de este organigrama, los intocables, los parias, clase que en su país, al parecer, recae en hombres como usted, ingleses nacidos en la India... En el fondo, ustedes los angloindios son también víctimas de la propia sociedad a la que creen pertenecer: nunca serán británicos y nunca serán indios. Ustedes son, si me permite que lo exprese con un término afín a su religión, «hombres limbo».

Basak hablaba de un asunto que, en cierta manera, siempre me había preocupado desde que tuve uso de razón. Yo sabía perfectamente que a los ingleses de la India nos llamaban en Inglaterra los «hombres de la India», como si fuéramos, en efecto, una raza aparte, que teníamos fama de pomposos y pesados y que el retiro que nos aguardaba en las islas era siempre en lugares apartados como Cheltenham o Bath. Pero sabía cómo contrarrestar el ataque de Basak, pues, para los indios, los tipos como Basak, educados en Gran Bretaña, tampoco eran considerados como auténticos indios. Así que le dije:

—¿Por qué habría de preocuparme yo de lo que vaya a encontrarme en Inglaterra cuando su propio pueblo le llama a usted y a los líderes del Partido del Congreso «inglesados» por su educación británica? Resígnese, Basak, hoy no va a dormir en un calabozo de esta comisaría aunque eche espumarajos por la boca y a continuación clave su cuchillo de la «no violencia» en el retrato del rey Jorge VI.

—Sí, creo que a todos nos vendrá bien descansar un rato —admitió Mendes.

—Gracias por el té, superintendente Masters —dijo Basak al tiempo que se ponía en pie—. Pero antes de irme permítame una advertencia: si me vuelve a traer a esta comisaría para no detenerme, la próxima vez, cuando salga, convocaré una rueda de prensa y diré que nos ha obligado, a mí y a mis colaboradores, a «comulgar» con carne de vaca.

—No es mala idea, Basak. Estoy seguro de que muchos de los problemas de la India se solucionarían si se atrevieran a comerse un buen filete de ternera. Ahora, largo de mi comisaría —le repliqué.

Me descalcé y me senté en la veranda de mi bungalow, y le dije al *boy* que me sirviera un *buda-peg* («vaso grande») de whisky con soda. No encendí ninguna luz para no atraer a los mosquitos, aunque sabía de sobra que no sería suficiente. El olor de mi sangre era un reclamo mayor que cualquier luminaria. Tras el primer sorbo, noté cómo mis mejillas se encendían. A mis cuarenta años, mi rostro empezaba a manifestar ciertos indicios propios de una fisonomía apoplética. Los ojos se me embotaban y enrojecían, y lo mismo ocurría con mi nariz. La mayoría de los británicos pasábamos por el mismo proceso, bebíamos y bebíamos bajo la excusa de que el alcohol era profiláctico, y una vez que nuestros cuerpos adquirían una complexión apopléjica y los sentidos se embotaban, el siguiente en verse afectado era el temperamento. Uno se volvía más irascible y más descuidado. Pero como solía ocurrir cuando uno no era capaz de reconocer su propio deterioro o la disminución de sus facultades, buscaba a una víctima sobre la que descargar su frustración, el *boy*, quien acababa cargando con todas las culpas. Llegado cierto momento, la palabra que más repetía un británico residente en la India era *badmash*, bribón, en alusión a su *boy* o a su mayordomo.

Pensé que me hubiera gustado tener la figura y el porte de un tipo como Mendes, pero con la piel blanca. Nunca antes había anhelado nada semejante, pero tal vez era debido a que tampoco nunca antes había conocido a una mujer como Lalita Kadori. Yo carecía de eso que los franceses llaman *avoir du charme*, puesto que, además de no ser bien parecido, ni siquiera había viajado a Europa o Norteamérica, a pesar de mi condición de hombre blanco. Todo mi contacto con el *beau monde* se circunscribía a un par de viajes que había realizado a Simla, también conocida como «la reina de las colinas», la capital de verano del Raj. Allí había tenido la oportunidad de familiarizarme con la etiqueta británica, incluso había coincidido de nuevo con el virrey. Sin embargo, no tardé en descubrir que una cosa era que a uno le permitieran franquear la frontera geográfica de Simla y otra muy distinta que le consintieran sortear la línea divisoria de los confines sociales, pues más allá de sus límites se encontraba el sanctasanctórum de las clases privilegiadas. Un lugar al que sólo se podía acceder por derecho de sangre. La propia residencia del virrey, el Viceregal

Lodge, se presentaba ante mis ojos como un oscuro y pesado edificio de estilo isabelino que desentonaba en medio de aquel exuberante paisaje tanto como lo hubiera hecho el palacio de un marajá en Regent Street. Otro tanto ocurría con los edificios de la Junta de Contrataciones de Ferrocarriles y del Banco del Estado de la India. Resultaban extemporáneos. Para ser franco, por encima de la pompa o de los pantalones de montar de muselina blanca, lo mejor de Simla eran las enredaderas de dalias, las malvarrosas, los manzanos y perales —los primeros que vi en mi vida—, y las flores silvestres, tan escasas en Jay Town.

Claro que también contaba con alguna virtud en mi haber. De mi padre no sólo había heredado aquel amplio bungalow, sino también sus libros y su afición por la lectura. Cinco mil quinientos volúmenes que cuidaba con esmero. Un trabajo que llevaba más tiempo del que hubiera empleado en limpiar todas las semanas un arsenal de rifles, pues para la mayoría de los insectos los libros no eran más que una extensión del propio bosque, y no tenían reparos en buscar alimento entre sus páginas o un lugar donde depositar sus huevos. Como le gustaba decir a mi progenitor, cada minuto que un hombre ocupaba de su tiempo leyendo era un minuto que le robaba a la bebida. «La lectura es la gimnasia del cerebro. El faro que alumbra el camino hasta el puerto de la razón. Un libro es, ante todo, una brújula que evita que nos desorientemos en el vasto territorio de la vida», repetía una y otra vez mi padre a todo el que se prestaba a escucharle. Tal vez el único inconveniente que podía atribuírseles a aquellos libros era que habían convertido a mi progenitor en un filósofo, digámoslo así, de andar por casa, demasiado proclive a categorizar. Ayudaran o no a preservar la lucidez, leer me servía para imponerme una disciplina, una rutina. Abrir uno de los libros de mi padre era como levantar una empalizada que me protegía de los peligros que acechaban en Jay. Entonces el fragor de la selva no parecía tan amenazante, ni la presencia del tigre o de la cobra tan peligrosa.

Cuando ya me disponía a entrar para retirarme a dormir, oí pasos por la gravilla. De la misma manera que un adiestrador de elefantes reconoce al animal que está a su cargo entre un millar, yo hubiera distinguido los andares de Lewis Wilson con los ojos vendados. Se trataba del único amigo verdadero que tenía en Jay Town. Pese a que era siete años mayor que yo, su vitalidad doblaba la mía y la de todos los británicos que había conocido. Miembro del Ham and Petersham Rifle Club, su buena puntería le llevó a la India, donde había acabado convirtiéndose en un *shikari*, un cazador profesional. En los últimos quince años había abatido a más de trescientos cincuenta tigres, doscientas ochenta y ocho panteras (incluido el leopardo moteado o *chita-bagh* en indostaní) y setenta rinocerontes (éstos, en el norteño estado de Assam), aunque jamás se jactaba de semejante hazaña. Su modalidad preferida era la «caza silenciosa» o «caza al acecho», que llevaba a cabo a pie, siguiendo el rastro de tigres y panteras, y aguardando a que aparecieran en abrevaderos o lamederos de sal, donde a su vez se daban cita las presas de los felinos. Se negaba a cazar sentado en un *machan*, una especie de plataforma que se construía en los árboles, o empleando ahuyentadores, como era costumbre entre otros cazadores, y sólo aceptaba aquellos clientes que estaban de acuerdo con sus reglas de caza. Aseguraba que el tigre era un «verdadero científico» a la hora de matar, dado que desnucaba a su presa retorciéndole el cuello y derribándola, mientras que la pantera, cuyo proceder era particularmente artero, se limitaba a atacar por detrás y a estrangularla; por no mencionar que el tigre

73

era mucho más metódico y limpio que la pantera a la hora de cazar y de organizar su cubil. Para los nativos, Wilson era un *Angrezi Bahadur*, un «inglés valiente». En tanto que para las damas era un héroe de novela, un caballero con buena estrella y, por ende, un hombre irresistible en todos los órdenes. En una ocasión se fotografió junto con una pitón reticulada de más de doce metros de longitud a la que había dado muerte, y en cuyo interior fue hallado un soldado japonés con casco incluido. Pese a que hubo quien cuestionó la autenticidad de la instantánea, fue reproducida en periódicos de medio mundo. Cinco años atrás había sido condecorado por su alteza real el marajá Hiresh Singh con la Jay Merit Medal, tras cazar un tigre que había devorado a cuatro mujeres y tres hombres en una pequeña aldea del sureste del reino. Wilson dio con el felino después de elaborar un mapa de la zona donde había llevado a cabo sus ataques, trazar unas coordenadas y seguir su rastro hasta un *nullah* o arroyo. Allí permaneció agazapado durante dos días con sus noches, hasta que el «devorador de hombres» hizo acto de presencia. Wilson acabó con él de dos certeros disparos: uno en la cabeza y otro en el corazón.

La proeza corrió de boca en boca como la pólvora y acabó granjeándole cierta fama, hasta el punto de que se vio obligado a dictar varias conferencias que tenían como tema principal la diferencia que existía entre cazar un tigre y una pantera (Wilson era de los que defendían que la pantera y el leopardo eran el mismo animal). No obstante, lo que en realidad querían descubrir los asistentes era al hombre que había sido capaz de pasar dos noches seguidas en la selva, porfiando toda clase de peligros, incluida una pantera que se quedó contemplándolo durante quince interminables segundos, y a la que Wilson no le perdió la cara. Gran conocedor de estos felinos, aseguró que su comportamiento no tenía nada de meritorio por cuanto que las panteras eran, en muchos aspectos, gatos grandes y en la mayoría de los casos evitaban enfrentarse con los seres humanos. Había excepciones, claro está, puesto que también se habían dado casos de panteras «devoradoras de hombres». En el transcurso de una de estas charlas, al ser preguntado por la mirada que más le había impresionado de cuantas había tenido que enfrentar, Wilson respondió que, a su parecer, no había ojos que pudieran superar a los de un borracho, pues eran capaces de reflejar al mismo tiempo la fragilidad, la frustración y el fracaso de su propietario. Teniendo en cuenta que el auditorio estaba lleno a rebosar de caballeros que llevaban bebiendo ininterrumpidamente desde las once o doce de la mañana, el comentario fue interpretado como una ofensa. A partir de entonces, Wilson recorrió la senda de su declive tan rápidamente como había alcanzado el éxito, y después de varias salidas de tono cada vez que era interpelado por alguien del público, se encontró de nuevo en el mismo lugar que había ocupado antes de su hazaña: solo en mitad de la jungla. Las únicas que no le dieron la espalda fueron, cómo no, las damas, pues no existe tónico más efectivo para potenciar la admiración que un comentario lleno de desprecio proveniente de un marido despreciable cuyo destinatario es precisamente la persona a la que se admira. Es como si el propio marido escribiera de su puño y letra una carta de amor al amante de su esposa.

Wilson cazaba por dinero y, según su particular código ético, eso era algo de lo que un caballero inglés jamás debería vanagloriarse. En el fondo, no dejaba de ser un tipo con tan buen corazón como extravagante en sus maneras. Cuando no vestía su uniforme caqui de cazador, siempre llevaba la cabeza cubierta por un sombrero panamá, y le privaban los calcetines de estambre, que utilizaba durante todo el año. Que yo supiera, era el único inglés que no dormía la siesta, puesto que tenía una resistencia natural al calor comparable a la de los nativos. Pese a que era un defensor de la raza británica, opinaba que ningún inglés, escocés, galés o norirlandés debería pasar en la India más de dos años, porque transcurrido ese plazo a todos se nos podía aplicar un proverbio local que rezaba: «Tenemos en común lo tuyo y lo mío, pero lo que es mío me pertenece.» Como le gustaba decir, el dinero emponzoñaba la sangre como el veneno de una serpiente. La India era un país tan vasto en territorio como en materias primas, las cuales, desde el punto de vista de cualquier británico, se traducían en grandes oportunidades para realizar formidables negocios. Según Wilson, la única razón por la que los británicos permanecíamos en la India, incluso cuando sabíamos que era una cuestión de tiempo que se nos escurriera de entre las manos, era porque dos de cada diez ingleses de las islas vivían gracias al comercio y las plusvalías que generaba el Raj.

—¿No es un poco tarde para volver a casa, Lewis? —le pregunté desde la oscuridad de mi terraza.

—Si en vez de esas novelas inglesas o francesas leyeras el *Panchatantra*, sabrías que «la vida es un viaje durante la noche». Incluso lo sabe el tigre, que prefiere cazar cuando el sol se oculta. Además, gracias al jefe de policía los ciudadanos de Jay Town podemos salir de noche sin correr ningún peligro —me respondió.

—Adularme no me ablandará la próxima vez que juguemos al piquet —le repliqué.

Todas las semanas jugábamos una partida de piquet, un duelo a dos con una baraja francesa de treinta y dos cartas, capaz de minar la resistencia de cualquiera. Quizá se trataba de un juego demasiado complejo para un clima como el de la India, que invitaba a la impaciencia. De hecho, éramos los únicos británicos en Jay Town que jugaban al piquet; el resto prefería el gin rummy, mucho más sencillo.

—¿Qué necesidad tendría de adularte? Jugando al piquet eres tan torpe como un viejo tigre con artritis —bromeó.

Una de las cosas que más me agradaban de Wilson era su socarronería, como cuando un cliente descontento que había contratado sus servicios para cazar un tigre le reprochó no haber visto «absolutamente nada en aquel maldito bosque». Wilson le respondió: «Es cierto que no hemos visto tigres, pero le aseguro que ellos sí nos han visto a nosotros.»

—¿Un whisky?

—Definitivamente se me ha hecho demasiado tarde. Mañana tengo que llevar una columna de soldados hasta el otro lado de la frontera.

Nadie conocía la jungla como Lewis Wilson. Cada camino, cada sendero, cada trocha, cada atajo, cada cortafuego estaba impreso en la mente de Wilson como si los pliegues de su cerebro fueran las hojas de un mapa. Todo el mundo conocía aquella extensión boscosa e inextricable como la «selva de Wilson». Incluso les había enseñado a los nativos lugares de la jungla que ni ellos mismos conocían. Según se decía, Wilson era una de las pocas personas que había visto el dogla, una suerte de híbrido fruto de la unión entre un leopardo y una tigresa, si bien aseguraba que semejante animal *adhabaghera* («bastardo»), no era otra cosa que un leopardo con patrones de pelaje anormales.

—¿Quieres que dejemos nuestra partida para otro momento? —le pregunté.

—Pasaré por aquí a las 18.30. Diles a tus criados que lo tengan todo preparado: whisky, soda y algo que comer. Yo traeré una baraja nueva —señaló.

Siendo estudiante de la Universidad de Calcuta fui invitado a la boda del marajá Hiresh Singh, quien había sido coronado semanas antes por la repentina muerte de su padre a causa de una parada cardiorrespiratoria. Sin embargo, las malas comunicaciones entre Calcuta y Jay Town y el monzón hicieron que llegara con un día de retraso. Hiresh, que como ya he señalado había compartido escuela conmigo de niño, quiso compensar mi ausencia invitándome a presenciar la consumación de su matrimonio, algo que, según las tradiciones del reino, tenía que celebrarse cuatro días después de los esponsales y en presencia de testigos, habida cuenta de que su alteza real se había convertido, a todos los efectos, en una divinidad.

Al parecer, la bárbara tradición tenía su origen en el remoto pasado del *Kama Sutra* o *Kama Shastra*, pues se decía que Nandi, el toro sagrado que era también el guardián del dios Shiva, recibió la sagrada misión de ver y oír a éste y a su mujer, Parvati, haciendo el amor, para luego poder transmitirlo en beneficio de la humanidad.

No me ruboriza reconocer que por aquel entonces, a mis veinte años recién cumplidos, el sexo era una materia que, digámoslo así, aún no había tenido ocasión de estudiar. En mi cabeza sólo había ecuaciones matemáticas y fórmulas de física, y los únicos nombres de mujer que me interesaban (al margen del de mi madre, que Dios tenga en su gloria) eran los de las locomotoras de la época. Estaba tan centrado en mis estudios que incluso rehuía la compañía de aquellos estudiantes que llevaban una vida licenciosa. Calcuta era por aquel entonces no sólo la capital de la India, sino también del libertinaje. En sus salones se daban cita toda clase de personajes ávidos de relaciones, ya fueran de carácter formal o simplemente esporádicas. Yo evitaba frecuentar esos lugares porque temía que, en cuanto me abriera a los demás, saldría a relucir un asunto del que yo trataba de no hablar por resultarme de lo más incómodo: mi condición de inglés que no conocía Inglaterra. Por otro lado, también percibía esa misma incomodidad en el trato que los demás me dispensaban, como si los de mi raza no supieran cómo codearse conmigo, por lo que habían optado por la solución más fácil: ignorarme. En cierto sentido, los estudiantes de la escuela pública (procedentes de los elitistas colegios de Eton, Harrow, Wellington, etc., donde se entrenaba a los muchachos para dirigir el imperio), me dispensaban el trato que recibían los *box-wallah,* término indostaní que se aplicaba a los británicos que se dedicaban a labores comerciales. Creo que las palabras que mejor definen aquella época de mi vida son «miedo al desarraigo», pues había empezado a darme cuenta de que no pertenecía a Inglaterra ni a la India.

Sea como fuere, nunca me había prodigado en el trato con mujeres, convencido como estaba entonces de que cada paso que un hombre daba en la vida tenía su momento oportuno. Saltarse esa norma básica hubiera sido lo mismo que tratar de encajar dos piezas de dos puzles diferentes.

De modo que presenciar la coyunda de su alteza real el marajá en directo (al menos pude procurarme una silla en la tercera fila), como si se tratara de una representación teatral, me causó una profunda impresión de la que tardé mucho tiempo en recuperarme. Ni siquiera me sirvió de ayuda la charla previa que mantuve con mi padre («practicar el sexo es parecido al movimiento de un pistón y una biela cuando se acoplan a un motor de combustión», me dijo para instruirme), pues créanme que el espectáculo que tuve que presenciar hubiera dejado a mi propio padre, hombre de mundo, tan perplejo como quedé yo.

Previamente a mi entrada a los apartamentos donde iba a consumarse el matrimonio, tuve que someter mi cuerpo a una ceremonia de purificación que corrió a cargo de uno de los sacerdotes del templo de palacio. Uno de esos sahumerios que tanto gustan a los hindúes. Desde una ventana que daba a un gigantesco patio interior, observé que todavía no había sido desmontado el pabellón de boda, una suerte de carpa que simulaba la forma de un loto azul.

Desde luego, la escena que tuve que presenciar carecía del más mínimo sentido del decoro, siempre y cuando se esté de acuerdo conmigo en que la exhibición de un acto tan íntimo como la unión entre dos personas resulta por sí misma contra natura, al margen de las costumbres de cada país. Si además el observador es blanco y ha sido educado en la fe de la religión cristiana, como era mi caso, entonces la «ceremonia» le resultaba de principio a fin incomprensible y comprometedora para con sus propias creencias, puesto que en la India la sexualidad poseía un carácter eminentemente espiritual, diríase religioso, muy diferente del que tenía en nuestro país. No hay que pasar por alto que su alteza real era una divinidad, de manera que lo que perseguía aquel acto era convertir a la mujer desposada en diosa por medio de una compleja dramaturgia iconográfica.

Encontré a su alteza real tumbado boca arriba sobre un diván cubierto con brocado de hilo de oro, rodeado de *ayurvedas* o médicos, y de los oficiales de éstos. La estancia olía fuertemente a agua de rosas y a cáscara de naranja amarga, por lo que deduje que había recibido un baño con jabón indio, una pasta que los nativos fabricaban mezclando aceite de oliva, harina de flor y esencias aromáticas, y que luego, cuando se secaba, había que retirar tal que costras de sal. En cuanto mis ojos se adaptaron a la penumbra, me percaté de que un peluquero se afanaba en peinar el vello púbico de su alteza, dividiéndolo en dos. Los pelos que se desprendían eran guardados en una cajita de marfil, junto con los restos de las uñas que también habían sido cortadas y pulidas, como si se tratara de un tesoro. En cuanto el peluquero logró confeccionar una línea recta con el peine, comenzó a pintarla de rojo. Por lo que yo había oído, era la marca que simbolizaba la condición de hombre casado del varón.

Al reincorporarse su alteza real para trasladarse a una zona donde había dispuestos varios colchones, me reconoció:

—¡Henry, qué alegría me da verte! —exclamó—. Tendremos que arreglar esas carreteras para que no llegues tar de a mi próxima boda, ¿no te parece?

Asentí sin saber dónde esconder mi vergüenza.

—¿Has aprendido algo en la Universidad de Calcuta? Deberías ir a estudiar a Oxford o a Cambridge. Tal vez debería ser yo quien costeara tus estudios. En un futuro próximo, cuento contigo para que me ayudes a gobernar Jay —añadió.

Volví a hundir la cabeza en mi pecho.

—Deberías haber visto a la novia cuando sonó la orquesta de caracolas. Estaba deslumbrante. Estoy convencido de que acabaré amándola a la manera occidental, y de que seré feliz, muy feliz —prosiguió su monólogo.

Con sonido de caracolas se acogía a las desposadas en el área de Bengala.

—Vuestra felicidad, alteza real, es la felicidad de vuestros súbditos —hablé al fin.

—Luego te mostraré el telegrama que me ha mandado nuestro amado rey-emperador. Ha sido todo un detalle por su parte. Ahora he de seguir con esto.

Tras recibir una nueva sesión de masajes con distintos aceites, un especialista procedió a perfumar ciertas zonas del cuerpo de su alteza: párpados, ombligo, axilas, lóbulos de las orejas, etc. Entonces el aroma de la naranja amarga fue sustituido por el del jazmín, la menta y el azafrán. Una fragancia tan potente que, unida al sahumerio de sándalo y mirra, provocaba que los ojos lagrimearan. También le fue aplicado un potente afrodisíaco en el bajo vientre, pero resultaba inodoro comparado con aquellas sustancias aromáticas. Por último, un sacerdote dibujó con una pasta blanca unas líneas horizontales sobre el pene, el pecho y la frente del príncipe. De esa forma, se garantizaba que el dios Shiva se encarnara en su falo. En algún momento de la ceremonia, alguien proporcionó una moneda a su alteza real el marajá, pues según las creencias locales, si el hombre pagaba por el encuentro sexual anulaba la posibilidad de que la mujer tuviera poder sobre él.

Una joven, la maharaní Reena, se acercó entonces con sigilo hasta su alteza real, que aguardaba inmóvil como una estatua. La muchacha caminaba en el interior de un cuadrilátero de tela de yute, que sostenían cuatro acólitos del templo del palacio que llevaban los ojos vendados. Obviamente, me pregunté cómo podían caminar sin ver dónde pisaban. Pese a que el lienzo impedía una visión nítida, se intuía que la única vestimenta que la joven llevaba puesta era una gasa transparente que, en la penumbra de la habitación, dejaba traslucir el contorno de su figura, tan escasa de busto como generosa de formas. Acto seguido, comenzó a rozar con su nariz todas aquellas partes del cuerpo de su alteza que habían sido perfumadas. En cuanto su alteza alcanzó un grado de excitación irreversible, hizo acto de presencia un maestro de ceremonias, cuya misión era la de que el marajá consumara el acto sin realizar un solo movimiento pélvico. Pese a que no llegué a verlo bien, me dio la impresión de que el *ayurveda* disponía de un pequeño artefacto metálico parecido a un catalejo hueco con varilla que, aplicado al pene de su alteza, realizaba un movimiento semejante al de una batidora. Una suerte de masturbador manual a distancia que tenía, además, la cualidad de mover el pene en todas direcciones, tal que la palanca de cambio de un automóvil. Fue sobre este artefacto sobre el que se sentó la raní. La dificultad de acoplar el miembro encapsulado dentro de su vagina tuvo su reflejo en la expresión de su boca, que se abrió y contrajo varias veces en una clara muestra de dolor, si bien se abstuvo de emitir sonido alguno. Luego la muchacha inició la doma, primero lenta, muy lentamente, a continuación siguió con el primer aire de la monta, el paso, marcando los tiempos reglamentarios, luego comenzó a trotar, primero sentada y luego levantada, y, por último, se arrancó a cabalgar tanto a «mano derecha» como a «mano izquierda» con el ímpetu y la fogosidad de quien tiene un largo trecho por delante. De vez en cuando alzaba un brazo como la amazona experimentada que suelta las riendas durante unos segundos para fustigar al animal, al que pide que haga un último esfuerzo. ¡No te detengas ahora! ¡Continúa! ¡Sigue! ¡Más rápido! Pero a su alteza real le costaba cada vez más mantener a voluntad la frecuencia respiratoria. En cuanto parecía que la carrera iba a concluir con el advenimiento del clímax por parte de ambos, el maestro de ceremonias obligaba a la joven a echar el freno, lo que excitaba aún más a su alteza real, que apretaba los pies de su compañera contra sus costados como si deseara que no dejara de clavarle los estribos. Comprendí entonces que aquel artilugio, al presionar la base del pene, retardaba la eyaculación de su alteza real según el criterio del maestro de ceremonias.

Lo que ocurrió a continuación prefiero expresarlo por medio de unos versos del rey-poeta Amaru de Cachemira:

Los rizos bailan, enredados,
los zarcillos se balancean,
el maquillaje cede
bajo los finos hilos de sudor,
el ojo languidece después del placer.
Duradero sea en su protección
este rostro de mujer
que el goce te montó a horcajadas.
¿Para qué invocar a Vishnú, a Shiva y a los otros dioses?

Aquella noche rememoré, paso por paso, el primer contacto carnal de su alteza real y la maharaní Reena, pero el caprichoso Morfeo nos asignó a Lalita Kadori y a mí los papeles de la raní y del marajá. La diferencia estribaba en que en mi sueño yo no la poseí siguiendo la doctrina de la contención.

Cuando abrí los ojos por la mañana había sufrido una polución. Me metí debajo de la ducha y traté de lavar mi vergüenza frotándome el cuerpo con la esponja.

4

Encontré en la mesa de mi despacho un nuevo libelo junto a una taza de té humeante. Me serví una gota de leche y una cucharadita de azúcar y desplegué el periódico. En esta ocasión, uno de mis ayudantes se había encargado de subrayar los párrafos más sustanciosos del editorial:

> ... Los británicos se encargaron de arruinar nuestra industria a favor de las fábricas de Manchester, a pesar de que sabían que nuestro algodón era infinitamente de mejor calidad... Ningún periódico de Londres cuenta que fue una firma india la que tejió una de las banderas del buque insignia de un almirante inglés durante las guerras napoleónicas...
>
> Los británicos destruyeron la economía agrícola para transformar la India en una inmensa plantación de adormidera...
>
> Los británicos han convertido la escasez en hambre...

No existía un miembro del Partido del Congreso que no hubiera leído a Adam Smith, como tampoco existía un editorialista que no empleara sus postulados económicos, incluso sus palabras exactas, para exaltar a las masas. Cuando menos resultaba paradójico que los independentistas indios emplearan las ideas de un teórico escocés para justificar sus reivindicaciones políticas.

La pregunta era qué efecto podía causar esta clase de información entre una población mayoritariamente analfabeta, que ni siquiera alcanzaba a comprender el significado de la expresión «mercado libre».

Uno de los grandes problemas de la India era precisamente la falta de cohesión, o cuando menos de vías de comunicación o intercambio, entre las diferentes castas o sudras. Para las castas superiores, el pueblo llano, los parias o intocables eran *yutha*, «algo contaminado». Tanto era así que los *dalits* o parias habían sido creados, según la mitología hindú, fuera del cuerpo de Brahma, por lo que se los consideraba tan bajos y despreciables como el excremento. Las clases superiores, en consecuencia, evitaban no sólo el contacto físico con los *dalits*, sino también pisar sus sombras. Gandhi les había cambiado el nombre de intocables por el de *harijans*, «queridos por Dios», y conseguido que se les permitiera la entrada en los templos, pero la situación, en términos generales, no había variado. La pregunta que había que formularse era si un país podía alcanzar la plena libertad ignorando a los jornaleros sin tierra, a los encurtidores, a los artesanos callejeros, a los limpiadores de las letrinas, etc.

No había terminado de apurar el segundo té de la mañana cuando se fue la luz. Era algo tan corriente que en un primer momento no le di ninguna importancia, hasta que al cabo de diez minutos se armó un revuelo en la comisaría. Una treintena de hombres llegados casi al unísono aseguraban haber sido atacados por media docena de elefantes furiosos, los cuales, tras haber arrasado uno de los barrios más pobres de la ciudad y matado a dos mujeres y a un niño, habían muerto a su vez electrocutados tras derribar varios postes eléctricos. La palabra que más repetían aquellos hombres era *must*, término que servía para referirse a un estado de locura transitoria que se abatía sobre los elefantes macho volviéndolos muy peligrosos. Pero ni siquiera en aquellas circunstancias tenía sentido lo que contaban. Simplemente, los elefantes macho, al menos los de la India, no atacaban en manada, y desde luego no creía que lo hubieran hecho en Jay por primera vez después de los millones de años de evolución que llevaban a sus espaldas. Desde luego, se habían dado casos de elefantes enloquecidos que habían dado muerte a hombres, pero solían ser machos en celo o ejemplares viejos que habían sido rechazados por la manada.

Ordené a la mitad de mis hombres que cogieran los rifles, por si había problemas con los animales, y a la otra mitad que llevaran los *lathis*, los bastones que usábamos normalmente para reprimir a las masas descontroladas, puesto que eso era precisamente lo que esperaba encontrarme. Sin embargo, me equivoqué por completo. La gente había huido despavorida de la zona por temor a que otra manada de elefantes en estampida tomara el relevo de la que había muerto electrocutada. En la calle olía a carne chamuscada y el espectáculo resultaba a la vista tan extraño como incomprensible. La furia de los animales, acostumbrados a mover troncos con sus trompas, les había llevado a arrancar dos postes eléctricos, que habían provocado a su vez un efecto dominó derribando otros cuatro más. En consecuencia, todo el tendido eléctrico se había venido al suelo. Me acerqué a uno de los animales con suma cautela, escoltado por dos de mis hombres armados con sendos rifles, y, con un bastón de madera, puesto que los *lathis* llevaban metal en su interior y temía recibir una descarga, me aseguré de que el animal estaba, en efecto, muerto. Comprobé que sus mejillas habían exudado la secreción oleaginosa característica de los animales en estado de *must*, una especie de mucosa de olor acre. Luego seguí el mismo procedimiento con el resto de animales. El flanco del último, un macho viejo de unas tres toneladas y media, palpitaba tenuemente, como si le faltara la fuerza suficiente para exhalar el último aliento. Pedí un rifle, me retiré a cierta distancia del animal y apunté a su cráneo. Disparé dos veces casi consecutivas y el paquidermo barritó —una suerte de estertor que se diluyó dentro de la propia garganta del animal— antes de expirar, tras lo cual atronó a mis espaldas una salva de aplausos. Justo en ese instante mi mano maltrecha se contrajo provocándome un intenso dolor que disimulé como pude. Una masa silenciosa se había incorporado para presenciar la ejecución y despedazar a continuación a los animales. Como no quería que se produjeran altercados, ordené a mis hombres que impidieran el acercamiento de la gente, y envié a un suboficial al acantonamiento militar para solicitar la ayuda de maquinaria pesada que nos permitiera retirar los cadáveres con relativa rapidez. Entonces recordé un cuento de George Orwell titulado *Matar a un elefante*, escrito durante su estancia en Birmania, donde narraba una experiencia muy parecida a la que yo acababa de experimentar. Como quien rememora de pronto un salmo, me vino a la memoria una frase de ese cuento: «Entendí en ese momento que, cuando el hombre blanco se vuelve un tirano, es su propia libertad la que destruye.»

Una vez que la situación estuvo controlada, me dispuse a resolver el «enigma del ataque de los elefantes en manada». Estudié la distancia que separaba cada uno de los cuerpos y seguí el rastro del recorrido que los había llevado desde la jungla hasta aquel suburbio de Jay Town. Interrogué a varios testigos, quienes aseguraron que la aparición de los animales no se había producido en estampida, sino a intervalos más o menos regulares, algo que encajaba mejor con el comportamiento habitual de los paquidermos. Según de quien fuera el testimonio, habían transcurrido entre veinte y treinta minutos desde la aparición del primer elefante hasta la del último. La cuestión era que durante ese período de tiempo los destrozos no habían dejado de producirse, de ahí que los primeros denunciantes aseguraran que el ataque había sido conjunto. No obstante, me seguía intrigando por qué los seis animales habían transitado el mismo camino en un intervalo de tiempo tan corto. Le pedí a uno de mis subalternos que se pusiera al volante y me llevara hasta los límites del bosque. Como en el primer recorrido no encontré nada que resolviera mis dudas, repetí el itinerario una segunda vez. Fue entonces cuando, al tratar de esquivar el vehículo uno de los hitos de la carretera que había sido arrancado de cuajo por uno de los animales, comprendí lo que había sucedido.

Los militares habían establecido recientemente un acantonamiento en las afueras de Jay Town, y para acceder hasta las instalaciones habían abierto un camino que, al adentrarse en los límites del bosque, se convertía en trocha. ¡Y la carretera había sido señalizada de principio a fin por mojones pintados de cal! Los elefantes salvajes sentían una aversión patológica hacia el color blanco, de modo que los mojones encalados del camino, unidos al *must*, habían provocado que aumentara la furia de los animales.

Mi padre me había contado la historia de un cazador blanco que se adentró en la selva en compañía de un rastreador, un *sholaga*, cuando se encontraron con un elefante que pacía tranquilamente a una gran distancia. En cuanto el cazador se descubrió la cabeza, que protegía con un salacot de color blanco, para enjugarse el sudor, el elefante comenzó a correr enfurecido hacia los dos hombres, a los que no les quedó más remedio que emprender la huida con idéntica celeridad. En ésas, el *sholaga* arrebató el salacot blanco de la cabeza del cazador y lo lanzó al aire. La respuesta del animal no se hizo esperar: se olvidó de los dos hombres, se dirigió hacia el sombrero blanco y lo pisoteó hasta hacerlo pedazos.

En la comisaría me encontré a un remedo de Gandhi, vestido con un taparrabos, el estómago vacío como un cuenco y sentado en la postura del loto, obstruyendo la entrada. Me sorprendió que el oficial de guardia no hubiera ordenado desalojarlo. Aunque imaginé que se debía a que el hombre tenía el aspecto de un *avadhuta*, «sabio desnudo», como los llaman en la India.

—¿Qué puedo hacer por usted? —le pregunté.

—¿Es usted el superintendente Masters?

—Sí, señor.

—Me llamo Nayakan Shahani y he venido a formular una denuncia.

—Para formular una denuncia le hubiera bastado con dirigirse al mostrador de la entrada, señor Shahani —le hice ver.

—Lo sé. Pero yo sólo quiero hablar con la máxima autoridad, es decir, con usted. Además, dentro no hubieran permitido que me sentara en el suelo.

—La cuestión es que las denuncias sólo pueden formularse en el interior de las dependencias policiales —traté de hacerle entrar en razón—. Ha de comprender que hay cosas que no se pueden realizar en medio de la calle. De lo contrario, no serían necesarios los templos, bastaría con rezar en la acera, ¿no le parece?

—Entonces, supongo que no me quedará más remedio que entrar —admitió.

En cuanto descruzó las piernas y se puso en pie quedó ante mí un hombre diminuto, magro y nervudo. Por un instante, creí reconocer su rostro, pero de inmediato desterré ese pensamiento de mi cabeza. De alguna manera, todos los indios se parecían entre sí.

—Bien, ¿qué quiere denunciar?

—¿Ha oído hablar del ganadero Khalid Abbas?

—No.

—Se trata de un musulmán que tiene una importante granja lechera en la carretera que va de Jay Town a las montañas de Chittagong. Pero, además de extraer leche de las ubres de sus animales, realiza una segunda actividad... ilegal. ¿Ha oído hablar del amarillo indio?

—¿El pigmento?

—En efecto, el pigmento llamado amarillo indio. Se obtiene de la orina de las vacas que son alimentadas únicamente con hojas de mango y agua. Esta sustancia calentada da lugar a un sólido amarillo que es prensado en lingotes. No obstante, sería más exacto utilizar el tiempo pasado, puesto que a principios de este siglo la actividad quedó prohibida por el trato vejatorio que recibían los animales. Pues bien, el señor Abbas, cuya producción de leche y mantequilla la obtiene de la hembra del búfalo de agua, tiene seis vacas de la especie cebú que emplea en la fabricación del amarillo indio, que luego vende de manera clandestina.

—¿Quiere que mande detener a un ganadero por darles de comer hojas de mango a sus vacas? —pregunté, sin saber muy bien adónde quería llegar aquel hombre.

—Por mi aspecto deducirá que soy un buen hindú. La vaca representa para nosotros el vínculo con la vida, es un animal sagrado, y como tal debe ser tratado. Si usted no hace cumplir la ley, no me quedará más remedio que contarles esta historia a los miembros del Partido del Congreso. Piense en las consecuencias que eso acarrearía.

—Hindúes y musulmanes enfrentados por el trato que reciben media docena de vacas famélicas, pero no más famélicas que las que se encuentran paseando libremente por las calles de Jay Town.

—No creo que sea de la incumbencia de los británicos meterse en la forma que los indios tenemos de alimentar a nuestro ganado, cuando en doscientos años de ocupación ni siquiera se han preocupado de alimentar a nuestro pueblo. Si nuestras vacas están famélicas es asunto nuestro, pero si nuestro pueblo se muere de hambre es responsabilidad de ustedes —me replicó.

Encajé la invectiva con deportividad, sabedor de que entrar en una interminable discusión sobre la responsabilidad que cada cual tenía en los problemas de la India era perder el tiempo. Era posible que los británicos nos «gobernáramos» guiados por numerosos prejuicios (el primero en la lista, sin duda, la desconfianza), pero también lo era que los nativos actuaban bajo los mismos principios.

—Concédame un par de días. Le prometo que en ese plazo las vacas del señor Abbas dejarán de ser utilizadas para obtener el amarillo indio —aseguré.

—El problema es más profundo, superintendente Masters. Si reprende al señor Abbas por estar contraviniendo la ley, incluso si ordena su detención, lo más probable es que mande sacrificar a los animales —observó.

Pese a que no podía dar crédito a la conversación que estaba manteniendo con el señor Shahani, el asunto era más serio de lo que parecía a simple vista. En 1917 habían muerto treinta personas en Bihar y ciento setenta aldeas habían sido saqueadas por disturbios provocados por el trato que las vacas recibían de los musulmanes. El propio Mohandas Gandhi abogaba por una prohibición total del sacrificio de las vacas de la India.

—¿Qué es lo que quiere que haga exactamente? —le pregunté.

—Quiero que «libere» a las seis vacas de su yugo primero, y una vez que lo haya conseguido quiero que me entregue a los animales para que la institución que yo dirijo se haga cargo de ellos. Soy el director del asilo para vacas de Jay Town.

La última frase la pronunció con el orgullo de quien cree realizar un trabajo de vital importancia para la comunidad. En ese momento recordé de qué me sonaba el rostro de aquel hombre. Había visto su fotografía en los periódicos locales con motivo de la inauguración hacía un par de años de dicha institución, a la que había acudido el primer ministro de Jay. El asilo de vacas que dirigía el señor Shahani incluía la custodia de una docena de novillas negras, que eran empleadas únicamente para que los moribundos se aferraran a sus colas antes de expirar, pues según las creencias hinduistas el espíritu del fallecido había de cruzar un río de sangre agarrado de la cola de una vaca para alcanzar la orilla de la otra vida.

—De acuerdo. Esto será lo que haremos. Le ofreceré al señor Abbas no presentar cargos en su contra a cambio de que permita que sus vacas sean recluidas en el asilo que usted dirige. ¿Conforme?

—Desde luego. Le aseguro que si cumple con su palabra evitará disturbios y el derramamiento de sangre inocente.

Pensé en lo extraño que resultaba dirigir una comisaría en una ciudad de la India, donde la policía tenía que preocuparse de la estampida de una manada de elefantes o del bienestar de unas cuantas vacas, y me fui a almorzar.

Me estaba aseando después de la siesta cuando el *boy* me dijo que un criado traía un mensaje de su alteza real el marajá. Era la primera vez que algo así ocurría desde que había sido nombrado jefe de la policía de Jay Town.

—Su alteza real le ruega que vaya a palacio a la mayor brevedad. He venido en un coche por si desea utilizarlo —me informó el sirviente al tiempo que señalaba hacia la puerta.

Miré el reloj. Eran las dos de la tarde en punto. Como mi coche seguía averiado, acepté el ofrecimiento, aunque subirme a uno de los Rolls-Royce del marajá con tanta frecuencia podía resultar perjudicial para mi imagen frente a los nacionalistas indios, que se obstinaban en verme como una extensión del poder omnímodo de su alteza, el brazo ejecutor de la represión.

Pese a que no se trataba del mismo coche del día anterior, en cuanto me hube acomodado en el asiento de atrás me asaltó el recuerdo de Lalita Kadori. De hecho, su imagen me había perseguido durante toda la mañana como un fantasma. Después de disparar contra el elefante, creí verla fugazmente entre la multitud que aguardaba a mis espaldas. Aunque sabía que eso no era posible.

En el palacio de la Luz Lunar me adentré por el «camino persa» —llamado así porque de principio a fin el suelo del corredor estaba cubierto por un sinfín de alfombras confeccionadas en Persia—, siguiendo a un mayordomo que me condujo hasta otro, y éste hasta otro más. Pero si había algo verdaderamente sorprendente en aquel «camino persa» era la presencia de monos que se movían libremente, trepando y saltando de un mueble a otro como si estuvieran en plena jungla. Macacos aulladores idénticos a los que en su día habían atacado la comisaría. Comían cacahuetes y frutas, y dos criados se ocupaban de recoger los desperdicios, incluidas las heces. Algo que ponía de muy mal humor a los primates, que no dudaban en propinarles arañazos o mordiscos. Otras dos parejas de sirvientes recorrían el corredor haciendo balancear unos incensarios con *dhuan*, un potente repelente contra los mosquitos. A mitad de camino me crucé con varios invitados de la noche anterior. Uno de ellos se abanicaba con el tarjetón que se les entregaba a los huéspedes antes de que se fueran a dormir para que indicaran la clase de transporte que preferían para la mañana siguiente: caballo, elefante o Rolls-Royce. Por último, tras sortear otro cuarto de milla de pasillos y corredores, uno de los edecanes, miembro de una familia ilustre de Jay, me recibió con el saludo tradicional y me condujo hasta la antesala del despacho de su alteza, una estancia de estilo victoriano donde también había algún que otro mueble francés.

Encontré a su alteza real con el miembro al aire, que un lacayo con guantes blancos sujetaba mientras él miccionaba sobre un orinal de plata que sostenía otro doméstico. Un tercer criado aguardaba con un pulverizador que contenía agua de rosas, habida cuenta de que ninguna parte del cuerpo de su alteza real podía ser lavada con aguas estancadas.

Desgraciadamente, no era la primera vez que tenía que enfrentarme a una escena parecida. Ciertos comportamientos que en cualquier otra parte del mundo hubieran resultado denigrantes en la India servían para imponer la dignidad de sus gobernantes.

Doblé el espinazo, siguiendo el ejemplo de la docena de edecanes, asistentes y consejeros políticos que presenciaban la escena con la solemnidad que le hubieran dispensado a Jorge VI en persona.

—¿Qué ha pasado con esos elefantes, Henry? —me preguntó su alteza en cuanto se percató de mi presencia.

—El ejército ha sembrado el camino que une el acantonamiento con la ciudad de mojones blancos, vuestra alteza, lo que ha terminado de enfurecer a media docena de elefantes macho afectados por el *must*. Primero se ensañaron con las piedras de la carretera, hasta que detectaron a una mujer con su hijo. Los siguieron hasta la ciudad y allí, delante de una multitud, los atacaron hasta triturarlos. Luego han hecho lo mismo con una viuda que presenciaba la escena. Un espectáculo terrible. Por último, los animales han derribado varios postes del tendido eléctrico y han terminado enredándose... Los seis han muerto electrocutados.

—¿Cómo piensa el ejército de su majestad el rey-emperador ganar la guerra si sus mandos ni siquiera saben que los elefantes salvajes odian el color blanco? —preguntó su alteza real al auditorio.

Nadie de los presentes respondió.

—El coronel responsable del acantonamiento, un tipo apellidado Hitch, según creo, ha llegado hace pocas semanas, de modo que desconocía que la jungla de Jay fuera un reducto de elefantes salvajes. Ya le he enviado un aviso para que ordene pintar de color negro las indicaciones de la carretera, vuestra alteza —volví a intervenir.

—Reúnete con él y ponle al día de lo que puede y no puede hacer. ¡Dios, he estado en Londres en catorce ocasiones, y jamás se me ha pasado por la cabeza pasearme en elefante por Picadilly Circus! ¿Por qué entonces quienes vienen de las islas ni siquiera saben que la India y Gran Bretaña son tan distintas como un perro y un gato? Otra cosa: encuentra a los damnificados para que pueda prestarles ayuda económica.

Pese a que, por su discurso, podía pensarse que su alteza el marajá estaba realmente enojado, la invectiva brotó de su garganta con un tono neutro, casi reflexivo.

—Así lo haré, vuestra alteza.

—Henry, me temo que hoy no es un buen día para el reino. Y no lo digo sólo por el desgraciado asunto de los elefantes. Alguien ha tenido la osadía de perpetrar un robo en mi propia casa —se dirigió a mí el marajá.

Mi perplejidad fue tan grande que cuando alcé la vista quedé de nuevo frente a frente con el sexo de su alteza, que primero fue sacudido por la misma mano enguantada —la imagen me recordó a la de un fumador sacudiendo la ceniza de su cigarro habano— y a continuación fue rociado de agua de rosas. Acto seguido, un cuarto sirviente se acercó con una toallita de encaje.

—¿Qué le han robado a vuestra alteza? —pregunté.

—Uno de los collares de perlas de la raní ha desaparecido junto con el *valet de chambre* encargado de depositarlo en el joyero.

—¿Desde cuándo falta el ayuda de cámara, vuestra alteza? —me interesé.

—Hemos notado su ausencia esta mañana. Aunque, según parece, no ha dormido en su cama.

—Eso significa que nos lleva unas cuantas horas de ventaja —observé.

—Ya es suficiente —dijo su alteza al hombre que le friccionaba el sexo con la toalla.

»Quiero que atrapes a ese desagradecido. Soy un dios, y en la India no se les roba a los dioses. Se trata de un delito que está castigado con la pena de muerte —añadió empleando un tono severo.

Me pregunté si todos los dioses sentirían una fijación por el propio ego tan exacerbada como el marajá Hiresh Singh.

El hombre de los guantes blancos volvió a tomar el sexo de su alteza entre las manos y, con la delicadeza de quien manipula un objeto de suma fragilidad, lo depositó en el interior de la bragueta.

—¿Cómo se llama el valet y dónde vive su familia? —pregunté a continuación.

—Su nombre es Ranjiv Kashi, y su familia vive en Benarés, de donde son originarios.

—¿Había notado vuestra alteza o su alteza la raní un cambio en el comportamiento del valet? ¿Diría vuestra alteza que era un buen sirviente? —proseguí el interrogatorio.

—Un adagio indio asegura que un caballo, un arma, un libro, un laúd, una frase, un hombre o una mujer son buenos o malos según el hombre que los emplea. Está claro que quien contrató al valet cometió un error... Pero sí, era un valet excelente, según la opinión de la raní, al menos hasta anoche... Sólo los criados de confianza entran en el *zenana*. Teniendo en cuenta que en palacio hay trescientos criados, no creo que sean más de cincuenta. Todos han de superar unas rigurosas pruebas de selección...

El *zenana* era la zona de la casa reservada exclusivamente para las mujeres. Cada esposa de su alteza real disponía de un apartamento con cocina y criados propios, aunque para crear un ambiente familiar propicio en muchas ocasiones se reunían para comer juntas.

—Quizá me haya excedido, pero establecí que fueran diez ayudas de cámara quienes custodiaran las joyas. Dos por cada una de mis cuatro esposas, y otros dos para las mías. Cinco de ellos se ocupan de seleccionarlas y sacarlas de la cámara acorazada donde están depositadas; los otros cinco se encargan de custodiarlas hasta nuestras estancias. Naturalmente, la cámara acorazada está vigilada por dos centinelas las veinticuatro horas que inspeccionan la ropa de todo el que entra y sale, y además hay un libro de registro con cada entrada y salida que realizan los custodios... No quería que me pasara como al sexto nizam de Hyderabad, el príncipe más rico de la India de su época, cuyo heredero encontró un diamante de 162 quilates escondido dentro de una vieja zapatilla de su padre.

Su alteza olvidó mencionar que un criado se encargaba exclusivamente del mantenimiento de su colección de relojes de pulsera, que superaba los trescientos. Una vez al año, un maestro relojero de la casa Cartier viajaba hasta Jay Town para realizar labores de mantenimiento de los ciento ochenta y cinco relojes que su alteza poseía de esta firma.

—Por las palabras de vuestra alteza, deduzco que el valet que ha desaparecido es uno de los que tienen la misión de sacar las joyas de la cámara acorazada y devolverlas a su lugar. Sin embargo, los guardias encargados de registrar al ayuda de cámara no detectaron el collar en su poder.

—En efecto.

—Lo que nos lleva a la conclusión de que o bien el valet robó el collar antes de devolverlo a la cámara acorazada o, por el contrario, los centinelas cometieron una negligencia —razoné.

—Así es. Los dos guardianes aseguran que el valet no llevaba nada encima cuando salió de la cámara acorazada.

—¿Y qué hay de los otros ayudas de cámara? ¿Ha ordenado vuestra alteza que sean interrogados?

—Desde luego han sido convenientemente preguntados, pero estamos en las mismas: aseguran no haber notado nada extraño en el comportamiento de su compañero.

—¿Tendría vuestra alteza inconveniente en que me reuniera con los ayudas de cámara que están en contacto con las joyas?

—En absoluto. Están a tu entera disposición.

—También me gustaría visitar la cámara acorazada y someterme a un cacheo por parte de los hombres que estaban anoche de guardia, si vuestra alteza me lo permite.

—Henry, tienes mi autorización para fisgonear allí donde creas conveniente, excepto en el *zenana*, naturalmente. Si necesitas que la raní responda a tus preguntas, tendrás que hacerlo a través de sus criados. Ellos le trasladarán las cuestiones que quieras plantearle y luego te traerán sus respuestas. Ya conoces las normas.

—No será necesario interrogar a la raní, vuestra alteza.

—Si no te conociera desde pequeño, diría que te has convertido en todo un Sherlock Holmes. Desde que eres jefe de la policía se te ha puesto cara de sabueso... —observó su alteza.

—Una última pregunta, alteza: ¿el collar desaparecido tiene alguna característica especial?

—Se trata de una sarta de sesenta y ocho perlas grises con forma de lágrima, de dos hilos, procedentes de Panamá. Cada perla mide 9,47 milímetros. El collar perteneció a la familia real española. Las gemas tienen más de doscientos cincuenta años de antigüedad. A principios de siglo, después de que monsieur Cartier visitó la India con motivo del *durbar* de sus majestades los reyes-emperadores, le incorporamos un broche de diamantes, unos aretes y un anillo, que también han desaparecido. El valor del conjunto ronda el medio millón de libras.

Recordé que mi padre siempre decía que, si bien Hiresh era un alumno poco dotado para las matemáticas, la física o la química, en cambio poseía una memoria prodigiosa comparable a la de un elefante, que no olvida jamás a quien le ha hecho daño alguna vez.

—¡Medio millón de libras! ¿Qué puede hacer un ma-

yordomo con un collar valorado en medio millón de libras?
—reflexioné en voz alta.

—¿Vivir como un marajá? —sugirió su alteza real con cierta dosis de ironía.

—Alteza, me refiero a que al ladrón no le va a resultar nada fácil desprenderse de semejante mercancía. Se trata de un «género marcado», si vuestra alteza me permite expresarlo con un término que empleamos en la policía. Me serviría de gran ayuda disponer de una fotografía del collar robado, así como de sus características técnicas: calibre de las perlas, quilates, etc.

—Si yo fuera el ladrón, trataría de vender la perlas por separado —indicó el marajá.

—Vuestra alteza, un valet con sesenta y ocho perlas de gran valor en su poder sería sospechoso en cualquier rincón de la India. En todo caso, lo mejor será sellar las fronteras del país. Daré la orden en cuanto esté de regreso en la comisaría.

—Mañana por la mañana tendrás toda la información en tu despacho. Una última cosa, Henry, cuando hayas redactado la denuncia, envíale una copia al corredor de seguros que la Lloyd's tiene en Nueva Delhi. Aunque espero recuperar el collar, no está de más que la casa aseguradora sepa lo que ha ocurrido. Tengo entendido que cuentan con su propio equipo de investigadores.

—Así es. Pero para que la denuncia tenga valor legal, puesto que vos sois el perjudicado y quien tiene que reclamar ante la casa de seguros, ha de ir rubricada por vuestra alteza. Se trata de un requisito indispensable —le hice ver.

—Está bien, Henry, en cuanto hayas redactado la denuncia, hazme llegar el documento para que lo firme. Ahora ponte manos a la obra —concluyó su alteza real.

En cuanto comencé a interrogar a los nueve ayudas de cámara encargados de las joyas, que se habían colocado ante mí como lo hubiera hecho un grupo de soldados a los que fueran a pasar revista, me vino a la memoria uno de esos comentarios que las *memsahibs* repetían a modo de queja sobre el servicio en la India, y que uno podía leer en las revistas femeninas que circulaban por el país: «El sirviente indio es un niño en todo excepto en la edad, y debe ser tratado como tal, es decir, con amabilidad pero con la mayor firmeza.» Alguna dama sugería incluso multar a los criados o castigarles haciéndoles tragar aceite de ricino.

El principal escollo que un policía blanco encontraba a la hora de interrogar a un nativo era su propio prejuicio. Algo que a la larga complicaba las investigaciones sobremanera. Para un *sahib* uniformado, la única manera de obtener la verdad de un sospechoso era sacársela a golpes, con lo que en muchos casos las confesiones no tenían relación con los hechos, sino con lo que el propio interrogador quería oír. Las continuas revueltas indígenas, cada vez más frecuentes y violentas, habían complicado la situación de éstos en las comisarías, puesto que los británicos habían pasado del asombro a la desconfianza y del desprecio al odio. En algún punto de este camino, en opinión de los colonizadores, los indios habían dejado de ser personas —en realidad nunca lo habían sido en el más amplio sentido de la palabra— para convertirse en perros rabiosos que ahora se revolvían contra sus amos. En muchos casos, los delincuentes comunes escondían sus delitos detrás del escudo de los nacionalistas, quienes eran tratados con una mayor contención, y eso exacerbaba aún más los ánimos de la policía, que se cebaba con ellos cuando eran descubiertos. Si antes mencioné que habíamos recibido la orden de ponernos guantes blancos y comportarnos como camareros con los nacionalistas, cuando se trataba de delincuentes de poca monta había «barra libre». En ninguna comisaría de policía dirigida por un británico se tenía en cuenta que, para un hindú, con independencia de su condición política o social, la verdad no era estática, sino siempre nueva, y, como parte integrante de la esencia misma del ser humano, de su propio ente, se reencarnaba, cambiaba, mutaba. E. M. Forster dio muestras de entender a la perfección este estado de cosas cuando escribió: «En la India nada es identificable, el simple hecho de hacer una pregunta provoca su desaparición o su fusión con alguna otra cosa.» El problema era que sólo unos cuantos británicos, como era mi caso, leían libros sobre la India escritos por otros británicos, pues el resto pensaba que la propia experiencia era suficiente. La situación no era distinta ni siquiera en el supuesto de que el británico encargado de la investigación estuviera al tanto de la filosofía local, pues, acostumbrado a desenvolverse en una sociedad donde la falsedad había adquirido el valor de recurso —al estilo del comodín que se emplea en algunos juegos de naipes—, la idea de que la verdad pudiera ser «elástica» le resultaba absurda, risible y, en último término, irritante. No estoy diciendo que los indios no mintiesen o robasen, que lo hacían, sino que aquellos sobre los que recaía la misión de averiguar la verdad partían de la autocomplacencia y la desconfianza, y ese hecho condicionaba cualquier investigación. Por descontado, existía un número razonable de británicos altruistas que abogaban por una clase de relación con los nativos basada en la reciprocidad, pero ninguno de ellos dirigía una comisaría o gobernaba un distrito o una provincia. Ninguno de estos británicos eran funcionarios, por lo que podía afirmarse que los «altruistas» eran simples amateurs en cuanto a su conocimiento de la India, aunque algunos de ellos llevasen diez, quince o incluso más años en el país. Por regla general, se aceptaba que sólo aquel sobre el que recaía la responsabilidad de gobernar podía conocer la India en profundidad, pues era precisamente en lo más profundo donde se encontraban los problemas.

Yo, en cambio, veía las cosas de otra manera, puesto que me había criado en la corte de un marajá como un súbdito más. Otro tanto podía decirse de mi trabajo actual, que realizaba bajo la atenta mirada del primer ministro de su alteza, quien era también el máximo responsable de la policía. De modo que yo era, si se puede expresar de esa manera, un colonizador sometido a la autoridad de un príncipe emancipado. Gracias a esta posición, mi visión de los nativos se acercaba más a la realidad. No los subestimaba, ni tampoco los despreciaba; todo lo contrario: admiraba el estoicismo de los indios y, desde luego, comprendía que la espiritualidad intrínseca de los hindúes que tanto denostábamos los británicos, por considerarla un atavismo, además de un obstáculo, a la hora de poner en marcha asuntos prácticos, no buscaba otra finalidad que la de alcanzar la sinceridad, entendiendo ésta como una característica natural de la condición humana.

Lo cierto era que a los ayudas de cámara de su alteza real se les podía achacar cualquier defecto salvo el de tener escrito el delito en el rostro. Por el porte y la indumentaria, cualquiera de los nueve hubiera pasado por un marajá en una calle de Londres: cuerpos estilizados, facciones angulosas que dotaban a los rostros de cierto aire de nobleza, vistosos turbantes, túnicas de sedas, espesos bigotes con la forma de la cornamenta de los búfalos, etc. Ocho de ellos, además, tenían acceso directo al *zenana*, lo que implicaba que eran expertos a la hora de apartar la vista. Se trataba, por tanto, de hombres pulcros, discretos, meticulosos y solícitos. Todo un ejemplo de fidelidad. Además, los nueve eran perfectamente conscientes de que robarle al marajá, al que temían y veneraban, equivalía a la muerte. Por no mencionar que, si nos ateníamos a las creencias de los nativos, en la India nadie desvalijaba a un dios, dado que la superstición tenía un peso mucho mayor que la avaricia en cualquier orden de la vida. De hecho, ni siquiera creía que existiera en todo el país un joyero dispuesto a comprar aquel collar.

Desde luego, no esperaba que aquellos hombres realizaran un análisis crítico de lo sucedido, tarea que me correspondía a mí, pero al menos podían aportar algunos datos de interés sobre la personalidad y los hábitos de Ranjiv Kashi, el ladrón.

Descubrí que la familia Kashi vivía en una casa cuyos muros exteriores estaban decorados con dioses azules armados de tridentes, muy cerca de la encrucijada de Godowlia, en el corazón de Benarés. Tanto el color de las pinturas como el barrio ponían de manifiesto que se trataba de una familia acomodada, brahmanes de casta superior, lo que hacía aún más incomprensible el «acto» de Ranjiv. Como la mayoría de las familias de la India, la suya era numerosa, aunque rara vez había recibido visitas en Jay Town. La razón era sencilla: Benarés era la capital espiritual de la India, una de las siete ciudades sagradas del hinduismo y, por ende, el lugar idóneo para morir, de modo que eran los foráneos quienes tenían la obligación de visitar la ciudad, y no al contrario. En muchos casos, los hijos de los nobles hindúes eran enviados a estudiar a la Ward's Institution de Benarés, no tanto por la calidad de la enseñanza como por el hecho de que la escuela tuviera su solar en la ciudad más sagrada de la India. Además, cualquier príncipe hindú que se preciara poseía un palacio en Benarés, a ser posible a orillas de los *ghats*, unas escalinatas que jalonaban la orilla del Ganges a su paso por la ciudad. La familia reinante de Jay, cumpliendo con esa tradición, poseía una residencia en el *ghat* Dasaswamedh, donde Ranjiv se había iniciado como valet. Para los marajás de Jay, como para otros príncipes hindúes, tener sirvientes nacidos en Benarés era un orgullo; de la misma forma, ser víctimas de un robo por parte de un criado nacido en Benarés suponía una afrenta doble que, con independencia del valor de lo sustraído, significaba un mal presagio para la familia real o incluso para el reino en su conjunto.

Al margen de estas supersticiones, también pude enterarme de que Ranjiv Kashi, en su tiempo libre, frecuentaba la compañía del señor Rasul Bhiku, un *darzi* o sastre que, siguiendo las directrices de los nacionalistas, sólo confeccionaba ropa al estilo tradicional indio. Según mis informes, el señor Bhiku era miembro del Bloque de Avanzada, un partido ultranacionalista fundado por Subhas Chandra Bose —quien había sido alumno de la Escuela Protestante Europea de Cuttack al igual que yo—, que propugnaba la libertad de la India sin transición. Lo curioso era que el señor Bhiku se mantenía en un discreto segundo plano en la escena política de Jay. No había nada contra él. Sin embargo, en mi opinión, se trataba de una argucia, pues pasando desapercibido gozaba de una mayor libertad para actuar bajo cuerda. Al parecer, los señores Kashi y Bhiku compartían el humo de una pipa de agua de vez en cuando, en uno de esos locales donde los nativos fumaban y bebían té.

Por último, entré en la cámara del tesoro de Jay, un búnker excavado justo debajo del *durbar* o salón del trono.

Del tamaño de mi bungalow, el espacio, completamente diáfano y de techo abovedado, albergaba muebles y vitrinas repletas de joyas. El centro de la sala lo ocupaba una urna de oro y cristal que, coincidiendo con la posición del trono, guardaba la corona de Jay, de cuarenta centímetros de altura, una auténtica constelación de rubíes, esmeraldas, diamantes y perlas bordadas sobre una malla de finísimo oro rematada con un penacho de zafiros. En otra urna aneja se encontraba un pájaro de oro, con ojos de rubíes, de cuyo pico colgaba una descomunal esmeralda. En una tercera, descansando sobre un majestuoso cojín de terciopelo negro bordado con hilo de oro, se hallaba la Flor Blanca del Himalaya. El resto, distribuido en arcas, estuches y joyeros de cristal transparente, guardaba decenas de collares de perlas de diversos calibres y colores, gargantillas y alzacuellos de diamantes, anillos y colgantes, pendientes y camafeos, botellas de aroma de oro y piedras preciosas, rociadores de agua de rosas, copas de oro, una vajilla también de oro, otra de plata, cajas de betel, esculturas de dioses revestidas de láminas de oro y un sinfín de cosas más.

Pese a que, al parecer, cada cosa tenía asignado su lugar, la acumulación de objetos y de hombres manipulándolos al mismo tiempo había facilitado que Ranjiv Kashi deslizara un collar, relativamente discreto en cuanto a su tamaño, al interior de su bolsillo. El problema era que el uniforme que vestían los mayordomos carecía de bolsillos. Por no mencionar que los dos guardias que custodiaban la cripta tenían orden de registrar a quienes entraban y salían, tal y como había señalado su alteza real.

Le pedí a uno de mis acompañantes que me proporcionara un collar similar al desaparecido y, teniendo en cuenta que el ladrón no había podido llevárselo en un bolsillo, en cuanto me lo entregó lo guardé en mis partes íntimas.

Ya en el exterior de la cripta, revisé las notas en el libro de registros, pero como estaba escrito en la lengua local, pedí que me fuera enviado a la comisaría para realizar la pertinente traducción. Para terminar, solicité a uno de los guardias encargados de la seguridad que me cacheara exactamente igual que lo había hecho con el valet la noche anterior. Su método era casi perfecto, pues consistía en despegar, pliegue a pliegue, la ropa del cuerpo y agitarla. A la segunda sacudida, el collar que llevaba enrollado en la entrepierna quedó en evidencia.

Definitivamente, Ranjiv Kashi había robado las joyas antes de devolverlas a su vitrina, lo que abría la posibilidad de que tuviera un cómplice en palacio.

El coronel Hitch era un hombre de seis pies de altura y ciento setenta y cinco libras de peso que se asía a una fusta con la determinación con la que un náufrago se aferra a una tabla en mitad del océano. Yo había conocido a un sinfín de hombres, recién llegados, que habían experimentado idéntico trance, y sabía que el motivo de su zozobra tenía el nombre del país que nos acogía: la India. Del primero al último, todos experimentaban los mismos síntomas en su fisiología. En un primer momento, uno creía estar ante una persona con la expresión astringente de quien tiene problemas intestinales, pero el paso de los días la suavizaba hasta convertirla en un mohín de asombro. Luego, el calor, los insectos y la persistente música de grillos y cigarras provocaban una muda severa en la mueca, que adoptaba la forma de la amargura. A partir de entonces, los más fuertes adquirían el hábito del odio y del desprecio tan rápido como aprendían a vociferar y a propinar golpes. Éstos, a la larga, se convertían en la mano ejecutora (en ocasiones vengadora) del imperio, si bien éste había dejado de ser algo tangible para convertirse en una entelequia. La guerra con sus alianzas contra natura (que Churchill se sentara en la misma mesa que Stalin se veía en la India como una escena desagradable y repugnante, sólo comparable al efecto que hubiera causado una fotografía del virrey saliendo a hurtadillas del dormitorio de una nativa), la lucha de las democracias contra el fascismo y las reivindicaciones de independencia de las tierras colonizadas habían desdibujado los contornos del imperio, que ahora se presentaba como algo tan vago e inconsistente como la figura de un fantasma. Los hombres de carácter más débil, en cambio, padecían problemas mucho más profundos, y su propia endeblez, con frecuencia, los conducía por la senda del alcoholismo o del suicidio. La enfermedad, en todos los casos, podía durar semanas, meses o convertirse en crónica.

El coronel Hitch llevaba veintidós días en la India, y aún se movía con tanta inseguridad que sus pasos recordaban el bamboleo de un púgil que, a pesar de haber sido alcanzado por un golpe definitivo del contrincante, consigue caminar hasta su esquina del cuadrilátero antes de derrumbarse. En la expresión de sus ojos intensamente azules llevaba impreso el desconcierto que le producía saber que la selva rodeaba el acantonamiento del que era responsable, él, que había estudiado tácticas y estrategias militares que tenían como escenario un campo de batalla «civilizado». Claro que la culpa no era suya, sino del alto mando, por haber mandado al trópico a un hombre que consideraba que el hemisferio norte terminaba al sur de Italia.

Sea como fuere, Hitch no se había despojado aún de la expresión de asombro, y en los treinta segundos que tardé en recorrer el camino de grava que me separaba de él, mantuvo el ceño fruncido y las órbitas oculares abiertas mucho más de lo que era recomendable para alguien que tuviera los ojos claros.

—Uno de sus hombres ha venido para contarme no sé qué historia de unos elefantes rabiosos que, al parecer, enloquecen con el color blanco, y me ha pedido que pinte los mojones de la carretera de color negro —me espetó—. Desde luego, no pienso entrar a valorar el grado de cordura de su subordinado, superintendente, pero ¿alguno de ustedes ha pensado que el color negro absorbe la luz y, en consecuencia, no se ve de noche? Francamente, señalizar una carretera con pintura negra sería un absurdo. Llevo una hora preguntándome por qué me han enviado a mí a esta maldita selva, cuando el hombre idóneo hubiera sido un amaestrador de fieras.

La invectiva de Hitch me sirvió para situarle en el grupo de los fuertes. Al cabo de unas cuantas semanas mudaría la piel como una serpiente, y el asombro se le borraría del rostro como el lanugo se le cae al recién nacido. Después de todo, Hitch no era más que eso, un bebé en lo concerniente a la India.

—Creo, coronel, que en cuanto sus obligaciones se lo permitan debería pasarse por el club. Allí hay caballeros experimentados que conocen la India en profundidad, y que estarán encantados de asesorarle sobre lo que se puede y no se puede hacer en un lugar como éste. En lo que atañe a los mojones de la carretera, me da igual del color que los pinte, siempre y cuando no los embadurne con cal. De la misma forma que en Londres hay unas normas, aquí también disponemos de unas cuantas reglas que conviene cumplir. En caso contrario, no recibirá una amonestación de la autoridad competente, sino que será aplastado por un elefante, mordido por una víbora o, peor aún, se convertirá en el plato principal de la cena de un tigre. Ahora mire hacia la jungla y dígame cuántos animales ve.

Hitch, sorprendido por la contundencia de mi respuesta, obedeció sin relajar la frente ni entornar los párpados una sola vez.

—No veo ningún animal, superintendente —dijo al cabo de un minuto.

—En efecto, no ve animales, y no los ve, sencillamente, porque no se dejan ver. Ellos, en cambio, lo ven a usted perfectamente. Ahora mismo nos están viendo mientras conversamos, y nos seguirán observando cuando nos separemos. Incluso continuarán observándonos cuando nos vayamos a dormir esta noche. De modo que tendrá que acostumbrarse a peligros que son invisibles, pero no por eso menos dañinos. Un solo mosquito anofeles puede dejar fuera de combate a más hombres que un batallón de japoneses.

—¿Hay también caníbales? —preguntó Hitch.

Aunque no era una pregunta frecuente, la había oído en más de una ocasión a lo largo de los últimos cuarenta años. A veces, el calor, unido al cambio de ambiente, creaba una cortina de desconcierto en los recién llegados, que acababan confundiendo la India con Kenia, Sudáfrica u otros lugares del continente africano.

—Esto es la India, coronel, no África.

—Por supuesto, superintendente. Esto es la India —se desmarcó.

Hitch volvió a clavar la mirada en el muro vegetal, con los ojos abiertos tal que los de un búho. Pero esta vez estaban inyectados en sangre y cubiertos por una fina película oleaginosa. Una mirada que nada tenía que ver con el miedo, sino que era hija del odio.

5

Cuando me senté en la veranda a esperar la llegada de Wilson con un vaso de whisky en la mano, me asaltaron una serie de pensamientos mucho más nocivos que la propia bebida. Vacilaciones que los libros no habían resuelto, y que tenían que ver con mi identidad. Mi propio padre había renunciado a regresar a Inglaterra cuando le fue diagnosticada la dolencia que acabó llevándole a la tumba. Todos los británicos regresaban, tarde o temprano, a las islas, pero al estar la guerra en curso, el viaje desde la India a Gran Bretaña se presentaba como una empresa llena de dificultades y peligros. Además, había otra razón de peso para que mi padre decidiera no volver: mi madre estaba enterrada en el cementerio inglés de Jay Town, y el hecho de que pudieran pasar separados «toda la eternidad», como él decía, le aterraba sobremanera. Así que mi padre se limitó a sentarse en una silla de palma, debajo del emparrado que había plantado a unos metros de la veranda, con un abanico perfumado con *kusco*, una hierba aromática que desprendía un olor agradable. Allí pasaba gran parte del día, leyendo y canturreando *The Foggy, Foggy Dew*, canción que había aprendido durante su juventud en Inglaterra, como si se tratara de un mantra. Ésa fue su forma de enfrentarse a la enfermedad. Cantó y cantó aquella inocente canción hasta que la melodía llegó a oídos de la parca un día del mes de marzo de 1941. En el momento de su muerte, acaecida a la hora del almuerzo, escribía en un papel un viejo proverbio hindú que pensaba grabar con sus propias manos en una tablilla de madera, con el propósito de que le sirviera como lema de su biblioteca: «Un libro abierto es un sabio que habla; cerrado, un amigo que espera; olvidado, un alma que perdona; destruido, un corazón que llora.»

La pregunta que desde entonces había rondado mi cabeza era si, llegado el momento, yo haría lo mismo que mi padre. En alguna parte había leído que la patria de un hombre es su infancia. En ese caso, mi patria era la India y nada más que la India. Cuando en clase de geografía, por ejemplo, el profesor hablaba de la longitud del Ganges frente a la del Támesis, yo sentía un prurito de orgullo por cuanto que había visto el primero con mis propios ojos. Conocía de primera mano todo lo que significaba el Ganges (Ganga Mai) para los hindúes, había presenciado decenas de veces las abluciones y los baños matutinos, había contemplado las montañas de troncos apilados y de cadáveres que aguardaban el momento de ser cremados, y había asistido al vertido de las cenizas de los muertos sobre las putrefactas aguas del río, que semejaban un té mezclado con demasiada leche. En cambio, el Támesis era para mí un río insignificante, que carecía de vida propia como el Ganges y como la mayoría de los ríos de la India, con la única particularidad de que en sus aguas se celebraba la regata que enfrentaba a las universidades de Oxford y Cambridge, y cuyo resultado, se fuera partidario de una u otra embarcación, se aplaudía en el club de Jay Town un día más tarde, el tiempo que tardaba la noticia en recorrer la distancia que separaba Gran Bretaña de la India. Otro tanto ocurría con el Kanchenjunga, la montaña más alta de la India y la tercera del mundo, con sus 28.169 pies, mientras que el Ben Nevis, la cumbre más elevada de la Gran Bretaña, tenía tan sólo 4.409 pies. ¿Acaso el Ganges y el Kanchenjunga no evidenciaban la grandeza geográfica del subcontinente indio frente a la insignificancia de nuestras islas en esa materia? Tal vez. No obstante, ese mismo detalle no hacía sino poner de manifiesto la gran gesta que era, que estaba siendo, el Raj. Al margen de esos detalles que en cualquier nación son mensurables, como la población, la distancia entre las principales ciudades o la longitud de los principales ríos, en mi interior anidaba el convencimiento de que Inglaterra, el Reino Unido en su conjunto, contaba con prodigios que, en cuanto tuviera la ocasión de descubrir, llenarían mi pecho de rebosante orgullo. Por ejemplo, anhelaba experimentar por mí mismo la existencia de las cuatro estaciones, habida cuenta de que en Jay sólo teníamos una estación seca y otra de lluvias. De manera particular, soñaba con vivir unas auténticas navidades «blancas», con su acebo y su muérdago decorando el techo, con su empanada de carne, su budín y la visita de Santa Claus. También deseaba con fervor poder visitar la Torre de Londres, donde yo sabía que se hallaba el Koh-i-noor, el diamante más célebre de la Tierra. Yo conocía al dedillo la historia del Koh-i-noor, y me enorgullecía que ahora fuera propiedad de nuestros monarcas. En 1304 la piedra estaba en manos del rajá de Malwa, luego pasó a manos del sultán Baber, el primer emperador de la dinastía mogol, y de sus descendientes, hasta que en 1739 cayó en poder del sah de Persia, Nadir, quien se lo arrebató al emperador Mohamed. La leyenda aseguraba que Mohamed había escondido la gema en su turbante, y que el sagaz Nadir, sospechándolo, se valió de la costumbre oriental de intercambiar los turbantes para hacerse con ella. Al parecer, cuando la piedra quedó a la vista del sah

Nadir, éste exclamó: «¡Koh-i-noor!», que significa «Montaña de Luz», y ése fue el nombre con el que pasó a la posteridad. El Koh-i-noor no fue lo único de lo que se apropió el sah Nadir en Nueva Delhi, pues también se llevó del Fuerte Rojo el famoso Trono del Pavo Real, de oro macizo cuajado de piedras preciosas. El diamante permaneció en Persia hasta 1813, cuando fue trasladado de nuevo a la India, a Lahore, la capital del Punjab. Fue allí donde la Compañía de las Indias Orientales se hizo con la gema como indemnización parcial de las guerras Sikh. En 1850, con motivo de la conmemoración del 250 aniversario de la creación de la Compañía de las Indias Orientales, la piedra le fue ofrecida a la reina Victoria, quien mandó pulirla y retallarla, ya que la consideró demasiado tosca. Para entonces, se decía que el Koh-i-noor hacía infelices a los hombres que lo poseían, motivo por el cual la reina Victoria estipuló en su testamento que la gema no pasara a monarcas reinantes. Según aseguraba una superstición nativa: «El que posea este diamante será dueño del mundo, pero también conocerá sus desgracias. Sólo Dios o una mujer pueden usarlo con impunidad.» Por ese motivo, en 1937, año de la coronación de Jorge VI, el Koh-i-noor fue engarzado en la corona de la reina Elizabeth, su esposa.

Ni siquiera las opiniones de Wilson, que buscaban sacarme de ese ensueño que era para mí Gran Bretaña, lograban desalentarme. Recuerdo que un día, mientras yo le exponía mis planes futuros, que pasaban por regresar alguna vez a «casa», me dijo: «No deberías crearte demasiadas expectativas con respecto a Gran Bretaña, pues posee cierta grisura que no se encuentra en la India. Aquí, en esta tierra feraz y salvaje, resulta mucho más fácil crearse una vida nueva, pues en Inglaterra todo, hasta el más mínimo detalle, está sujeto a reglas y comprobaciones. No hay lugar para la improvisación, ni siquiera para la fantasía. Créeme, Londres es una ciudad tan insípida como un trago de agua.»

El problema era que en la India ni siquiera se podía beber un vaso de agua sin que la salud corriera un grave riesgo.

Gran Bretaña, en suma, era para mí un lugar idílico semejante a la Arcadia, donde la felicidad y la belleza alcanzaban cotas de perfección mucho más elevadas que cualquier cumbre del Himalaya. Quizá porque llevaba viviendo toda la vida en la India, el Reino Unido se me antojaba como el lugar ideal del hombre en estado natural, incluso siendo consciente de que se trataba de una exageración por mi parte.

Mis tribulaciones me llevaron a recordar uno de los viejos cuentos que me contaba mi aya, Arundhati, titulado *El papagayo*, y cuya historia yo relacionaba con la mía.

En una jaula grande y hermosa vivía un magnífico papagayo. Había sido comprado en un mercado persa por su dueño, un comerciante de Cachemira. Toda la familia estaba orgullosa del papagayo, que hablaba admirablemente bien. El amo, su esposa y sus hijos lo querían mucho, presumían de él y lo invitaban a sus fiestas.

El papagayo, sin embargo, desconocía la felicidad. Estaba prisionero lejos de los suyos. Trató de explicar lo desgraciado que era, pero le respondieron llevándole manjares excelentes y esos extraños juguetes que les gustan a los humanos. Le aturdieron con caricias y palabras bonitas, pero nadie abrió la jaula. Él no pensaba más que en librarse pero no sabía cómo. Se había hecho amigo de un adolescente, esclavo y desgraciado como él: el amo lo había comprado a sus miserables padres.

Unos días antes de partir hacia Persia, el secretario del amo cayó enfermo y decidieron a toda prisa que el adolescente acompañara a su patrón. Entonces, el papagayo llamó su atención, le pidió que se acercara a la jaula todo lo posible y, con gran sigilo, murmuró:

—Cuando estés allí, en Persia, ve, te lo ruego, al bosque y cuéntales a los míos dónde vivo. Háblales de mi tristeza, descríbeles mi jaula y pídeles consejo y auxilio. A la vuelta, prométeme que me dirás su respuesta, cualquiera que sea, tú que sufres una suerte parecida.

El adolescente asintió con la cabeza.

—Sí, iré, te lo prometo. ¡A mí me gustaría tanto poder enviar noticias y recibirlas de los míos!

El viaje fue largo. El joven, que desconocía el mundo, se emocionó y se apasionó al descubrir sus bellezas. Sin embargo, no olvidó la promesa que había hecho al papagayo. En cuanto pudo, fue a un bosque, levantó la cabeza hacia la copa de los árboles y el arco iris de plumas, contó las desgracias del hermano lejano e intentó comprender los consejos que los suyos podían darle. Tres papagayos cayeron muertos a sus pies. Él se sobresaltó. «La emoción —se dijo— y, sin duda, la pena han matado a estos ancianos.» Pero no recibió ningún consejo que transmitir, nada más que noticias del bosque.

A su regreso de Persia, el adolescente fue a contarle al papagayo su visita a los grandes árboles y le comunicó las noticias oídas.

—Temo entristecerte —añadió—, pero debo decirte que, en cuanto hablé de ti, murieron tres ancianos.

—¿Murieron? ¿Cómo ocurrió?

—Les hablé de ti, les di noticias tuyas, les pregunté si tenían algún consejo que darte, y los tres papagayos cayeron muertos al suelo. Probablemente por la conmoción del duelo, nadie ofreció consejos. Los tuyos no supieron confiarme más que algunas noticias.

—¡Muchísimas gracias! Veo que has cumplido escrupulosamente tu misión. ¡No te desanimes, ama la libertad y la libertad te amará!

En cuanto se marchó el adolescente, el papagayo cayó de su percha con el pico abierto, los ojos cerrados y las patas replegadas sobre su vientre multicolor.

El sirviente que lo descubrió en este estado llamó al amo, el *cual acudió corriendo, tomó al pájaro entre sus manos, sopló sobre sus plumas y vertió algunas gotas de agua en su pico. No consiguió nada, el papagayo no dio ningún signo de vida. Entonces el hombre, llorando, lo depositó sobre un montón de hojas dispuestas para ser quemadas, mientras murmuraba una oración fúnebre.*

Apenas había tocado el papagayo las hojas cuando, en el mismo instante en que las manos de su amo se abrieron, batió las alas y salió volando, llevado por el viento que soplaba hacia Persia.

Durante años, sobre todo en mi adolescencia, cuando sufría un revés, rezaba para que alguien me enseñara el camino de la libertad, no la que reivindicaban los nativos, sino la mía propia. La dificultad estribaba en que para alcanzarla primero tenía que encontrar la forma de abrir la jaula en la que vivía: la India. Al contrario de lo que ocurría con la mayoría de los jóvenes británicos, que esperaban encontrar un futuro lleno de gloria en la India, yo soñaba con hallarlo a la inversa. Cuando apenas contaba con siete u ocho años, estaba tan seguro de que viajaría a Inglaterra tan pronto lo permitieran las circunstancias como de que mi corazón no iba a pararse. De hecho, lo razonable hubiera sido que, después de la muerte de mi madre, me hubiera criado en Inglaterra con mi tío Henry —yo había sido bautizado con su nombre gracias a la admiración incondicional que mi padre sentía por él—, quien, además de no tener hijos por su condición de caballero soltero, gozaba de una posición económica desahogada. O, en su defecto, con la rama materna de la familia, si bien mi progenitor había roto los lazos con ellos, al parecer, por el hecho de que le reprocharon, sin escatimar alguna que otra insidia, el prematuro final de mi madre, muerta a causa de una atonía uterina que se le produjo tras dar a luz. Sin embargo, mi padre fue demorando la decisión hasta que el apego entre ambos impidió que nos separáramos. Luego mi progenitor se encargó de convencerme de cuán necesaria era nuestra presencia en la India, habida cuenta de que nuestro papel era el de arietes de la civilización. «Tú y yo estamos escribiendo el libro del progreso de la civilización en la India, estamos abriendo el surco y sembrando la semilla que luego dará una cosecha pródiga en resultados. Imagina que la India es un papel en blanco. Pues el secreto está en derramar nuestra cultura como una mancha de tinta», decía. El resultado de la ecuación mental que había desarrollado —y se trataba de una opinión muy extendida entre los británicos pertenecientes a la generación de mi progenitor— indicaba que cuanta más civilización mayor era el dominio sobre el territorio. De modo que no me quedó más remedio que posponer mi viaje a Inglaterra sine die, y autoconvencerme de que la libertad que tanto anhelaba alcanzar era tan sólo un refugio momentáneo en la existencia de un hombre.

El problema era que, siempre que la puerta de la jaula estaba a punto de abrirse, había sucedido un imponderable. El primero fue la Gran Guerra; el segundo, la Gran Depresión y el tercero, la enfermedad de mi padre en primer lugar y, más tarde, Hitler y los japoneses. Desde luego, no pensaba desaprovechar la siguiente ocasión.

A las seis y media en punto, el cocinero me dijo que la cena estaba lista. Entré en el bungalow y comprobé que el *boy* había vuelto a equivocar el orden de los cubiertos, pero no le dije nada. Bastante tenía con ponerse correctamente los guantes blancos. Para la mayoría de los británicos, conservar la etiqueta, vestirse para la cena, equivalía a demostrar que uno se mantenía en guardia frente a las costumbres nativas. Era la victoria de la civilización frente a los atavismos, y correspondía, por añadidura, a mantener la forma cabalgando una hora diaria o practicando cualquier otra modalidad deportiva. Yo, en cambio, había comenzado a adoptar ciertas costumbres nativas, lo que técnicamente podía considerarse como el comienzo de mi desintegración en todos los órdenes, algo que en los países demasiado cálidos ocurría a la velocidad a la que se derretía el hielo. Además, no tenía circunstancias atenuantes que esgrimir a mi favor, salvo que había comprendido que la mejor forma de vivir en la India era imitando, hasta donde fuera posible, claro está, el comportamiento de sus pobladores. Wilson era de mi misma opinión, y ambos formábamos el Club Británico de Descamisados. Como le gustaba decir a Wilson: «Cada vez que le damos de lado a la chaqueta, nuestra piel se vuelve un poco más oscura.»

Un escarabajo rinoceronte trepó por el mantel hasta alcanzar un extremo de la mesa. Cogí una copa de vino vacía, le di la vuelta y encerré al animal dentro de aquella campana transparente. Cuando era sólo un niño, había llevado a cabo aquel experimento un millar de veces, con la idea de sacrificar al coleóptero si no era capaz de arrastrar la copa, y perdonarle la vida si, por el contrario, demostraba la fuerza hercúlea que se le presumía. Invariablemente, el animal acababa desplazando el vaso aunque sólo fuera un centímetro.

Dos minutos más tarde la copa se había movido lo suficiente como para provocarme una sonrisa. Liberé al animal y, como si fuera un practicante del jainismo, quienes defendían la preservación de la vida en todos los órdenes, lo llevé hasta los pies de la enredadera para que no sufriera ningún daño.

—Tal vez volvamos a vernos por aquí un día de éstos. Pero procura no entrar en la casa, porque a mis criados no les gustan demasiado los insectos como tú —le dije al animal.

6

Me levanté a las cinco de la madrugada, cabalgué durante una hora, me aseé y me senté en la veranda a tomar el *chota hazri*, un pequeño desayuno a base de té y fruta.

Uno de mis vecinos le gritó a su *boy*: «*Chee, po phissach*» («¡Vete al diablo!»), y las urracas que se refugiaban en el árbol que había delante de la casa le respondieron con su «caaa-caaa-caaa» característico, tras lo cual emprendieron el vuelo en bandada. De pronto fue como si el otoño le hubiera arrancado las hojas a aquel árbol; sin embargo, un minuto después de que las urracas hubieron abandonado sus ramas, todo volvió a la normalidad. Las hojas seguían en su sitio. No había sido más que un efecto óptico: había confundido el repentino revoloteo de las aves con la caída de las hojas. No obstante, también cabía la posibilidad de que se tratara de la intervención de los *gandharvas*, unos personajes de la mitología hindú que habitaban en las nubes, eran grandes compositores de música y se alimentaban a base de perfumes. Según me había contado Arundhati, a veces les gustaba posarse sobre las ramas de los árboles que olían bien, exclusivamente para inhalar su fragancia, de ahí que se los representara con cuerpo y plumas de pájaros.

Pensar en los *gandharvas* me llevó a rescatar de la memoria unos versos de Goethe que mi padre me había dejado escritos a modo de epitafio para que yo los mandara grabar en su lápida: «Sobre las cimas de las montañas reina la paz./En todas las copas de los árboles percibes apenas un aliento./Callan las pequeñas aves del bosque./Aguarda; pronto también tú conocerás la paz.» Una elección un tanto comprometida, poco patriótica, dado que se trataba de un poeta alemán y estábamos en guerra con Alemania. Decidí esperar hasta que la guerra hubiera terminado, y como la contienda parecía prolongarse más tiempo del que todos preveíamos en un primer momento, ahora sentía cierto sentimiento de culpa por no haber cumplido la última voluntad de mi padre.

A pesar de la temprana hora corría una brisa cálida y pegajosa que se enroscaba al cuello como una serpiente pitón. Notaba cómo mi yugular se contraía y expandía tenuemente con cada latido de mi corazón. Supuse que iba a ser el día más caluroso en lo que llevábamos de año.

Nunca se me había dado bien predecir desastres, pero en cuanto me percaté de que el jinete que acababa de tomar la calle que conducía a mi casa era uno de los hombres a mi cargo, tuve la corazonada de que algo terrible había ocurrido.

Después de que tiró de las riendas con brusquedad para frenar al animal, y de que éste piafó con violencia y se le desencajó la mandíbula como si fuera a echar el bofe, el jinete exclamó desde su cabalgadura:

—¡Han encontrado el cuerpo del *Angrezi Bahadur* en la selva, superintendente Masters!

—¡Wilson! Eso explica que no apareciera anoche —mascullé.

Todavía hoy desconozco la razón por la cual reaccioné con tanto desafecto a la noticia; tal vez se debiera a que siempre me había enfrentado a la muerte desde la esperanza,

pero también, al mismo tiempo, evitando la carga sentimental que lleva consigo la pérdida de un ser querido. Supongo que el hecho de no haber conocido a mi madre había moldeado mi carácter en ese sentido (pues no existe
un niño en el mundo que no piense que su madre ausente
se encuentra en el cielo, en un lugar mejor que éste, donde se reunirá con ella), y mi trabajo como policía había terminado por forjarlo. Había visto morir a decenas de seres
humanos, enfermos o hambrientos, para los que la muerte
era una liberación. La vida era una bendición —como había oído decir en la iglesia— sólo para unos pocos privile-
giados.

—Mister Wilson y otro hombre han sido atacados por
un tigre. Una patrulla ha encontrado los cuerpos a doscientos metros de la carretera de Rangún —completó la información el jinete.

Cuando quise levantarme, el estómago se me había pegado al respaldo de la butaca y las piernas no me respon-
dían. Conté hasta diez, inhalé todo el aire que cabía en mis
pulmones y me erguí ayudándome de los brazos. Luego di
orden al mozo de cuadra para que ensillara mi caballo de
nuevo.

—Necesitará un *bundook*, superintendente Masters —me
indicó mi subalterno.

—¡Oh, por supuesto! Savir, tráeme la casaca, el salacot,
el rifle y la munición —le ordené al *boy*.

Un minuto más tarde apareció un segundo jinete, cuyo
animal también piafó cuando se le ordenó que se detuviera.
Se trataba del sargento de guardia y mi hombre de confianza, un hindú llamado Sahasya, quien traía un cablegrama
urgente de la oficina del comisionado jefe de la provincia
de Assan. Rezaba:

Iniciada contraofensiva enemiga en Impahal y Kohima. Mantenga ojos abiertos en Jay. Detenga líderes Partido Congreso, independentistas y saboteadores. Requise armas posibles insurgentes. 15 marzo 1944.

Como era 16 de marzo, supuse que la fecha hacía alusión a que la ofensiva japonesa había tenido lugar un día antes. Luego le dije al sargento Sahasya —a quien conocíamos con el apodo de *Inyector Flit* por su afición a los insecticidas matamoscas— que regresara a la comisaría y que lo fuera preparando todo, hombres y armas, para practicar algunas redadas en cuanto yo hubiera vuelto de la jungla. Además, le ordené que detuviera al señor Rasul Bhiku, el sastre amigo del señor Kashi, el ayuda de cámara de su alteza, por si aprovechaba la situación de confusión para huir del país.

Al sentarme encima de la grupa, recordé el primer diálogo que mantuve con Wilson. Tuvo lugar en el club, y Wilson, repantigado en un incómodo diván y con un diccionario de términos ingleses e hindúes en las manos, me dijo con tono jocoso: «Sólo en un país tan extraño e incomprensible como éste se le llama al primer ministro y al sofá con la misma palabra: *diwan*. Aunque, en mi opinión, ese nombre lo debería llevar una soda. ¡Camarero, tenga la amabilidad de servirme un whisky con soda *diwan*! Suena bastante mejor que llamarle sofá al primer ministro, ¿no le parece?» «La diferencia entre un *Diwan* y un *diwan* estriba en la mayúscula», le aclaré. «Sí, eso pone en el diccionario, pero también indica que ambas palabras se pronuncian de la misma manera. ¿Cómo puede uno, pues, saber cuándo le están hablando del primer ministro o de un sofá?», me replicó. «Por el contexto, naturalmente.» «¿Y si el contexto, como usted lo llama, sugiere que el primer ministro va a sentarse en un sofá o que el sofá del primer ministro se ha desfondado? Sinceramente, creo que sería más fácil llamar primer ministro al primer ministro y sofá al sofá.» Luego, fingiendo el interés de cualquier turista, me preguntó: «¿Es cierto que aquí, en la India, tocar un perro contamina, y, en cambio, frotarse el cuerpo con una boñiga de vaca purifica?» «Me temo que sí», respondí. «Entonces también será cierto que las esposas tienen que caminar siete pasos por detrás de sus esposos», insistió. Esta vez asentí con la cabeza. Acabamos riéndonos a carcajadas.

Mientras cabalgaba, pensé en el terrible efecto que iba a causar la noticia de la muerte de Wilson entre las damas de Jay Town, mayor incluso que el que hubiera provocado la noticia del fallecimiento del mismísimo Jorge VI.

Ya fuera por su prestancia, por su forma de vida aventurera o, simplemente, por su sentido del humor irónico y punzante, como ya he señalado, Wilson tenía un gran predicamento entre las mujeres. Tanto, que recurrían a él para que las salvara de las fauces del animal más peligroso y dañino de cuantos habitaba en la selva de Jay: el aburrimiento. A diferencia del resto de caballeros, Wilson frecuentaba poco el club, y eso lo convertía, a los ojos de las damas, en una rara avis digna de estudio, y su compañía, en consecuencia, en la manera más provechosa de matar el tedio. El hecho de que fuera soltero, tuviera los músculos bien cincelados y el vientre plano y duro como una tabla incrementaba su atractivo. Ni siquiera su edad había resultado un inconveniente durante todos esos años. La esperanza de vida de los nativos no superaba los cuarenta; Wilson, en cambio, a punto de cumplir los cuarenta y siete, mantenía el aspecto de un hombre de treinta y cinco años, y rebosaba salud y energía. De hecho, de entre las muchas cosas que en la India estaban vedadas para una mujer, estuviera soltera o casada, se encontraba Lewis Wilson. Cualquier dama que deseara lo mejor para su hija acababa advirtiendo a la joven de los peligros que suponía acercarse a un hombre como él. Teniendo en cuenta que nadie escarmienta en cabeza ajena, la advertencia no hacía sino aumentar el deseo de la joven de llevar la contraria, que motu proprio se ponía a tiro del cazador, nunca mejor dicho. Sin embargo, Wilson, como sucede con muchos donjuanes que lo son sin tener una conciencia clara de su condición de tales, mantenía una actitud pasiva, diríase casi distraída, con respecto a sus conquistas. Para él el amor era algo tan importante como la caza, y no se lo tomaba a la ligera, pues era el primero en reconocer que no existía presa fácil. Cuando creía estar enamorado, se comportaba como un adolescente que pierde el apetito y se ve envuelto en un mundo de perpetua ensoñación. Y de la misma manera que se jactaba de no haber leído jamás un libro del que no hubiera sacado una enseñanza, aseguraba no haber amado a una mujer que no valiera su dedicación y su esfuerzo. Eran las propias damas quienes, al revolotear en torno a su persona sin ningún pudor, hacían que la vida sentimental de Lewis Wilson pareciera tan escandalosa como la entrada de la zorra en un gallinero. No quiero eximir a Wilson de su culpa, puesto que cabe incluso que cometiera actos moralmente reprobables, pero en muchos casos aquellas damas se comportaban como arpías deseosas de inocularle una buena dosis de veneno.

Pero al margen del efecto que pudiera tener la desaparición de Wilson en nuestra pequeña comunidad, su muerte a manos de un tigre suponía un trastorno adicional para mí. Cuando un tigre o una pantera probaban la carne humana, más tarde o más temprano volvían a repetir, se convertían en lo que en la India se conocía como «devoradores de hombres». Se habían dado casos terribles, como el de Bhiwapur, donde, según las crónicas de la época, más de cuatrocientas personas fueron devoradas por un tigre antropófago en 1769. Como consecuencia de estos ataques, el pueblo fue abandonado por sus habitantes. Pero no había que remontarse tanto en el tiempo para encontrar casos similares. Una famosa tigresa llamada *Champawat* había devorado a cuatrocientas treinta y seis personas en una zona comprendida entre la frontera sur de Nepal y el distrito de Kumaon. En 1911, Jim Corbett consiguió acabar con ella. Las autoridades locales erigieron entonces un monolito de cemento que indicaba el lugar donde el animal fue abatido. Sólo en la década de 1930, se calculaba que entre mil y mil seiscientas personas perecían en las fauces de estos felinos todos los años. Existían numerosas leyendas y teorías que explicaban el porqué de este fenómeno, se decía que la carne humana era más blanda, más apetitosa, etc., pero la realidad era que nadie sabía por qué los tigres comían hombres. Por regla general, los tigres evitaban a las personas, a quienes no consideraban como potenciales presas, probablemente debido a la cantidad de olores artificiales que desprendía nuestra piel. Había quienes comparaban este rechazo con el que sentiríamos los seres humanos si tuviéramos que comer filetes de pollo que oliesen a lejía. Sin embargo, la escasez de comida y de agua dulce, unida a las inundaciones tan frecuentes en muchas zonas de la India donde habitaban los tigres, que dejaban numerosos cuerpos sin incinerar o enterrar, había provocado que los félidos incluyeran a los hombres en su dieta. Otra posibilidad era que, simplemente, les resultara más fácil cazar un hombre que un búfalo. Aunque también había quien mantenía la teoría de que los tigres habían empezado a devorar carne humana como consecuencia de una equivocación, pues un hombre agachado recogiendo bayas o frutos del suelo podía ser confundido con un mono. De hecho, cuando un tigre que nunca había atacado a un ser humano con anterioridad se encontraba con uno que estuviera erguido, no sabía por dónde atacar y, desde luego, era raro que se atreviera a hacerlo si la presa no le perdía la cara. Sólo si el hombre huía despavorido o se descuidaba, el animal aprovechaba para caer sobre él por la espalda y morderle en la zona que comprendía el cuello y el hombro. Jim Corbett, el más famoso cazador blanco de la India, contaba el caso de un individuo que fue atacado, y su cuerpo, ya muerto, arrastrado por un tigre, cuando, al llegar a un terraplén, el cadáver rodó cuesta abajo, hasta que el tronco de un árbol frenó su caída. La casualidad quiso que el cuerpo sin vida quedara con la espalda apoyada sobre el tronco, con los ojos abiertos, como si estuviera sentado contemplando el paisaje. Pues bien, el tigre renunció a devorar a su presa, que fue encontrada en esa misma posición. El propio Lewis había hallado el cadáver de un tigre que había sido devorado por una jauría de perros salvajes, lo que demostraba que se trataba también de un animal vulnerable, pese a su fama. Anécdotas aparte, en los próximos días, el tigre que había devorado a Wilson y a su acompañante volvería a actuar, y yo tendría que organizar un dispositivo para cazarlo.

El aullido de los monos nos dio la bienvenida nada más pisar la jungla. Siempre había detestado tener que adentrarme en aquel bosque, pues, como solía decir Wilson, la selva se parecía al rincón más oscuro de nuestra conciencia, donde todo se enredaba y se superponía, creando una angustiosa sensación de confusión. Los sonidos eran ecos que reverberaban en todas direcciones (a veces parecían alejarse conforme uno se iba aproximando a ellos); la luz llegaba rebotada, en cascadas quebradas que se transformaban en charcos luminosos al tocar la tierra; los colores se apreciaban difuminados, mientras que el espacio se dilataba y contraía; las distancias carecían de profundidad y caminar en línea recta casi siempre llevaba de nuevo al punto de partida; el suelo no era del todo firme y seguro, y su claroscuro se confundía con la piel estriada del tigre; el cielo se volvía invisible, y hasta el calor se percibía envuelto en un manto de humedad capaz de estrangular a un hombre con la fuerza de una serpiente. En resumen, todos los temores que podían anidar en el alma de una persona se daban cita en la selva, de la misma manera que todo lo que uno no comprendía estaba allí plasmado. Como decía Wilson: «La selva es a la naturaleza lo que el movimiento cubista a la pintura. Todas las partes del objeto están representadas en un mismo plano, de manera que adentrarse en la jungla es lo mismo que penetrar en ese mundo primigenio e inalterado donde los valores de nuestra civilización, la perspectiva renacentista, por ejemplo, carecen de sentido.»

Un retén de guardia nos esperaba en el lugar donde habían aparecido los cuerpos. Estaba compuesto por diez hombres, ocho a pie y dos a lomos de sendos elefantes, desde donde vigilaban la jungla armados con rifles. El mando recaía en un sargento de cabello rubicundo, mofletes llenos de pecas y un acento *cockney* tan fuerte como un mal brandy.

Habían cubierto los restos con telas blancas que, ensangrentadas, se diseminaban por un área de cincuenta metros cuadrados. Le recomendé al sargento que retirara de inmediato los trapos por temor a que fueran divisados por un elefante colérico aquejado de *must,* y acto seguido procedí a reconocer los restos mortales. De Wilson había quedado la cabeza, el brazo derecho y la pierna izquierda, además de varios jirones de su ropa. Del otro hombre había quedado la cabeza y el brazo izquierdo. Sin duda, aquello había sido obra de un *Oontia bagh,* un tigre cuatrero.

Equidistantes a las dos testas, yacían sobre el suelo una veintena de huesos, mordisqueados algunos y otros limpios hasta los tuétanos, de los que sólo pude identificar aquellos que se correspondían con las vértebras y las costillas, pero ni siquiera podía afirmar que pertenecieran a una misma persona.

Luego efectué un reconocimiento con profundidad del escenario. Había abundantes rastros de sangre por los alrededores y, a tenor del estado de unos arbustos situados a veinte yardas de distancia, el ataque se había producido allí, tal y como lo indicaban las huellas que un tigre y una hiena habían dejado en el terreno. El *drag* o señal de arrastre se apreciaba perfectamente. Los cuerpos, por tanto, habían sido arrastrados hasta el calvero, simplemente, para facilitar su despiece.

El hecho de que faltaran algunas extremidades y de que no hubiera restos de las vísceras confirmaba la presencia de una hiena en el escenario. El propio Wilson me había contado que, de forma ocasional, un tigre y una hiena formaban una sociedad para salir de caza. La hiena buscaba la presa con su astucia y fino olfato, y el tigre se encargaba del resto. A cambio, el carroñero tenía derecho a llevarse la parte del botín que el félido despreciaba, como las vísceras o las extremidades. Sin embargo, tratándose de animales salvajes, no siempre era así.

Me acerqué hasta los arbustos para echar un vistazo y, de paso, aproveché para vomitar el desayuno.

—¿Alguno de ustedes vio a Lewis Wilson ayer por la tarde? —pregunté cuando volví a unirme al grupo.

—Todos pasamos la mañana de ayer con el señor Wilson, superintendente —intervino el sargento, asumiendo su papel de máxima autoridad jerárquica—. Nos estuvo enseñando cómo hacer un rastreo por la jungla, cómo saber si estamos caminando en la dirección del viento, cómo movernos de noche y también cómo orientarnos cuando los árboles impiden ver el sol. Por último, nos estuvo contando lo importante que era que ingiriéramos dos cucharadas de sal todos los días, pues, al parecer, la sal evita que el cuerpo se sobrecaliente en exceso, dada la alta sudoración que soporta en la selva. Insistió en que nos tomáramos muy en serio ese asunto, porque había visto a hombres sufrir un colapso y a continuación morir por no haber tomado la suficiente sal. Luego comió con la compañía en el acuartelamiento, se despidió y se marchó. Serían las dos de la tarde. Dijo que tenía que estar a las seis y media en Jay Town.

Si el término *cockney* tenía su origen en las palabras *cock* y *egg* y aludía a un huevo de forma rara, el sargento hablaba como si tuviera un huevo duro recién hervido dentro de la boca.

En alguna parte de la jungla, unas urracas comenzaron a graznar como plañideras.

—¿Iba solo cuando abandonó el acuartelamiento? —proseguí el interrogatorio.

—Sí, señor.

—¿De quién es entonces esa otra cabeza?

—No lo sé, señor.

—Desde luego se trata de un varón hindú —observé.

—Eso parece, señor.

Hice de tripas corazón y traté de encajar aquella cabeza con la de alguno de los criados de Wilson. El hecho de que las cuencas de los ojos estuvieran vacías y a la boca, entreabierta, le faltara la lengua no facilitaba las cosas. Además, un enjambre de insectos de diversa índole se disputaba el botín. Desistí cuando una nueva arcada me alcanzó la garganta.

—¿Y el rifle del señor Wilson? —pregunté cuando me hube repuesto.

—No lo sabemos, señor.

—Hay que buscarlo —indiqué.

Organizamos una batida por los alrededores, en grupos de dos hombres.

—Si ven u oyen un elefante, procuren rodearlo con sigilo —les advertí.

—¿Y si se trata del tigre? —preguntó un soldado que era un remedo del sargento, aunque de complexión más frágil y rostro más pálido, de un blanco amarillento que invitaba a pensar que su carne estaba cruda.

Supuse que tanto él como su superior habrían dado lo que fuese con tal de encontrarse en ese momento a los pies del campanario de Bow Bell, en el East End de Londres, y no en aquella selva llena de mosquitos, serpientes y fieras salvajes.

—Les aseguro que el tigre que atacó ayer a Wilson aún está haciendo la digestión —traté de instruirlos—. Si más tarde vuelve a tener hambre, entonces vendrá esta noche a llevarse los restos que quedan. En cuanto a la hiena que lo acompañaba, es probable que esté merodeando por aquí, puesto que esos huesos son un manjar para ella. Tal vez incluso haya venido acompañada de su manada, pero las hienas sólo atacan a los hombres cuando están dormidos, así que no tienen nada que temer. No se acercarán hasta que nos hayamos ido. En cambio, hay que tener cuidado con los elefantes. El carácter de estos animales suele ser cambiante, y pueden llegar a ser muy violentos. Les aseguro que quienes se han tenido que enfrentar a un elefante furioso han rezado con todas sus fuerzas para que apareciera un tigre y los devorara antes de que el paquidermo les diera alcance.

El rifle de Wilson, uno de los siete «Henrys» que poseía, un Winchester calibre 44/40 con la acción en cobre y fuego central, apareció después de cinco minutos de búsqueda entre la maleza. Un minuto más tarde encontramos también su cartuchera. De haber sufrido el ataque de un tigre, el cinto debería haber aparecido junto con los restos, ya que ninguna fiera ingería esa clase de material; sin embargo, la canana estaba intacta, y eso sí que resultaba sorprendente, pues indicaba que en el momento del ataque Wilson no la llevaba puesta. Examiné primero la carabina y luego hice lo propio con la cartuchera y, a falta de un estudio más exhaustivo, llegué a la conclusión de que el arma no había sido disparada. De hecho, la única bala que no estaba en su sitio era la que se encontraba en la recámara del rifle.

—Creo que Wilson no llegó a disparar —le dije al sargento.

—¿Y eso qué significa? —se interesó.

—Que el tigre atacó primero a Wilson. Aunque eso no explica por qué no llevaba puesto el cinto.

—Tal vez el tigre atacó por sorpresa al señor Wilson cuando estaba haciendo sus necesidades —sugirió el sargento.

—Un cazador como Wilson se sube a un árbol para defecar, después de haber comprobado que no haya serpientes aéreas, y desde luego jamás se separa de su rifle o de su cartuchera. Por no mencionar que Wilson era el primero en saber que, si uno se encuentra cara a cara con un tigre, lo primero que tiene que hacer es no perdérsela. No darle la espalda y, menos aún, huir corriendo. Además, si Wilson fue atacado primero, el otro hombre tuvo que tener tiempo suficiente para trepar a un árbol y, sin embargo, no lo hizo. Lo normal es que el animal se hubiera conformado con una presa. Lo único que hubiera modificado esta conducta es que estuviera herido. Pero, como sabemos que el rifle de Wilson no ha sido disparado, podemos descartar la teoría del animal herido.

—¿Y si quien disparó contra el animal fue el otro hombre, la otra víctima? —sugirió el sargento.

—¿Y dónde está su arma?

El sargento se encogió de hombros antes de decir:

—¿Entonces?

—Teniendo en cuenta que un tigre no suele comer más de veinte kilos de carne de una vez, que el suelo está lleno de hojas secas, lo que hubiera puesto a Wilson sobre aviso, y que tampoco hay rastros de sangre que nos indique que el animal estaba herido, hay algo que no encaja.

—Tal vez Wilson y su acompañante fueron devorados por una manada de hienas o por una jauría de perros salvajes antes de que el tigre hiciera acto de presencia.

—Ya le he dicho que las hienas no atacarían a dos hombres armados, como tampoco lo haría un tigre que no estuviese herido. Digamos que ese comportamiento por parte del animal no obedece a los patrones de conducta de su especie. Pero aún hay otra pregunta sin respuesta: ¿quién es el acompañante de Mr. Wilson y qué hacía con él?

—Sargento, detrás de ustedes hay algo que brilla, a unos quince metros a la derecha, pero no soy capaz de distinguir de qué se trata —anunció uno de los soldados que vigilaban, rifle en ristre, desde la atalaya del lomo de un elefante.

Nos dimos la vuelta y nos dirigimos con sigilo en dirección a un charco de sangre que parecía brotar del suelo como un manantial, justo al lado de una raña de lantanas. A unos pocos centímetros, enredados entre los tallos, había cuatro casquillos del calibre 44/40, el mismo tipo de munición que empleaba Wilson.

—¡Maldita sea! —exclamé.

—Si Wilson no disparó su rifle y el otro hombre iba desarmado, ¿de quién son esos casquillos? —reflexionó el sargento en voz alta.

—Empiezo a temerme que lo que ocurrió en este lugar no es lo que parece. Si estoy en lo cierto, estos casquillos indican que Wilson y su acompañante fueron ejecutados primero y abandonados sus cuerpos para que fueran devorados por las fieras. Eso explica por qué Wilson se quitó el cinto. Fue obligado a desarmarse.

—¿Japoneses? —sugirió el sargento.

La insinuación provocó un murmullo entre la tropa. Incluso a mí se me heló la sangre. Recordé el cablegrama del comisionado jefe de la provincia de Assan, pero no dije nada. Los japoneses estaban atacando a doscientas millas al norte de donde nos encontrábamos. Era cierto que otro grueso del ejército nipón se hallaba a treinta millas escasas de la frontera de Jay con Birmania, pero habían sido frenados en seco en su avance por nuestro ejército, de modo que parecía improbable que una avanzadilla hubiera alcanzado aquella posición. Además, los japoneses no utilizaban rifles Winchester. Aquello tenía que ser obra de un *shikari*, de un cazador profesional. Wilson y su acompañante habían sido cazados, en el más amplio sentido de la palabra.

Pese a que era imposible establecer a quién pertenecían el sinfín de huellas humanas que se apreciaban en el suelo, los casquillos bastaban para que pudiera hacerme una idea aproximada de lo que había pasado:

—Si hubiera japoneses por aquí, ya lo sabríamos y, probablemente, ya estaríamos muertos. Estos cartuchos pertenecen a un rifle Winchester del mismo calibre que el que hemos encontrado, de modo que tuvo que ser un cazador quien disparó contra Wilson y su acompañante. Tal vez fueran dos. No lo sé. Aunque lo averiguaremos cuando analicemos la munición.

—¿Quién iba a querer «cazar» al señor Wilson? —preguntó el sargento sin ocultar cierto desconcierto en su tono de voz.

—Buena pregunta. En cuanto logremos identificar a la otra víctima podremos saber más. No descarto que se trate de un ajuste de cuentas.

—¿Un ajuste de cuentas?

—No puedo negar que a Wilson le gustaran mucho las faldas. Pero sigue habiendo una segunda víctima, y eso me desconcierta.

—Comprendo. Quizá Wilson fuera sorprendido por dos hombres que aguardaban su regreso. Uno lo encañonó con el rifle, mientras que el otro se encargaba de desarmarlo. Entonces Wilson forcejeó con el segundo atacante, lo inmovilizó y lo utilizó como rehén para que su compinche soltara el arma...

—Entonces el compinche disparó contra su compañero y contra Wilson antes que ceder... La historia es un poco enrevesada. Ni siquiera estoy seguro de que la segunda víctima no sea uno de los criados de Wilson. En ese caso, el cazador podría haber utilizado al criado de Wilson para llegar hasta su amo y luego los ejecutó a ambos a sangre fría para que fueran devorados por las fieras. En todo caso, hay un detalle que me preocupa: el asesino ha cometido el error de no recoger los casquillos.

—Se supone que eso le facilitará las cosas. ¿Por qué dice que le preocupa?

—En Jay no hay más de media docena de cazadores que posean un rifle Winchester del calibre 44/40, y las licencias de armas las expedimos en la comisaría, así que no creo que nos vaya a resultar difícil dar con el propietario de la carabina. Es decir, estos casquillos equivalen a la tarjeta de visita del asesino, y eso me desconcierta. Me inclino a pensar que el asesino robó el arma del crimen, de ahí que no se preocupara de recogerlos.

—¡Vaya! —exclamó el sargento, no sé si para expresar su admiración por mi reflexión o por alivio al saber que detrás de aquellos crímenes no estaban los japoneses.

—¿Qué quiere que hagamos con los restos, señor? —añadió.

—Métalos en una caja metálica con mucho hielo y envíemelos esta misma tarde a la comisaría central de Jay Town.

Aunque sabía que en la comisaría me estaría esperando el sastre, decidí pasar primero por el bungalow de Lewis Wilson, por si la segunda víctima fuera uno de sus criados. No descartaba que el sicario o los sicarios, puesto que tampoco podía afirmar cuántos rifles habían sido empleados en la ejecución de los dos hombres, hubieran tomado como guía y rehén a uno de los criados de Wilson. Retomé la idea de la *vendetta*, elaboré una lista de maridos despechados, pero desde que la guerra había comenzado, todos los caballeros que podían desear una reparación de su honor a costa de Wilson se encontraban luchando por su patria.

Al entrar en el jardín, me sorprendió por enésima vez la pulcritud y el orden del lugar. Cuando menos, resultaba extraño que un hombre acostumbrado a vivir en la selva mantuviera la grama tan verde y cuidada como la de un campo de críquet. Al llegar al murete que separaba la parcela de la calle, el césped se convertía en un tepe que, adornado de arriates de buganvillas, le confería a todo el conjunto un aire de casita de cuento, de lugar encantado. Una imagen que reforzaba la techumbre de bálago y la colección de árboles que Wilson había plantado con milimétrica precisión delante de la vivienda: un tamarindo, una gigantesca casuarina de treinta metros de fuste (según decía, la música de su casuarina era la única que soportaba) que le servía de cortina rompevientos, un flamboyán y, por supuesto, un árbol del neem cuya copa daba sombra a la veranda. Ésta carecía de balaustrada, dado que la intención de Wilson era que jardín y vivienda se fundieran en una única e indisoluble unidad.

Al pisar el primer escalón que conducía al porche de entrada me percaté de que en uno de los extremos de la veranda, repantigada en la hamaca sobre la que solía sentarse Wilson para contemplar el paisaje, había una mujer. Como estaba perfectamente encajada en la tela rayada del respaldo, formando con su cuerpo una suerte de interrogación invertida, sólo se le veían las piernas y los brazos. Uno de sus pies, el que quedaba más lejos desde mi posición, permanecía en alto, apoyado sobre una mesita que a su vez sostenía una bandeja con las sobras de lo que había sido un abundante desayuno a base de *poori* (un pan de harina de trigo frito en aceite vegetal), *chole* (garbanzos especiados), ensalada de pepinos y *lassi* (una bebida, dulce o salada, a base de yogur).

—¿Lewis? —preguntó la mujer al oír mis pasos.

Reconocer la voz de Lalita Kadori me dejó sin capacidad de reacción.

—¿Superintendente Masters? —añadió, sacando por fin la cabeza de la hamaca que le servía de caparazón.

La situación se me antojaba tan extraña que no sabía si tenía que empezar por comunicarle la muerte de Wilson o por preguntarle qué diablos hacía en su casa. Opté por lo primero.

—Lewis Wilson ha fallecido en la jungla. Un tigre ha devorado su cuerpo —dije.

De pronto, el rostro de Lalita Kadori se tornó vulnerable, y el pie que tenía apoyado sobre la mesita se derrumbó sobre el suelo como un tronco recién talado.

—Pobre Lewis. Aunque supongo que, de haber podido escoger, hubiera elegido morir de esa manera —dijo la bailarina.

Conforme las palabras fueron brotando de su garganta, su tono de voz se fue consumiendo como una vela a la que se le acaba la mecha.

—Bueno, no es tan sencillo como parece. Creo que alguien le disparó y luego abandonó su cuerpo para que fuera devorado por las fieras.

—¿Alguien? ¿Quién? —se interesó, arqueando las cejas hasta formar un perfecto acento circunflejo.

Me encogí de hombros para darle a entender que desconocía la respuesta.

—¿Puedo preguntarle qué hace aquí?

—Claro que puede, superintendente Masters. Visitar a un amigo —me respondió.

—Si he de serle sincero, Wilson nunca me había hablado de usted —observé.

—¿Recuerda que el otro día le dije que dejé de ser una devadasi gracias a la intervención de un caballero? Pues ese hombre era Lewis Wilson. Los británicos pensaron que, con la promulgación de la Ley Devadasi de 1934, miles de niñas y muchachas como yo seríamos liberadas como por arte de magia del yugo de los templos, pero en la India las cosas no funcionan así. Detrás de una devadasi no sólo están los sacerdotes de los templos, sino también las familias de las jóvenes, que obtienen beneficios económicos y ventajas sociales. Por no hablar de las legiones de clientes, todos de las castas más elevadas. Resumiendo, conocí a Lewis a principios de 1935 en Bombay, adonde había ido contratado por un magnate británico para que le sirviera de guía en una cacería. Después de aquel encuentro, se empeñó en rescatarme del templo donde ejercía de devadasi «con la ley en la mano», según su propia expresión. Además de un caballero, Lewis puede ser un hombre muy persuasivo. Perdone que siga hablando de él en tiempo presente, pero me cuesta hacerme a la idea de que nos haya dejado para siempre... Luego volvimos a vernos en distintos sitios: Calcuta, Assam, etc., allí donde él por su trabajo y yo por el mío coincidíamos. Cuando un marajá o un magnate organizan unas jornadas de caza, suelen amenizar las veladas con un espectáculo de danza. De modo que nos veíamos regularmente. Cuando hace unas semanas fui contratada por su alteza el marajá Hiresh Singh, Lewis me pidió que fuera su invitada.

Llevado por un impulso, clavé la mirada en los pies de la bailarina en vez de hacerlo en sus ojos, como si en ellos esperara ver reflejados el verdadero sentido de aquellas palabras.

—Comprendo. ¿No debería estar actuando para nuestras tropas?

—Tuve una actuación ayer por la tarde. No regresé hasta la medianoche.

—¿Y no echó de menos a su anfitrión?

—Me dijo que iba a jugar a las cartas con usted, así que en cuanto regresé me metí en la cama.

—¿Sabe si falta algún criado?

—¿Acaso teme que puedan robar la cubertería de plata?

—El cuerpo de Wilson ha sido encontrado junto al de un nativo. He pensado que tal vez se tratara de uno de sus criados.

—Afortunadamente, los tres están en perfectas condiciones. Uno me ha ayudado a vestirme, otro se ha encargado de prepararme el desayuno, y el tercero me lo ha servido como si yo fuera una auténtica dama británica.

Estuve a punto de decirle a Lalita Kadori que la eficiencia de los criados de Wilson era proporcional al número de damas a las que habían servido a lo largo de los últimos quince años, que superaba la cincuentena.

—Voy a echarle un vistazo a la casa —dije.

—Y yo voy a hacer las maletas. Dadas las circunstancias, lo mejor será que busque otro alojamiento.

Ahora su voz sonó como un murmullo ahogado.

—No creo que a Wilson le importara que se quedara unos cuantos días.

—Tal vez, pero si permaneciera en esta casa acabaría sintiéndome como una viuda... Quiero decir que el dolor de su ausencia se multiplicaría, se haría mucho más intenso, rodeada de sus pertenencias...

Desde la noche del *durbar* había estado incubando un deseo muy intenso de volver a ver a Lalita Kadori, y ahora que la tenía de nuevo a mi alcance mi pretensión cobró tanta determinación que, como si acabara de sufrir un episodio de delirio, le propuse:

—Si lo desea, puede trasladarse a mi casa.

Durante unos segundos, mientras aguardaba su respuesta, experimenté la sensación de que, por primera vez en mi vida, había salvado el abismo que separaba mis deseos de mis cohibiciones. Me sentía como si durante todos esos años hubiera vivido tratando de sostener un mundo en quiebra, y ahora, por fin, se había desmoronado sobre mis espaldas sin otra consecuencia que la de dejarme el camino libre.

—No me perdonaría ser una carga para usted y su familia —se pronunció al fin.

—Vivo solo, y he sido el mejor amigo de Lewis desde hace quince años. Si acepta mi invitación, al menos los dos tendremos con quien compartir su recuerdo.

—Todavía tengo pendientes varias actuaciones. Quizá tenga que quedarme dos o tres semanas más.

—Puede quedarse el tiempo que necesite.

—Muchas gracias, superintendente.

Mientras Lalita Kadori hacía sus maletas, me dediqué a registrar los papeles de Wilson. Si había un elemento que destacaba en la decoración de su bungalow era precisamente la ausencia de trofeos de caza. La única prueba de que en aquella casa vivía un cazador era el mueble armero, que Wilson tenía en la estancia que utilizaba como despacho, y una docena de fotos relacionadas con la caza, pero en ninguna de ellas se le veía con una carabina en la mano. En una de las fotografías, por ejemplo, aparecía con el fundador del Sindicato Único de Ahuyentadores de Tigres, Similares y Conexos de Mysore, una estrambótica asociación instigada por el propio Lewis cuya finalidad era regular un tipo de caza que, en su opinión, era antideportiva. Consistía en mandar varios jinetes armados con rifles montados en elefantes al frente de varios cientos de ahuyentadores que, formando grupos de veinte o treinta hombres, asustaban a los tigres obligándolos a salir de sus guaridas. En otra fotografía de mayor tamaño, Wilson aparecía en compañía del nawab de Rampur, un príncipe de largos y rizados bigotes engrasados al que se le había ocurrido equipar a sus ahuyentadores con bocinas que, a su vez, habían sido conectadas a un tocadiscos. La idea era sacar a los animales de sus escondrijos con la música de Puccini, aunque luego se descubrió que las óperas del compositor italiano provocaban somnolencia a los felinos, por lo que fueron sustituidas por melodías más rítmicas.

Fue observando esta fotografía cuando vi el reflejo del mueble armero en el cristal. Entonces me di cuenta de que, además de «Henry I», faltaba también «Henry II». Es decir, dos rifles Winchester calibre 44/40 de las ocho carabinas que poseía Lewis.

Me giré, saqué el pañuelo donde había guardado los cuatro casquillos encontrados en la jungla, seguro de que pertenecían a «Henry II», y exclamé con toda la rabia de que eran capaces mis pulmones:

—¡Maldición!

—Deme otros diez minutos, por favor —respondió Lalita Kadori a mi exabrupto, como si creyera que me estaba dirigiendo a ella.

—No se preocupe. Tómese el tiempo que necesite —le dije.

A continuación, examiné, una por una, las armas de fuego: cinco rifles Winchester pertenecientes a los modelos 64, 65 y 71, y un viejo fusil Enfield, el arma que a mediados del siglo XIX había dado pie a un motín de los cipayos, pues entre ellos corrió el rumor de que los cartuchos de dicha carabina eran engrasados con sebo de vaca o de cerdo, lo cual era ofensivo tanto para los hinduistas como para los musulmanes. Un fusil que era meramente decorativo, pero que Lewis mimaba como a un hijo.

Convoqué a los tres criados en el despacho de Lewis y les pregunté si sabían dónde podía estar «Henry II», y si había pasado alguien por la casa después de que Lewis salió para la jungla a primera hora de la mañana anterior.

El asunto del rifle se reveló un misterio para los tres hombres, quienes, al parecer, tenían la orden de no cruzar el umbral del despacho y de no acercarse siquiera al mueble armero. Lo único que pude sacar en claro fue que Wilson pasaba las tardes encerrado en aquel cuarto quitándoles el óxido con una lija de agua a los rifles y sacando brillo a los pavones.

En cuanto a la segunda cuestión, la única persona que había estado en la casa desde que Wilson se ausentó era el lechero, quien era a su vez proveedor de huevos y pollos, un musulmán que llevaba más de diez años abasteciendo de productos de primera necesidad a los europeos.

—La otra persona que ha estado aquí además del lechero ha sido usted, *sahib*, pero eso ocurrió la noche del *durbar*—se descolgó el mayordomo de Wilson.

—Hace más de dos semanas que no he venido por aquí. Además, Wilson pasó por delante de mi casa aquella noche.

—Eran las cuatro de la madrugada cuando oí un ruido. Entonces le vi a usted en el jardín. Incluso le hablé, pero no me contestó —insistió el mayordomo.

—Obviamente no le respondí porque no era yo —le repliqué.

—Por todos los dioses que aquel hombre era usted, *sahib*. Tenía los ojos muy abiertos, me miró cuando yo le hablé, pero me ignoró. Luego dio media vuelta y desapareció por el camino que conduce a su casa.

¿Acaso había sufrido un nuevo episodio de sonambulismo después de tanto tiempo? Desde luego el estrés y la bebida podrían habérmelo causado. Las personas sonámbulas podían levantarse, caminar e incluso realizar actividades complejas como ir al baño, vestirse, montar muebles y hasta conducir. El episodio podía ser muy breve o durar treinta minutos o más. Tiempo más que de sobra para ir a casa de Wilson y regresar a la mía como si nada. Pero en ese supuesto, y a tenor de la distancia que había entre las dos viviendas, era extraño que mi cuerpo no presentara ninguna lesión, puesto que entre los sonámbulos era frecuente tropezar o perder el equilibrio. A mí me había pasado siendo niño, cuando un día me levanté de la cama y tropecé con la silla en la que Arundhati había estado sentada mientras me leía un cuento. Caí de bruces al suelo y me abrí una pequeña brecha en la cabeza. ¿Cómo, pues, había logrado sortear todos los obstáculos del camino sin sufrir siquiera un rasguño? ¿Y qué decir de mis criados? Habrían oído algo. El ruido de la puerta, por ejemplo, o mis pasos sobre la gravilla del terreno. En resumen, el mayordomo de Wilson me había confundido probablemente con otra persona. Pero ¿quién podía estar merodeando por el jardín de Wilson a las cuatro de la madrugada y con qué fin? ¿Se trataba de la persona que luego robó el rifle?

Por último, me puse a hojear las matrices de las chequeras que Wilson conservaba en un cajón del escritorio de su despacho, y que estaban ordenadas por fechas. En ellas comprobé que le había estado entregando dinero a Lalita Kadori desde la primavera de 1936, es decir, un año y unos meses después de que se hubieron conocido, según la versión de la bailarina. No eran cantidades desorbitadas, pero llamaba la atención que hubiera estado sucediendo en intervalos de tres meses. El último pago se había realizado en enero de ese mismo año. Al margen del significado que pudiera tener el hecho de que Lewis le pasara una cantidad regular de dinero a Lalita Kadori, aquellas matrices confirmaban la amistad entre ambos.

Me estaba preguntando la razón por la cual Lewis había mantenido oculta su amistad, relación sentimental o lo que quisiera que fuese con Lalita Kadori, cuando la bailarina dijo a mis espaldas:

—Es usted un hombre demasiado impaciente, superintendente Masters.

—Lamento el equívoco, pero me estaba gritando a mí mismo —reconocí.

—¿Se gritaba a sí mismo? ¿Puede saberse por qué?

—Por un rifle.

—Empiezo a no estar segura de que sea una buena idea que acepte su invitación —ironizó.

—Verá, encontramos el Winchester de Wilson en la selva, y también los casquillos con los que fueron tiroteados él y su acompañante. Esos casquillos eran del mismo calibre que la munición del rifle de Lewis, con la particularidad de que él no efectuó ningún disparo. Es decir, a Lewis le dispararon con un rifle idéntico al suyo. Como se trata de un arma poco habitual en la India, creí que bastaría con examinar los Winchester que hay en Jay para dar con el asesino, no más de una docena de rifles de esas características. El problema es que Lewis poseía siete de estas carabinas, dos de ellas del mismo modelo y calibre, y acabo de comprobar que de su mueble armero falta un rifle, además del que llevaba. Un fusil que Lewis había bautizado con el nombre de «Henry II» y que es gemelo de «Henry I», que era el que portaba —traté de explicarle.

—¿Por qué los llama «Henry I» y «Henry II»? Parecen los nombres de reyes de Inglaterra.

—El nombre de la persona que diseñó el primer Winchester era Benjamin Taylor Henry, de modo que a estos rifles se los conoce por el apellido de su creador, «Henry». Al poseer Lewis siete rifles de esa casa, los bautizó como «Henry I», «Henry II», «Henry III», etc. Pero sólo el «Henry I» y el «Henry II» son modelos modificados del Winchester original, el de 1873. Las otras cinco carabinas Winchester pertenecen a los modelos 64, 65 y 71, fabricados a principios y mediados de los años treinta. Ahora temo que Wilson y su acompañante fueran tiroteados con «Henry II».

—Comprendo —dijo. Y tras reflexionar durante unos segundos, añadió—: ¿Quién podía querer matar a Lewis? Era un hombre maravilloso.

Como desconocía la clase de relación que mantenía con Wilson, preferí obviar comentarle la posibilidad de que su muerte obedeciera a un asunto de faldas.

—¿Está lista?

—Sí. Bueno, ahora que lo pienso, me he dejado unas cartas encima de la cómoda del dormitorio de invitados.

—No se preocupe, yo iré a por ellas —me ofrecí, tratando de dar mi mejor imagen de caballero. Luego ordené a los criados que cargaran con el equipaje.

—Creo que ha pasado un detalle por alto, superintendente Masters —intervino de nuevo la bailarina.

—¿Qué detalle?

—Ha venido montado en un caballo. No creo que la grupa del animal aguante el peso de mis baúles —me hizo ver.

—¡Maldita cabeza la mía! Tiene toda la razón. Pero hay una solución: cogeremos prestado el viejo Morris de Lewis.

Me subí al coche de Wilson sumido en un conflicto de emociones. Por un lado, me sentía en estado de gracia, por así decir, pero por otro me embargaba un intenso sentimiento de pérdida mezclado con la sensación de que estaba traicionando la memoria de mi amigo al no darle a su muerte la importancia que tenía. Yo era capaz de reconocer el dolor, podía palparlo como un tumor visible, pero una capa de insensibilidad lo mantenía anestesiado. Tal vez mi comportamiento estaba resultando demasiado cínico, lo admito, pero, conociendo a Lewis como lo conocía, ésa era la actitud que me habría recomendado mantener. Como le gustaba decir cuando me hablaba de su última conquista, que venía a sustituir a la anterior, «el amor consigue estilizar todos los sufrimientos de este mundo, no los remedia, pero los diluye en su magma haciéndolos así menos dolorosos». No podía afirmar que estuviera enamorado de Lalita Kadori, pero al menos su presencia me servía de lenitivo para mitigar la sensación de vacío que se había ido apoderando de mi ánimo conforme fui asimilando la muerte de Wilson con el paso de las horas.

En cuanto el Morris comenzó a rodar por el camino de grava que conducía a la carretera principal, experimenté la sensación de estar usurpando el papel de Lewis, ahora que había muerto. Me había presentado en su casa y me había apoderado de su «mujer» y de su coche, cuando su cuerpo (lo que había quedado de él) aún estaba caliente. Al mismo tiempo, pensé que se sentiría orgulloso de mí, pues me había atrevido por fin a tomar la iniciativa, que era lo que él me aconsejaba siempre que había una mujer de por medio. «Los caballos hay que montarlos con decisión, y los coches hay que conducirlos con pericia, pues lo mismo sucede con las mujeres: hay que mostrarles el camino, cada cual el que haya elegido, para que puedan confrontarlo antes de decidir si aceptan o no adentrarse en él en nuestra compañía. Un hombre falto de energía y que viva de espaldas a los deberes sociales no tendrá nada que hacer. Tampoco aquel que sólo atienda a lo mundano. Demandará una vida confortable, pero no demasiado relajada. Y de la misma manera que salpimienta sus comidas, exigirá que su matrimonio esté aderezado con una pizca de emoción, la justa, para que no resulte demasiado indigesto. Digamos que el camino que una dama está dispuesta a recorrer en compañía de un caballero no ha de ser demasiado solitario ni tampoco estar demasiado transitado; se adaptará a cualquier clase de superficie, blanda, dura, seca, mojada, inclinada hacia arriba o hacia abajo, siempre y cuando halle flores y una bonita vista en los márgenes», me dijo en una ocasión en la que le pedí consejo de cara a una cita. Desde luego, la muerte de Wilson había sido un duro y trágico golpe, pero al mismo tiempo se había revelado como una oportunidad que el destino me brindaba.

Cuando Lalita Kadori posó sus delicados pies de bailarina encima del salpicadero cuales hermosas alas de mariposa, se intensificó el sentimiento contradictorio que me embargaba, y acabé por recordar una cita del yogui y gurú Sivananda: «Una persona siembra un pensamiento y recoge una acción. Siembra una acción y recoge un hábito. Siembra un hábito y recoge un carácter. Siembra un carácter y recoge un destino.»

Fuera cual fuese el estadio en el que me encontraba, había llegado el momento de recoger la cosecha que llevaba sembrando desde hacía tantos años.

7

Encontré al sargento Sahasya perfumando al señor Rasul
Bhiku con matamoscas, un refinado método de tortura que
consistía en fumigar al detenido cada cuatro o cinco minutos, como si fuera un insecto. El resultado era una comisaría llena de agentes que se autoamordazaban con pañuelos
para poder respirar, y una atmósfera tan tóxica e irrespira-
ble como la de un fumadero de opio. Con todo, el sacrificio merecía la pena, puesto que los interrogados preferían
confesar antes que tener que respirar aquel sahumerio.

—¡Sargento, guarde el fumigador y abra las ventanas!
—le ordené a Sahasya.

—¡A sus órdenes, *Hazur* superintendente! —exclamó al
tiempo que agarraba el fumigador de latón y mango de madera con las dos manos, como si se tratara de un fusil.

—Sargento, le he dicho mil veces que no me llame *Hazur*. Ni siquiera a los superintendentes de verdad hay que
llamarlos «su excelencia».

Pese a que, como policía, tenía ciertas carencias, Sahasya era el perro fiel que todo amo desea. Cumplidor y vo-
luntarioso, hasta los dieciséis años no había tenido otra escuela que la calle, donde ejercía la profesión de *sapera* o
encantador de serpientes. De hecho era más diestro mani-
pulando ofidios que tocando el *been*, una flauta fabricada

de una planta amarga que era la que empleaban los encantadores de serpientes. Al parecer, una tarde un policía corrupto le robó la recaudación del día y, ni corto ni perezoso, Sahasya se presentó en la comisaría vestido con sus trapajos naranjas, su flauta, la cesta donde guardaba una cobra y un morral con roedores muertos, pidiendo entrar en el cuerpo de policía. Seis meses más tarde ya era policía, un año después ascendió a cabo y, dos más tarde, a sargento. Lo que le faltaba de luces lo suplía con tesón y fidelidad a sus superiores.

—Le prometo que no volveré a llamarlo *Hazur* superintendente, *Hazur* superintendente. ¡Bueno, tal vez la próxima vez lo consiga!

—Señor Bhiku, perdone mi tardanza, pero he tenido que desplazarme a la selva. Espero que el sargento Sahasya no le haya importunado demasiado con su fumigador. Ha desarrollado una obsesión enfermiza por mantener la comisaría libre de insectos —me dirigí al *darzi*.

—Es una pena que el sargento ponga tanto celo únicamente en eliminar a los insectos. Debería ampliar su campo de actuación y acabar también con los parásitos —me replicó, imprimiéndole cierto desdén a su tono de voz—. ¿Qué desea de mí, superintendente Masters?

—Quiero que me ayude a desenredar cierta madeja —dije, empleando un símil que tuviera que ver con su oficio de sastre.

—Creí que me había traído para amputarme una mano —se descolgó.

—¿Por qué habría de querer amputarle una mano? —le pregunté sin comprender a qué se refería.

—Porque es lo que, al parecer, están haciendo en ciertas provincias con los tejedores como yo —me replicó.

Bhiku, un hombre calvo y orondo, de ojos negros y pestañas largas y gruesas como patas de araña, había cambiado la greda con la que se señalaban los cortes en los casimires por la rueca. La idea de Gandhi era boicotear los productos británicos, y la rueca se había convertido en un símbolo de la vuelta a la sencilla vida campesina y del renacimiento de la industria del hilado manual.

—Gracias a la consigna de Gandhi, en la India ya hay más de dos millones de ruecas, ¿de verdad cree que hemos iniciado una campaña para dejar mancos a todos los tejedores del país? —me pronuncié.

—Sí, lo creo.

—¡Vamos, señor Bhiku, se trata sólo de propaganda! Incluso se pueden leer cosas parecidas en los panfletos que distribuye de manera clandestina la organización a la que pertenece.

—Le aseguro que detrás de cada acción del Bloque de Avanzada se esconde la verdad y nada más que la verdad.

—No me interesa la clase de verdad que defiende su organización, sino su relación con ciertos crímenes.

Subhas Chandra Bose, el fundador del Bloque de Avanzada, había estado en la cárcel en once ocasiones, y había sido elegido presidente del Congreso Nacional Hindú en 1937 y 1939, año en el que derrotó al mismísimo Mohandas Gandhi. Fue tras renunciar a su cargo de presidente del Partido del Congreso unos meses más tarde cuando fundó el Bloque de Avanzada, un grupo político partidario de una oposición frontal a la permanencia de los británicos en la India, que incluía, llegado el caso, el uso de la violencia. A principios de 1941 logró zafarse del arresto domiciliario al que estaba sometido y poner tierra de por medio. Al parecer, el Aga Khan y el personal de la Abwehr lograron que llegara a Rusia vía Afganistán como trabajador de la Organización Todt. En Moscú fue puesto bajo la tutela del embajador alemán, el conde Von der Schulenberg, quien le propuso viajar a Berlín en un avión correo en calidad de *führer* de la India. Según se supo más tarde, Bose se entrevistó con Hitler y con Joachim von Ribbentrop, el ministro de Asuntos Exteriores del Tercer Reich, quienes le prometieron ayuda, y permaneció en Berlín bajo el nombre de «signore Orlando Mazzotta».

Durante meses, la BBC estuvo difundiendo la noticia de que Bose había muerto, pero en noviembre de ese mismo año estableció el Centro de India Libre, y se oyó su voz en una emisora de nuevo cuño llamada Azad Hind Radio (Radio India Libre), con sede en la ciudad alemana de Nauen, en la región de Brandeburgo, a treinta y ocho kilómetros en dirección oeste de Berlín. Bose, que emitía en inglés, bengalí, tamil, hindi y otras lenguas de la India, informaba de las acciones del independentismo indio y de la represión colonial, al tiempo que realizaba una campaña propagandística a favor del uso de métodos violentos contra los británicos.

Paralelamente, Bose creó la Freies Indien Legion (Legión de la India Libre), que entró a formar parte de la Wehrmacht, de modo que los soldados indios tuvieron que prestar juramento de fidelidad al Führer, tal y como hacían los soldados alemanes.

Los tres mil quinientos hombres que formaron la Legión India fueron a la postre el germen de lo que sería el Azad Hind Fauj (Ejército Nacional Hindú), que tuvo su primera sede en Frankenburg, Sajonia, y que estaba formado mayoritariamente por ex prisioneros indios capturados por las potencias del Eje en el frente africano. La idea inicial de Bose era lanzar a sus tropas en paracaídas sobre Afganistán, desde donde pensaba invadir la India, pero el fracaso de los alemanes en Stalingrado lo obligó a modificar sus planes.

Ahora que Birmania estaba en manos de los japoneses, se creía que era el propio Bose, convertido en *Netaji* («guía») de la resistencia armada, quien dirigía al Ejército Nacional Hindú desde algún lugar de la jungla birmana cercano a la frontera del reino de Jay.

—Bueno, doy por hecho que sabe que no confecciono ropa para los británicos —se desmarcó el señor Bhiku—. ¿Qué quiere de mí?

—No le he hecho venir para que me tome las medidas para un traje. ¿Conoce usted a un hombre llamado Ranjiv Kashi?

—Sí, somos viejos amigos. Conocí a su hermano en Benarés, de donde es natural la familia Kashi. Tengo una sucursal de mi negocio en Benarés, y los Kashi son clientes míos desde hace dieciocho años. Cuando Ranjiv entró a trabajar al servicio del marajá de Jay, intensificamos los contactos. Una o dos veces al mes fumamos juntos algunas pipas.

—¿De qué hablan mientras fuman? —me interesé.

—Si le dijera que hablamos de mujeres y de cosas mundanas no iba a creerme, ¿verdad, superintendente Masters? Digamos que yo le hablo de mi trabajo y él del suyo.

Cada vez que parpadeaba daba la impresión de que las pestañas con forma de patas de araña del señor Bhiku comenzaban una frenética carrera por la parte alta de su rostro.

—De esa forma, un ultranacionalista como usted está al tanto de lo que ocurre en el palacio de su alteza real el marajá, ¿no es así? —elucubré en voz alta.

El señor Bhiku esbozó una tímida sonrisa que, al contraerse, se tornó en un rictus que indicaba suficiencia y orgullo.

—No creo que eso sea un delito —alegó—. Ustedes obtienen información sobre nosotros y nosotros la obtenemos sobre ustedes. Quid pro quo.

—¿Cuándo fue la última vez que vio al señor Kashi? —proseguí el interrogatorio.

—Hace dos semanas, si no recuerdo mal. ¿Puede saberse por qué me pregunta por mi relación con Ranjiv Kashi?

—Porque el señor Kashi desapareció la noche del *durbar* de su alteza real, y por lo visto lo hizo con una carga extra de equipaje. Al parecer, olvidó devolver un valioso collar de perlas y otras fruslerías.

—Si hay algo que no encaja con su carácter es el sarcasmo, superintendente Masters —me espetó—. ¿Qué significa eso de que «olvidó devolver un valioso collar de perlas y otras fruslerías»?

—Es una manera de decir que robó el collar, unos pendientes y un anillo a juego, salvo que el señor Kashi aparezca y tenga una explicación que nos convenza de lo contrario. Como sabemos que el señor Kashi mantenía contacto con usted, hemos pensado que tal vez pueda echarnos una mano para resolver este desagradable asunto.

—¿Está insinuando que puedo estar involucrado en el robo de ese collar, superintendente Masters?

Tanto los ojos como la voz del señor Bhiku se llenaron de asombro e incredulidad.

—Digamos que estoy al tanto de sus vínculos con el Bloque de Avanzada de Chandra Bose, y me preocupa que pueda existir alguna relación entre su partido político y el robo de esas joyas. Por no mencionar que su alteza real está muy, pero que muy disgustado por lo sucedido, tanto que quiere que todo el peso de la ley caiga sobre el culpable o los culpables.

—En primer lugar, de la misma manera que usted está al corriente de mis vínculos con el Bloque de Avanzada, yo también estoy al tanto de que usted conoce cada paso que doy, de modo que sería una solemne estupidez por mi parte involucrarme en un caso como éste. En segundo lugar, Ranjiv Kashi era un sirviente de su alteza real. Ningún miembro del Partido del Congreso o del Bloque de Avanzada aceptaría trabajar para un colaboracionista, puesto que eso es lo que es su alteza real el marajá Hiresh Singh para cualquier patriota indio. En tercer lugar, Ranjiv Kashi, al margen de su condición de lacayo, en el sentido más amplio que esta palabra pueda tener, es un hombre honrado. Si su idea es que el señor Kashi se ha dado a la fuga cual ladrón y ahora anda buscando un joyero pillastre que le compre el collar que supuestamente ha robado, está por completo equivocado.

Desde enero de 1942, fecha en la que los hombres de Bose llevaron a cabo una operación llamada «Badaje», el Ejército Nacional Hindú no había dejado de lanzar en paracaídas efectivos que se infiltraban en la India con la misión de realizar sabotajes y de preparar revueltas populares. Estos saboteadores contaban en el interior del país con la ayuda de los miembros del Bloque de Avanzada, entre los que se contaba el señor Bhiku. El hecho de que el sastre se mostrara tan cauteloso me había llevado a sospechar desde hacía algún tiempo que lo que ocultaba su sigilo era precisamente la presencia de uno de estos saboteadores en Jay Town. Si el señor Bhiku no daba signos de vida, en lo que a política se refiere, era para que el «infiltrado» pudiera operar con mayor libertad. Desde luego, había descartado que ese hombre fuera el señor Kashi, puesto que llevaba trabajando más de ocho años para su alteza real, mucho antes de que Chandra Bose fundara el Bloque de Avanzada primero y, después, el Ejército Nacional Hindú. Además, no tenía sentido que se hubieran dejado ver juntos en público si lo que pretendían era actuar desde la impunidad que da el anonimato. Decidí otorgar credibilidad a las palabras del señor Bhiku, habida cuenta de que verse involucrado en el robo de unas joyas, por muy valiosas que fueran, sólo iba a procurarle inconvenientes. De manera que si Ranjiv Kashi contaba con un cómplice, había de buscarlo en otro sitio.

—¿Qué me sugiere entonces?

—Que cambie de enfoque. Que no saque conclusiones precipitadas por el hecho de que yo sea quien soy, puesto que si comprometiera mi posición por un collar de perlas tendría problemas incluso con mi propia gente. La avaricia y la política no casan bien cuando se lucha por la libertad. Sólo cuando el político detenta el poder puede dar rienda suelta a su codicia. Así que, antes de juzgarme, intente caminar tres lunas con mis zapatos, como decimos en la India, trate de ponerse en mi lugar. Soy amigo de la familia Kashi, y me aproveché de esta amistad para conocer de primera mano los chismes de palacio. Si empleo ese término es precisamente porque la información que Ranjiv Kashi me proporciona puede considerarse tal cosa. Carece de valor político. No olvide que no es más que un ayuda de cámara de la raní. Ni siquiera ocupa un cargo de responsabilidad cerca de su alteza el marajá.

—Imaginemos que tiene razón. ¿Dónde puede estar entonces el señor Kashi? ¿Qué ha sido de él? Es como si se lo hubiera tragado la tierra.

De pronto, esta reflexión, junto a la recomendación del señor Bhiku de que cambiara de punto de vista, me dio una idea.

—¿Conoce al señor Lewis Wilson?

—¿El famoso cazador?

—El mismo. Le he dicho que me había retrasado por un problema que había surgido en la selva, pero en realidad se trata de un asunto más serio: Lewis Wilson ha sido asesinado primero y devorado por las fieras más tarde. Junto a él han aparecido los restos de un nativo sin identificar. Acaba de ocurrírseme que tal vez ese desconocido sea...

—¿Ranjiv Kashi? —completó la frase el señor Bhiku.

—Digamos que tengo un nativo en paradero desconocido y el cadáver de otro sin identificar...

Tuvimos que esperar dos interminables horas hasta que llegaron los restos mortales de Lewis Wilson y de su acompañante a la comisaría. Habían sido introducidos en una gran caja de cartón, sin hielo, que venía escoltada por un enjambre de moscas. Ordené al sargento Sahasya que se deshiciera de los insectos con su fumigador, y luego mandé que llevaran los despojos a uno de los calabozos de la comisaría y que los adecentaran, en un intento por procurarles cierta dignidad e intimidad.

Una vez limpias las cabezas, las marcas del horror se hicieron más visibles en ambos rostros. Aunque el de Wilson presentaba el aspecto de un hombre exhausto más que el de un muerto. El labio superior colgaba sobre el inferior, como si la mandíbula se hubiera replegado hacia el interior de la boca. Daba la impresión de que el rigor mortis le había sobrevenido cuando se disponía a resoplar. Tal vez también podía interpretarse como un gesto de irritación, pero se antojaba demasiado ligera para alguien que se estaba enfrentando cara a cara con la muerte. En cuanto a su acompañante, el hecho de que las cuencas de los ojos estuvieran vacías y de que también le faltara la lengua le confería un aspecto tan aterrador que hasta yo dudaba de que el señor Bhiku pudiera soportar semejante visión.

Acosté la cabeza cercenada del nativo sobre un jergón, intenté unir las quijadas con el fin de que no se viera demasiado la oquedad de la boca, coloqué un par de almohadas en posición vertical y cubrí el conjunto con una manta. De esa forma, al menos, el señor Bhiku creería estar viendo un cadáver completo. Luego le dije al sargento Sahasya que acompañara al sastre hasta el calabozo.

—No le va a resultar una experiencia agradable —le advertí cuando se situó delante del jergón.

—Terminemos cuanto antes —dijo.

Destapé la manta hasta la barbilla.

El señor Bhiku pronunció unas palabras en sánscrito, tal vez una oración o una plegaria, antes de añadir:

—Sí, se trata de Ranjiv Kashi.

Mi corazón comenzó a galopar dentro del pecho. Una carrera frenética que al cabo de un par de segundos me dejó sin respiración.

—Lo imaginaba. De modo que el acompañante de Lewis Wilson era el señor Kashi. Me pregunto qué hacían juntos y quién los mató —reflexioné en voz alta.

—Tal vez el asesino sea alguien que estaba al tanto del robo que, según usted, había cometido Ranjiv Kashi. Quizá Ranjiv cogió las joyas por encargo de alguien... —sugirió el señor Bhiku.

—¿Por encargo de quién?

—No lo sé, superintendente Masters. Eso tendrá que averiguarlo usted.

—Veamos. El señor Kashi roba el collar de su alteza y cuenta con la ayuda de un cómplice para cruzar la frontera indobirmana, donde piensa poner a salvo el botín. El compinche, en cambio, decide deshacerse del señor Kashi en la selva y quedarse con las joyas. Como desconocemos de quién se trata, al eliminar al señor Kashi borra su rastro y, en consecuencia, también cualquier vínculo con el robo. En ese momento, Wilson, que regresa a Jay Town atravesando la jungla, se cruza en el camino con los dos hombres, sin sospechar lo que éstos traman. Lo que ocurre después ya lo sabemos. Como conjetura no está mal, salvo por un detalle: el asesino disparó con un rifle de repetición Winchester que, con casi toda seguridad, pertenecía al propio Wilson —intervine, al tiempo que le mostraba al señor Bhiku los cuatro casquillos del calibre 44/40.

—Comprendo.

—No tiene ningún sentido. En este rompecabezas hay algo que no encaja desde un primer momento —observé.

—¿Puedo llevarme el cadáver? —solicitó el sastre.

Consideré que había llegado el momento de dejar de mostrarme condescendiente, puesto que, en ningún caso, el señor Bhiku podía quedar libre después de que los japoneses y sus camaradas del Ejército Nacional Hindú, a quienes los miembros del Bloque de Avanzada apoyaban, hubieron iniciado una ofensiva en el estado de Assam.

—Bueno, señor Bhiku, me temo que eso no será posible —le dije.

—¿Puedo saber por qué?

—Porque he recibido la orden de detener a cuantas personas considere peligrosas. Y usted, al margen de su relación con el señor Kashi, lo es. Los japoneses lanzaron ayer un ataque contra Impahal y Kohima. ¿Quiere hacerme creer que no lo sabía?

—No, superintendente Masters, no tenía ni idea. De haberlo sabido, le aseguro que habría venido con la maleta.

—Diga más bien que habría hecho la maleta para largarse.

—Espero que no se les ocurra enviarme a la isla de Andamán. No tengo demasiada buena salud, y se rumorea que se trata del peor centro penitenciario de la India —dijo el señor Bhiku.

—Por ahora, hasta nueva orden, se quedará aquí.

—¿Aquí? Desde luego pienso hacer huelga de hambre.

—En lo que concierne a su estómago, es usted libre de hacer con él lo que le venga en gana, ya lo creo que sí.

No era la primera vez que un detenido hacía huelga de hambre en las dependencias policiales, pero de nuevo el fumigador del sargento Sahasya se había revelado como un fiel aliado. Un hombre aguantaba sin beber unos cuantos días, sin comer unas cuantas semanas, pero nadie podía dejar de respirar más de un par de minutos. De modo que bastaba con intensificar las fumigaciones en las celdas de aquellos presos que se negaban a comer para que cedieran. Además, estaba convencido de que el señor Bhiku carecía de la austeridad inflexible de la que había hecho gala Mohandas Gandhi, que le había permitido llevar a cabo numerosos ayunos con éxito.

—Sé lo que está pensando. Cree que se trata de un farol, que no cumpliré mi palabra más allá de un par de días —dijo el sastre adivinándome el pensamiento.

—Lo que yo crea o deje de creer carece de importancia —le hice ver—. La cuestión es que ustedes, los nacionalistas, utilizan las huelgas de hambre como método para modificar una supuesta situación de injusticia. Por medio de la presión y la resistencia a la autoridad...

—Al opresor —me interrumpió.

—Pretenden alertar a la opinión pública para que se movilice y tome partido a favor de su causa, y de esa forma convierten sus «ayunos» en una acción política. En mi opinión, lo que ustedes hacen se puede llamar de otra forma: chantaje. Sin embargo, en este caso, lo que está en juego queda muy por encima de cualquier diferencia entre nosotros o de cualquier comportamiento arbitrario, ya sea de su parte o de la mía, de la nuestra...

—¿Se refiere a la propia supervivencia de los británicos en la India? ¿Habla de la preservación del Raj? —volvió a interrumpirme—. Me temo que sobre este asunto, como sobre otros muchos, también debería tratar de cambiar de enfoque, superintendente Masters. No voy a ponerme en huelga de hambre para que mi pueblo sepa que han vuelto a cometer, una vez más, una injusticia; voy a ayunar porque mi debilidad es también su debilidad. Sé que, en las circunstancias actuales, le resulta de mucha utilidad tenerme aquí encerrado, pero mi obligación es no ponerle las cosas fáciles. Si, como dice, los japoneses están atacando Impahal y Kohima, tendrán que concentrar todos sus esfuerzos en combatirlos. En ese escenario, el hecho de que usted tenga que ocuparse de que yo no muera en una de sus celdas le proporcionará una ocupación extra. Como imagino que dentro de unas horas seremos un centenar los detenidos, entonces sus ocupaciones se multiplicarán por cien.

—En ese caso, pediré permiso para que cumpla el arresto en su domicilio, con lo que usted será el único responsable de lo que le ocurra.

—Detenciones, toma de declaraciones, traslados, vigilantes que han de turnarse, informes para comprobar el estado y el comportamiento de los detenidos en sus domicilios..., sigue siendo una dura tarea y, mientras, los japoneses tratando de invadir la India por el estado de Assam, que está aquí al lado, como quien dice. Sí, superintendente Masters, como reza uno de nuestros proverbios, la más larga caminata comienza con un paso.

Acabé preguntándome si el camino que la India había emprendido en busca de su libertad no podía compararse con las veces que yo había intentado poner rumbo a casa, a Inglaterra, sin conseguirlo.

Nunca me había considerado un buen policía. Para empezar, carecía de vocación, ni siquiera como servidor público. No es que no fuera competente, simplemente la profesión de policía no me resultaba estimulante. Por si esto no fuera suficiente, jamás me había visto en la tesitura de comportarme como un policía meticuloso que no deja cabos sueltos, y desde luego no se me daba nada bien eso de ocuparme de los detalles, que tanta importancia tenían en cualquier investigación policial. Tampoco me consideraba una persona con demasiada iniciativa o imaginación. Había aprendido los rudimentos del oficio de policía sobre el terreno, a base de intuición y de sentido común, puesto que ni siquiera había pasado por una academia de policía.

La vida de una comisaría de la India estaba gobernada por un ligero caos en consonancia con el comportamiento de los propios delincuentes, y eso, a la larga, facilitaba las cosas. Hasta ahora, los crímenes a los que nos habíamos tenido que enfrentar eran, por decirlo así, de grueso calibre, evidentes como el llanto de un niño que no se puede ocultar, en ocasiones incluso de una tosquedad casi primitiva. Crímenes pasionales, venganzas personales, agresiones con resultado de muerte, etc. Afortunadamente, tampoco habíamos tenido ningún caso de violación de una mujer británica, tal y como había ocurrido en otros lugares de la India. Por regla general, el hindú que cometía un crimen, sobre todo si profesaba el hinduismo, estaba al tanto de lo que eso suponía en su rueda particular de reencarnaciones, de modo que no tenía ningún sentido ocultar el delito, puesto que siempre había un dios omnisciente y ubicuo que estaba en todo momento al tanto de sus actos. En ocasiones, era el propio pueblo quien aplicaba la ley del ojo por ojo a los delincuentes, con lo que nuestro trabajo como policías se circunscribía a certificar la muerte de la víctima y del agresor. Cuando la detención seguía los cauces reglamentarios, entonces era la justicia de su alteza real el marajá la que actuaba, dando lugar a condenas que, con el propósito de que sirvieran de ejemplo, se convertían en auténticos espectáculos públicos: amputaciones de miembros, lapidaciones, ahorcamientos, etc. Así pues, ni uno solo de los casos que habíamos tenido que resolver destilaba siquiera una pizca de sutileza.

Los crímenes de Wilson y del señor Kashi, en cambio, presentaban a primera vista un modus operandi tan retorcido y complejo como las raíces de un frondoso *banyan*.

Por un lado, estaba Lewis Wilson, quien había sido asesinado en la jungla, casi con toda seguridad, con uno de sus rifles, en compañía del señor Kashi, el valet de su alteza real, a quien yo buscaba por robo. El hecho de que el collar no hubiera aparecido entre los restos mortales y, por el contrario, que hubiéramos encontrado casquillos de un rifle del calibre 44/40 junto a los cuerpos, dejaba a las claras que se trataba de un crimen que el asesino, por una razón que desconocía, no había querido ocultar.

La primera pregunta que me vino a la cabeza fue qué hacían juntos Lewis Wilson y Ranjiv Kashi, y qué vínculo existía entre ellos, en caso de que existiera, tal y como todo parecía indicar. La segunda fue preguntarme por qué el asesino tenía en su poder el rifle llamado «Henry II». Este hecho no era baladí por cuanto que abría las puertas a una hipótesis que, de confirmarse, podía complicar aún más el caso: la posibilidad de que Wilson estuviera también implicado en el robo de las joyas de su alteza real el marajá. Claro que, para que esa premisa tuviera sentido, Lewis debería haberle «prestado» la carabina al agresor. Si daba credibilidad a los comentarios de los soldados que habían encontrado los cuerpos en la selva, Wilson había abandonado el acuartelamiento después del almuerzo, solo y portando su rifle, es decir, el «Henry I». Además, no me cuadraba que Wilson se viera implicado en el robo de un collar. Que yo supiera, sus cuentas estaban saneadas, precisamente por la clase de vida que llevaba, sin lujos ni excesos. ¿Cómo y cuándo, pues, había llegado el «Henry II» a manos del asesino? Lewis jamás prestaba sus armas, entre otras razones porque eran sus herramientas de trabajo. Quienquiera que fuese el asesino, había tenido que robar el Winchester del mueble armero de Wilson. El problema era que, en ese supuesto, los criados de Lewis deberían haber visto algo o, en su defecto, estar implicados.

Luego me di cuenta de que en realidad carecía de pruebas que corroboraran el cuadro que había hecho de lo sucedido. Mis suposiciones no eran más que eso, y para convertirlas en afirmaciones se me antojaba imprescindible dar con el «Henry II» y cotejarlo con los casquillos encontrados en la selva. Mientras eso no ocurriera, no tenía nada a lo que agarrarme, por mucho que la lógica de los acontecimientos y mi propio sentido común me invitaran a pensar lo contrario. Claro que, en el supuesto de que diera con el rifle, las fieras habían acabado con los cuerpos, de modo que nunca podría demostrar que Wilson y su acompañante habían sido tiroteados. El callejón, por tanto, parecía no tener salida.

Extrañamente, la detención del resto de los líderes nacionalistas de Jay Town resultó demasiado fácil, como si la ofensiva nipona los hubiera cogido por sorpresa. Sin embargo, yo estaba convencido de que se trataba de una estratagema. En mi opinión, el propósito que perseguían Basak y los suyos, como también el señor Bhiku, era que los japoneses, en el supuesto de que consumaran la invasión de la India, los encontraran en las cárceles británicas, tal que héroes de la resistencia. Una estrategia que, a mi entender, era un arma de doble filo, pues de esa forma los nipones tendrían controlados a los líderes nacionalistas desde el primer día. Desde luego, cabía pensar que Chandra Bose, en su condición de *führer* de la India, hubiera llegado a alguna clase de acuerdo con el gobierno de Tokio, pero aun así los peligros de un pacto de esa naturaleza se me antojaban mayores que las ventajas. A tenor del comportamiento que los japoneses habían tenido en otras partes de Asia, nadie podía asegurar que, en cuanto controlaran la India, Bose, Gandhi, Nehru y el resto de líderes nacionalistas no fueran ejecutados, con lo que el país no alcanzaría la libertad, sino que, simplemente, cambiaría de dueño. Una advertencia que los británicos llevábamos difundiendo desde que había comenzado la guerra.

Lo cierto fue que la presión de los nacionalistas disminuyó, como si de pronto hubieran dejado de existir, a la espera de acontecimientos. Incluso requisamos un centenar de rifles y pistolas sin ninguna dificultad, si bien yo estaba convencido de que era un nuevo señuelo. Daba la impresión, pues, de que aquélla era la calma que precedía a la tempestad.

A falta de espacio donde retener a los detenidos, que alcanzaron el número de noventa y cinco, y como recibí la orden de no permitir que los líderes nacionalistas acabaran en cárceles junto a presos comunes, a los que pudieran ganar para su causa, con lo que eso suponía, decidí consultar con el *Diwan*, quien hizo lo propio con su alteza real el marajá.

Al cabo de unas horas recibí la orden de retener en las celdas de la comisaría únicamente a los líderes más relevantes o «peligrosos», media docena a lo sumo, en tanto que el resto serían trasladados al *dak bungalow* que ocupaba el hospital militar. Al parecer, la última planta del edificio estaba vacía. Allí, los prisioneros podrían ser vigilados estrechamente por soldados y tratados como si se encontraran en una prisión militar.

8

Mi pretensión pasaba porque Lalita Kadori se sintiera lo más cómoda posible, así que le dije que cambiara cuantas cosas creyera oportunas, habida cuenta de que mi casa era el hogar de un soltero.

A las seis y media de la tarde, hora de mi llegada, la bailarina ya se había hecho con las riendas de la casa. Sin duda, su pasado como devadasi había jugado a su favor. No en vano, para los nativos era la esposa de un dios y había entregado su cuerpo a hombres influyentes, algo que era un estigma positivo para quienes pertenecían a las castas más bajas. Además, el hecho de que se moviera por la vivienda con ademanes de felino, unido a su carácter expansivo y a veces hasta inquisitivo, le había facilitado el trabajo a la hora de someter a mis criados, a los que encontré acuclillados en la cocina, con las bocas más abiertas que los ojos, mientras escuchaban llenos de asombro las instrucciones de la bailarina. Al parecer, había detectado ciertos hábitos (de entre los cuales destacaban la indolencia, la pasividad y la morosidad) que no debían tolerarse bajo ningún concepto en la residencia de un británico. Además, según su opinión, en mis criados había mucho desgaire y poca eficacia. Como primera medida, puso a la servidumbre a limpiar el hollín incrustado por todas partes, incluidas las *kodai* o sartenes, y obligó al cocinero a mejorar el *ghee*, una mantequilla diluida que se empleaba para cocinar, y a preparar un budín de mango, que ahora descansaba sobre la mesa de la cocina cual lingote de oro. Daba la impresión de que su presencia había evitado una catástrofe.

—¿Un día duro, superintendente Masters? —me preguntó la bailarina a modo de saludo tras escrutar mi rostro, donde a buen seguro se reflejaba el cansancio acumulado de la jornada y la sorpresa por su gesto a partes iguales.

—Un día terrible —reconocí.

Ahora me dedicó una sonrisa llena de indulgencia que dejó a la vista una sarta de dientes tan blancos como perlas.

—Pero llámeme Henry, se lo ruego —añadí—. El cargo de superintendente me queda tan grande como el traje a un payaso.

—Estoy segura de que se minusvalora..., Henry.

—Ni siquiera sé por qué acepté el trabajo de policía —me sinceré—. Supongo que porque el marajá, a quien conozco desde niño, se empeñó en nombrarme jefe de la policía de Jay Town. Estudié en la Universidad de Calcuta, y durante años trabajé para la Compañía Ferroviaria de las Indias Orientales. Siempre me han gustado los ferrocarriles...

—Nadie es dueño de su propio destino..., Henry. Ni siquiera el marajá de Jay lo es —me interrumpió.

—Era amigo de Lewis desde hacía quince años, y ha bastado que muera para que descubra que apenas le conocía. Ni siquiera soy capaz de establecer la relación que mantenía con el hombre que estaba con él en la selva.

—Bueno, en cambio, imagino que sabe que Lewis era un mujeriego. Empiece por ahí. Haga una lista de los maridos «agraviados» —sugirió.

Estaba claro que las debilidades de Wilson no habían

pasado desapercibidas ni siquiera para una *naught girl* como Lalita Kadori.

—Me temo que los maridos «agraviados», como usted los llama, se encuentran luchando en el frente.

—Entonces sospeche de mí.

—¿Sospechar de usted?

—Bueno, usted me encontró en casa de Lewis, lo que me convierte en sospechosa de haber robado ese rifle que falta.

—Digamos que para disparar un rifle de caza contra dos hombres se necesita cierta pericia. Además, usted no puede conocer la selva de Jay.

—En eso tiene usted razón. Ni sé disparar un arma ni tampoco me he adentrado en la selva. Pero podría haber robado el arma para entregársela a la persona que apretó el gatillo.

—¿Adónde quiere ir a parar?

—Quiero que entienda que nadie conoce a nadie, y que eso ya es un comienzo.

—Todo lo que tengo para agarrarme son sólo especulaciones. El cadáver del hombre que estaba con Lewis en la selva pertenece a un criado del marajá, un hombre llamado Ranjiv Kashi, quien desapareció del palacio de la Luz Lunar, al parecer, después de robar un collar de perlas de su alteza. La pregunta es qué hacían juntos y qué relación existía entre Lewis Wilson y el señor Kashi.

—Estoy completamente segura de que acabará encontrando las respuestas a sus preguntas.

—He de reconocer que llevaba mucho tiempo esperando un caso como éste.

—¿Un caso como éste?

—Uno de esos casos complicados que nunca se resuelven. En todas las comisarías hay uno o más casos sin resolver. En Jay Town no teníamos ninguno. Pero yo sabía que, más tarde o más temprano, acabaría sentándome sobre un lecho de ascuas incandescentes. Era una cuestión de tiempo. En Inglaterra hay un adagio que dice: «El demonio está en los detalles.» Y yo odio los detalles. Siempre se me han dado francamente mal. Lo que más lamento es que Lewis sea uno de los protagonistas de este entuerto.

—Creo que, en cuanto descanse unas cuantas horas, verá las cosas con más optimismo.

Miré el reloj. Faltaban cuatro minutos para las siete de la tarde. Teniendo en cuenta que me había levantado a las cuatro y media y que a las cinco de la madrugada ya estaba cabalgando, no había tenido un minuto de descanso en las últimas catorce horas.

—Tal vez tenga razón —admití.

—He comprobado que ha comido pescado con guisantes tres veces en la última semana. ¿Me permite que me encargue de la cena? Es lo menos que puedo hacer para agradecerle su hospitalidad. Me he tomado la libertad de enviar a su cocinero a comprar los ingredientes para preparar *garam massala* —dijo a continuación.

De entre todos los currys posibles, el *garam massala* era mi preferido, pues se preparaba a partir de diecisiete especias tostadas y, sin ser excesivamente picante, resultaba gratamente aromático para el paladar.

—¡Será un verdadero placer! —exclamé—. ¡No sabe hasta qué punto detesto esos pescados blancos e insípidos que prepara mi cocinero! Por no hablar de los guisantes... A veces están tan duros que podrían emplearse como munición; otras, en cambio, se hacen puré en cuanto trato de pincharlos con el tenedor.

Me pregunté cuántas veces había soñado encontrarme en una situación como la que estaba viviendo en aquel instante. Una hermosa mujer durmiendo en mi casa y ofreciéndose a ocuparse de la cena, tal y como imaginaba que ocurría en todos los hogares.

Lalita Kadori había dado un paso adelante contándome su pasado como devadasi y ahora mantenía una actitud solícita, así que creí llegado el momento de preguntarle sobre la clase de relación que mantenía con Wilson.

—Vi en la matriz de la chequera de Wilson que le transfería una cantidad de dinero cada tres meses. Me gustaría saber por qué.

No pareció sorprendida por mi pregunta, lo que a su vez no sabía si debía o no sorprenderme a mí.

—Lewis quería evitar a toda costa que me prostituyera. Cuando me rescató del templo, yo tenía dieciséis años recién cumplidos y mi padre me repudió, así que decidió mantenerme hasta que encontrara un trabajo con el que pudiera ganarme la vida honradamente. Luego, sin embargo, el deber se convirtió en costumbre, y, aunque llevo siete años ganándome bien la vida como bailarina, Lewis ha continuado enviándome dinero. En más de una ocasión le dije que dejara de hacerlo, pero me respondió asegurando que se sentía responsable de mi bienestar, que yo era la única persona que le importaba de verdad. Los dos sabemos que Lewis era un mujeriego, así que nunca me tomé en serio sus palabras.

—¿Estaba enamorada de él?

Ahora esbozó una sonrisa tan tenue que se borró de su boca antes de completarse.

—Créame si le digo que es la pregunta más difícil que me han hecho jamás. ¿Puede una mujer que ha sido forzada por decenas de hombres enamorarse, confiar en un hombre? Supongo que sí, pero me temo que cuando me enamoro no lo hago de la misma manera que las demás personas. Para mí, la palabra «amor» siempre está condicionada por mi pasado, y eso tal vez signifique que no puedo entregarme a la persona amada en cuerpo y alma. Por otra parte, cuando decido abrir mi corazón a un hombre, lo primero que hago es estudiar la capacidad que tiene de corresponderme. Sólo si estoy convencida de que el paso que voy a dar es seguro, sólo entonces, sigo adelante. Le digo esto porque Lewis compartía su corazón con demasiadas mujeres a la vez, es decir, no amaba a ninguna. De modo que para responder a su pregunta sin irme por las ramas, creo que ambos sentíamos algo el uno por el otro, un sentimiento profundo y sincero, pero a la vez los dos éramos conscientes de nuestra situación. Nos amábamos, pero no podíamos vivir juntos. Digamos que ambos estábamos incapacitados para mantener un compromiso que fuera más allá de una relación esporádica.

—En ese caso, el dinero que le enviaba Lewis era una especie de recompensa por no haberle podido dar aquello que usted merecía, ¿no es así?

—Puede verse de esa manera..., aunque en ningún caso sus envíos de dinero tenían que ver con un problema de conciencia, de mala conciencia por parte de Lewis. Ya le he dicho que yo tampoco podía corresponderle... Creo que Lewis me mandaba dinero por una razón mucho más simple: era un hombre generoso y tenía un gran corazón. Bueno, Henry, al final se ha salido con la suya y ha conseguido que hable más de la cuenta. Ya ve que no es tan mal policía como cree.

—Sigo en el mismo lugar que antes de iniciar esta conversación, de modo que puede ahorrarse los halagos —reconocí.

—Ahí lo tiene. De nuevo vuelve a mirar para atrás con el propósito de ver lo lejos que está de la verdad. Ahora vaya a ponerse cómodo mientras yo preparo la cena.

Después de asearme y de aspirar los efluvios que llegaban desde la cocina, empecé a relajarme y a la vez a sentir una extraña sensación de proximidad, casi de parentesco, con Lalita Kadori.

Mientras la comida terminaba de hacerse en los fogones, abrí una botella de clarete y me serví una copa.

—¿No va a invitarme a una copa de vino? —se descolgó la bailarina.

—¡Por supuesto! ¡Le pido disculpas! Pensé que no... bebía —me excusé.

—Ya sé que seguramente no ha conocido a una nativa que beba alcohol, pero las circunstancias que han rodeado mi vida han hecho de mí una mujer distinta de las demás. Incluso tengo una mentalidad occidental con respecto a ciertas materias. Por ejemplo, detesto los matrimonios impuestos en los que la novia, de diez u once años, ni siquiera es consultada, porque sus esponsales forman parte de un negocio. Me causa repugnancia que una niña se vea obligada a casarse con un hombre treinta años mayor que ella al que ni siquiera conoce. Por extensión, estoy en contra del *purdah*, porque es un instrumento que sirve para mantener aisladas y controladas a las mujeres, que en muchos casos tienen prohibido aprender a leer y a escribir.

He de reconocer que, por alguna extraña razón, su naturaleza de mujer de la calle, que Lalita Kadori no ocultaba como hubiera cabido esperar de alguien que tuviera un pasado dudoso, aumentaba mi interés por ella. Digamos que no intentar salvar las apariencias era su forma de salvar las apariencias, y aunque yo nunca había tratado directamente con una feminista, las noticias que llegaban de Inglaterra sobre este movimiento me hacían pensar que Lalita Kadori bebía de las mismas fuentes. Pero con independencia de su forma de pensar o actuar, tuviera o no razón, me gustaba su forma de ser, directa y sin ambages. Lalita Kadori tenía una inteligencia natural, con la particularidad de que no la escondía.

—La creo. Jamás he conocido a una mujer como usted —dije a continuación.

—Los hombres no saben nada de las mujeres, ni siquiera aquellos que creen conocerlas, como Lewis —me corrigió.

Empecé a pensar que en el análisis que Lalita Kadori había realizado un rato antes acerca de su relación con Lewis faltaba un elemento de suma importancia: ambos eran incompatibles, pues poseían caracteres antitéticos. Juntar a una sufragista con un donjuán era lo mismo que mezclar agua y aceite. De haber iniciado ambos una relación con carácter duradero, no hubiera prosperado.

—He de admitir que no soy un gran conocedor del mundo femenino —reconocí—. Aunque hay un aspecto de usted que ni siquiera pasa desapercibido para un hombre como yo: sus palabras están llenas de sufrimiento.

La mirada de Lalita Kadori pareció perderse en algún pasaje de su pasado. Luego, cuando su recuerdo hubo rescatado aquello que había ido a buscar, dijo con cierta melancolía:

—Así es. Cada vez que un hombre me violaba de niña mi mente volaba hasta el valle de las chimeneas mágicas. Hasta que cumplí los catorce años, siempre que un hombre me poseía sentía un dolor atroz, como si me introdujeran una espada incandescente en la vagina. Otro tanto ocurría cuando un cuerpo dos o tres veces mayor y más pesado que el mío me aplastaba hasta dejarme sin aire. Mi corazón y mis pulmones se paralizaban, en tanto que la espada de fuego desgarraba mi interior cada vez con más fuerza. Mi único deseo era que el dios con el que me había casado detuviera aquello cuanto antes. Pero no lo hacía, porque aquel dios no era más que un trozo de piedra, una imagen que veneraban precisamente los hombres que abusaban de mí. Decidí darle la espalda a mi dios-marido. Ese mismo día mi mente inventó el valle de las chimeneas mágicas, un lugar asombroso, una suerte de paraíso terrenal donde sólo tenían cabida las personas infelices como yo, y donde todo lo que ocurría desembocaba en la felicidad más absoluta. Por ejemplo, las enfermedades no existían, ni tampoco el llanto o el sufrimiento. Era uno de esos lugares plácidos e inalterados que sólo habitan en la mente de los niños. Desgraciadamente, conforme me fui haciendo mayor, perdí la capacidad de trasladarme hasta el valle de las chimeneas mágicas con sólo cerrar los ojos, puesto que, como suele ocurrir cuando uno crece, de pronto, al entornar los párpados, ya no sólo veía mi sufrimiento, sino también el de los demás. Ahora estoy tratando de escribir un libro que hable de aquel lugar. Aunque no creo que pueda terminarlo hasta que deje de bailar. Ya he cumplido los veintiséis y empiezo a sentirme demasiado mayor para seguir bailando.

—¿Qué tenían de particular las chimeneas de ese lugar? ¿Por qué eran mágicas? —me interesé.

—Porque el calor que emanaba de sus entrañas era idéntico al que las madres transmiten a sus hijos. Aunque he de reconocer que ni siquiera siendo pequeña recibí muestras de afecto por parte de mis padres. Cuando entré en el templo para contraer matrimonio con un dios, no sabía lo que era que tu padre o tu madre te abrazaran o te dedicaran una palabra o un gesto de cariño. Para ellos, primero fui un estorbo y luego un negocio. Supongo que mi necesidad de afecto me llevó a inventarme un lugar como el valle de las chimeneas mágicas. Todas las personas que lo habitaban eran desgraciadas o desamparadas, y dentro de éstas estaban los huérfanos o los niños que, como yo, apenas si habían tenido contacto con sus progenitores. Sí, las chimeneas eran mágicas porque daban calor humano.

—¿Sabe?, en cierto sentido me identifico con su valle porque cuando era niño soñaba con un lugar parecido —dije.

—¿Y cómo se llamaba su valle de las chimeneas mágicas? —se interesó.

—Bueno, Inglaterra. Siempre se ha llamado Inglaterra.

—Inglaterra es un país, un lugar *real* —dijo sin ocultar cierta decepción.

—No para mí, porque no la conozco. Nunca he estado allí. Ahora imagine que es usted india y que, sin embargo, no conoce su país. Suponga que vive en Inglaterra, pero desea fervientemente viajar a la India en busca de sus orígenes. Lo más lógico es que acabe idealizando el lugar que anhela conocer.

—Comprendo. No obstante, no creo que las chimeneas de Inglaterra puedan compararse con las de mi valle. En Inglaterra también hay mucha gente desgraciada y pasan cosas tan horribles como las que ocurren en la India. Los bombardeos de Londres, por ejemplo. Pero no deberíamos hablar de cosas tan serias como el sufrimiento.

—¿Por qué no?

—Porque yo soy una chica mala y usted es el jefe de la policía.

—Eso son sólo disfraces. Una buena conversación permite precisamente que dos personas se despojen de sus disfraces y se abran la una a la otra.

—Me temo que la imagen de dos personas despojadas de sus disfraces, como usted los llama, es aterradora. Tenga en cuenta que hay personas a las que se les da tan mal ser francas como a otras les resulta fácil mentir. Se puede hacer el mismo o más daño siendo franco que mintiendo. Lewis siempre decía que se puede mentir sin pretenderlo; en cambio, la franqueza es siempre deliberada. De modo que casi prefiero que sigamos conversando con los disfraces puestos.

—Le guste o no, voy a decirle lo que pienso: creo que usted es una extraña en su mundo de mujeres, mientras que yo lo soy en mi mundo...

—¿De hombres? —me interrumpió la bailarina.

—Quiero decir que ninguno de los dos encajamos en el mundo donde nos ha tocado vivir. Usted, como mujer, está fuera de su tiempo; en cuanto a mí, estoy fuera de lugar. Al menos es así como lo veo.

—Así que los dos estamos fuera de sitio, la chica mala y el jefe de policía. Nuestro problema, Henry, radica en el hecho de que una cosa es lo que sentimos, lo que creemos ser, y otra muy distinta lo que es, lo que verdaderamente somos.

—¿Y qué es lo que somos? —me interesé.

—Extranjeros en su propio país, Henry. Usted lo es en Inglaterra antes incluso de haberla pisado, y yo lo soy en la India, en una sociedad que esclaviza y desprecia a las mujeres.

Las palabras «extranjeros en su propio país» resonaron en mi subconsciente como campanadas a medianoche. ¿Cuántos años llevaba esperando oír aquella frase en boca de una tercera persona? Desde que tenía uso de razón, desde que ingresé con trece años en la Escuela Protestante Europea de Cuttack. De pronto, mi respiración se volvió más nítida y constante, como si acabara de aspirar una bocanada de aire fresco.

—¿Y cuál, según usted, es el remedio para la enfermedad que nos aqueja? —proseguí el interrogatorio.

—Sólo nos queda negar la realidad, ya que ella nos niega a nosotros. Si lo piensa detenidamente, se trata de un acto de violencia espantosa. Lewis, por ejemplo, fue tiroteado primero y devorado por unas fieras más tarde. Tuvo un final terrible, dramático, sin duda, pero un final al fin y al cabo. Nosotros, en cambio, vivimos anulados, porque la realidad, simplemente, no nos reconoce, no formamos parte de ella. Estamos vivos, pero vivimos excluidos.

Miré hacia la librería llena de libros que Lalita tenía a sus espaldas, como si esperara encontrar en sus anaqueles el volumen de donde había extraído aquellas palabras.

—De ahí que el único lugar donde podemos buscar refugio sea el valle de las chimeneas mágicas —observé.

—Así es.

—Es como si el mundo tuviera también su propio sistema de castas —manifesté—. Una sucesión de compartimentos estancos que dividen a los hombres en grupos según la relación que cada cual haya establecido con eso que llamamos entorno social.

Ahora la bailarina digirió mis palabras durante un minuto largo, antes de pronunciarse:

—Es posible que a la mayoría de los que viven y son aceptados por la realidad les parezcamos personas débiles, pero es precisamente nuestra singularidad la que nos hace fuertes y resistentes. Quienes viven aferrados a la realidad suelen tener atrofiada la capacidad de soñar, creen que el sueño es un mero trámite que ocupa el período de tiempo que une un día con otro, como eslabones de una misma cadena, de modo que cuando la realidad les da la espalda o les juega una mala pasada, caen en la desesperación. Incluso cuando sueñan, lo hacen poniéndoles límites a sus sueños. Nosotros, en cambio, sabemos que los sueños pueden suplir cualquier realidad, que pueden llegar a ser más importantes que la realidad misma, ya que no tienen límites.

Pero, puesto que no contamos para la realidad, carece de sentido que hagamos de esta cuestión un postulado filosófico...

—Creo necesario que también usted sepa algunas cosas sobre mí —decidí sincerarme del todo—. Uno de los criados de Wilson asegura haberme visto en el jardín de la casa la noche del *durbar* de su alteza el marajá, pero si estuve allí no lo recuerdo.

—¿Demasiado alcohol, Henry? Mucha gente utiliza el alcohol como medio de transporte para llegar al valle de las chimeneas mágicas.

El tono de voz displicente me indicó que Lalita Kadori había dejado de echar leña en la chimenea mágica.

—No se trata de eso. Soy sonámbulo, aunque no he padecido más de dos o tres episodios de sonambulismo en los últimos veinte años. El alcohol y el cansancio son detonantes de la dolencia, así que no puedo descartar que el mayordomo tuviera razón. Aunque lo más probable es que me confundiera con otra persona...

—¿Les ha preguntado a sus criados?

—Sí. Ninguno me vio salir del dormitorio ni tampoco hubo ruidos extraños durante la noche. Un *boy* suele mover el *punkah* mientras duermo, pero aquella noche estuve bebiendo hasta tarde en la veranda, así que le dije que se fuera a la cama...

—De modo que he cambiado un fantasma por un sonámbulo... ¿Por qué me cuenta todo esto?

—Por si se repitiera el episodio una noche de éstas, ya que estoy sometido a una gran presión. Ya le digo que no creo que el mayordomo de Wilson tenga razón, pero si me ve deambular por la casa, despiérteme, aunque tenga los ojos abiertos. La gente piensa que un sonámbulo se desenvuelve con los ojos cerrados y los brazos estirados, pero no es así. Contrariamente a lo que se cree, no es peligroso despertar a un sonámbulo, aun cuando es normal que la respuesta de éste sea de confusión o de desorientación.

—¿Tiene armas en la casa? —preguntó a continuación.

—Sí, mi arma reglamentaria y un rifle de caza.

—¿No cree que debería mantenerlas alejadas de usted mientras duerme? —sugirió.

Asentí, pensativo.

—Tiene razón. Si está de acuerdo, se las entregaré cada noche y usted me las devolverá por la mañana —le propuse.

Reconozco que no obré de manera profesional, pero yo mismo estaba confuso con respecto a la posibilidad de que mi sonambulismo hubiera hecho de nuevo acto de presencia. Había leído casos de sonámbulos que habían conducido coches, practicado sexo o incluso cometido crímenes. ¿Y si me daba por levantarme de madrugada y dirigirme al dormitorio donde dormía Lalita Kadori? ¿Y si, guiado por mi subconsciente, la ultrajaba? ¿Acaso no la deseaba estando plenamente consciente? ¿Qué podía ocurrir entonces cuando mi subconsciente se apoderara por completo de mi conciencia?

—No me gustan las armas, pero me quedaré más tranquila —aceptó mi propuesta—. Para mayor seguridad, atrancaré la puerta. De esa forma quedarán fuera de su alcance durante la noche.

—Le diré a un *boy* que duerma delante de su puerta, y al otro que lo haga delante de la mía, y les daré la orden a ambos de que me despierten si salgo del dormitorio, aunque camine con los ojos abiertos —completé mi propuesta.

El primer bocado de curry *garam massala* dibujó una expresión de deleite en mi rostro, pues la combinación de especias tostadas me hizo recuperar algunos de los aromas de mi infancia. Recordé la amplia y luminosa sonrisa de Arundhati, mi aya, cuya piel olía a la esencia de aquellas especias. Me vino a la memoria el aliento impregnado de canela y cardamomo que envolvía sus palabras, sus relatos. Sí, yo también había vivido en algún momento de mi vida en el valle de las chimeneas mágicas.

El día que mi padre y yo abandonamos el palacio de la Luz Lunar para trasladarnos a aquel bungalow, se acabaron las concesiones a la cocina local. Si queríamos que nuestra civilización prevaleciera sobre la autóctona, aseguró mi padre, era imprescindible que no nos desviáramos del camino recto, es decir, pescados blancos, cordero o chuletas, y patatas o verduras como guarnición. Al fin y al cabo, los ideales perdían su eficacia si no iban acompañados de un carácter fuerte. En cuanto a éste, era tan necesario en un lugar como la India como el puré de patatas o los guisantes eran los acompañantes perfectos del pescado o la carne. «Es admisible que un indio quiera comer como un británico; en cambio, el caso contrario es intolerable. Son ellos quienes tienen que aprender de nosotros, que somos la fuerza civilizadora, y no al contrario. Se trata, pues, de que convirtamos nuestro paso por la India en un símbolo permanente. Cada gesto, cada acto ha de repetirse mil veces, tantas como el buen contable repite sus cuentas hasta estar seguro de que los números cuadran», añadió para reforzar su razonamiento.

Había habido dos mujeres en mi vida, si bien en ambos casos la relación no duró más de un año. La primera, Fiona Sutherland, era la viuda de uno de los instructores militares de su alteza real el marajá de Jay, muerto de malaria a los treinta y seis años. Yo acababa de finalizar la universidad cuando conocí a Fiona Sutherland, quien había enviudado diez meses atrás. Por aquel entonces, vivía en Calcuta, adonde se había trasladado con el propósito de rehacer su vida antes de cumplir los treinta, pues, en su opinión, después de esa edad una mujer dejaba de ser apta para el matrimonio, y sus posibilidades de casarse se reducían a la mínima expresión. Por otra parte, resultaba imprescindible que su nuevo marido fuera un británico con «experiencia» en la India, ya que la viuda de un militar que había prestado sus servicios en el Raj era en las islas una persona estigmatizada. Yo, por mi parte, había conseguido que mi padre accediera a concederme un año sabático, que habría de servirme para relacionarme con británicos y conocer a fondo el funcionamiento de la administración imperial y los entresijos de la vida en la capital. «Salir definitivamente del cascarón o mudar la piel como hace la serpiente», lo llamó. Lo primero de lo que me despojé fue del prejuicio que, hasta entonces, me había incapacitado para acercarme a una dama núbil con otro propósito que no fuera el de proponerle matrimonio. Supongo que presenciar la coyunda del marajá me había abierto los ojos, hasta el punto de que me hizo considerar la posibilidad de conocer a otra clase de mujeres, menos inhibidas que las jóvenes casaderas. El hecho de que tanto Fiona Sutherland como yo conociéramos de primera mano la corte de su alteza real el marajá Hiresh Singh nos sirvió de excusa para entablar una relación que, si bien en un primer momento fue de amistad, devino a posteriori en algo estrictamente carnal. Al principio no me importó que fuera ocho años mayor que yo, ni tampoco que no fuera excesivamente bonita, pues aportaba a la relación la experiencia que a mí me faltaba. Por otra parte, el hecho de que no me ocultara que yo era para ella un entretenimiento facilitaba las cosas. Cada uno desempeñaba su papel, y atendiendo a esos principios la relación funcionaba a la perfección. La única responsabilidad que teníamos el uno para con el otro era procurarnos placer. Una vez que lo alcanzábamos, el mundo de los compromisos y la comunión de los espíritus tenían tan poco valor como una rupia.

Ciertamente, Fiona Sutherland era una mujer práctica que no se conmovía casi con nada y que jamás se desviaba de su objetivo. Para lograrlo se limitaba a caminar con la cabeza erguida, los ojos en alto y la mirada al frente, lo que le confería cierto aire de superioridad y altanería. No mantenía buenas relaciones con las *otras* (siempre empleaba este adjetivo) mujeres, a las que consideraba competidoras, y en su voz siempre había un deje de desaire. En su opinión, a todas aventajaba en virtudes y carácter, ya que las demás la superaban en hermosura. Otro tanto sucedía con el trato que les dispensaba a los nativos, a los que despreciaba argumentando temerlos, máxime cuando cada vez eran más frecuentes las violaciones de mujeres blancas. «Los *oscuros* han decidido cobrarse todos los agravios tomando nuestros blancos cuerpos, y he oído decir que piensan forzar a todas las damas británicas, incluso a aquellas que los ayudan en las escuelas o en los dispensarios médicos», decía como si estuviera recitando un texto en el ensayo general de una obra de teatro. La realidad era bien distinta, pues Fiona Sutherland no temía a nadie, ni siquiera al Altísimo. Después de llevar seis años y medio en la India, era capaz de formular preguntas tan extemporáneas como «¿Dónde diablos están los cementerios hindúes?», como si desconociera que los hindúes no enterraban a sus muertos, sino que los cremaban. Y si en alguna ocasión se percataba de su error, entonces decía: «Tal vez los hindúes no entierren a sus muertos en cementerios, pero la India entera es un cementerio para los ingleses.» En definitiva, esta clase de imperdonables descuidos evidenciaban cuán poco le interesaban las costumbres locales o la vida de los nativos.

Desde luego, nunca hubiera elegido a Fiona Sutherland como esposa, de la misma manera que tampoco ella me hubiera escogido como marido.

Como toda relación transitoria, la nuestra llegó a su final cuando surgió la figura de un coronel de infantería, también viudo, llamado Archibald Cutter, un hombre magro y ascético como un hindú, de piel quemada por el sol después de haber pasado los veinticinco últimos años en la India, pero con una casa de campo en Surrey y unos cuantos miles de libras de renta que se habían ido acumulando en el Banco de Inglaterra.

La otra mujer, una joven llamada Louise Morrison, había significado mucho más para mí, hasta el punto de que llegamos a comprometernos después de seis meses de feliz relación.

Pese a que Louise, una muchacha de piel nívea, ojos de aguamarina y pelo dorado y ondulado, no consentía en consumar el acto sexual antes de que nos hubiéramos desposado, admitía en cambio practicar ciertos juegos amatorios, tales como los tocamientos o los besos de «amante», según su calificación, es decir, los besos en los que entreabría la boca para que yo pudiera introducir mi lengua.

Después de que sellamos nuestro compromiso para casarnos, la relación dio un giro de ciento ochenta grados. Empezó por decirme que tenía que acostumbrarme a las auténticas tradiciones inglesas, que poco o nada tenían que ver con las costumbres de los británicos en la India, puesto que, al fin y al cabo, la India era la India y Gran Bretaña era Gran Bretaña. A continuación, como se suponía que en cuanto nos casáramos íbamos a viajar a Inglaterra con el propósito de que yo encontrara un trabajo acorde con mis méritos académicos, me sugirió aprender modales que me permitieran desenvolverme en una reunión social o en una comida de trabajo. De modo que los agradables tocamientos o los apasionados besos fueron sustituidos por interminables charlas que tenían como protagonista al tenedor, a la pala de pescado o al cuchillo de trinchar asado.

La situación se tornó irreversible cuando descubrí que yo no me había enamorado de aquella joven por sus virtudes, ni siquiera por su hermosura, sino por la oportunidad que su compañía me brindaba de encontrar mi verdadera identidad. Una identidad que me uniera para siempre con Inglaterra. En ese sentido, Louise Morrison era la barcaza que habría de llevarme de una orilla a otra, de un mundo a otro, desde la India hasta Inglaterra. El problema surgió cuando fui consciente de que la identidad y lo idéntico no eran la misma cosa. Por lo tanto, se podía ser inglés o británico de muchas y diferentes formas, y no sólo como Louise proponía.

Después de nuestra ruptura, recalé en los brazos de varias mujeres de vida licenciosa, mujeres de uñas, pestañas y cabellos tan falsos como sus nombres, si bien los encuentros se fueron haciendo cada vez más esporádicos, pues pronto empecé a experimentar la sensación de que al desnudar mi cuerpo mi alma se vestía con el traje de la sordidez. Me decía a mí mismo que compraba amor, pero en el fondo de mi ser sabía que estaba adquiriendo sexo. Al menos, aquella etapa me sirvió para liberarme definitivamente de la pudibundez que arrastraba desde la adolescencia.

Cuando por fin tomé de nuevo las riendas de mi vida (y después de tantos fracasos que evidenciaron que adolecía de un referente femenino), traté de rescatar la figura de mi madre, de la que yo había heredado un mazo de cartas que había recibido de sus familiares de Inglaterra. En la mayoría de los casos, se trataba de misivas que únicamente contenían los últimos chismorreos acaecidos en Londres, pero en otros, el discurso tenía un tono más sombrío, pues hacía referencia al vacío que la ausencia de mi madre había dejado entre los suyos. En las últimas cartas, incluso, los remitentes (casi siempre su madre y su hermana mayor) aludían al avanzado estado de gravidez de mi madre, y especulaban sobre los posibles nombres que podría llevar el bebé, según fuera niño o niña. Al parecer, mi madre estaba segura de que sería un niño, tal y como lo confirmó mi nacimiento, pues aseguraba tener una barriga puntiaguda, forma que anunciaba la llegada de un varón.

Al margen de los comentarios de mi padre, hombre parco en palabras cuando se trataba de hablar de sus sentimientos o incluso de rescatar recuerdos de su vida pasada, aquellas cartas fueron la fuente de información más fidedigna acerca de la probable personalidad de mi madre, al margen de la bondad que mi padre le atribuía como paradigma de todas las virtudes. Si mi abuela materna, por ejemplo, le pedía que no se excediera con los trabajos manuales y que evitara a toda costa exponerse al sol, yo confirmaba que, tal y como parecía en los retratos que mi padre conservaba de ella, se trataba de una mujer de constitución frágil y salud quebradiza. Si su hermana, mi tía Astrid, se escandalizaba de las figuras eróticas que decoraban los templos de Kahurajo, no era otra cosa que el eco de mi madre, a la que, al parecer, la contemplación de las efusiones amorosas de Shiva y Shakti —impúdicas y libidinosas a todas luces— había perturbado profundamente, hasta el extremo de tomar parte en una iniciativa cívica que abogaba por la demolición de dichos santuarios. Los documentos de semejante propuesta, que también obraban en mi poder, ponían de manifiesto que el espíritu de mi madre era eminentemente puritano, un rasgo que, a fuerza de ser sincero, yo había heredado en gran medida. Tanto era así que yo tampoco admitía que los relieves de Daka-Shiva y de Dakini-Shakti representaran una «cura del espíritu a través de la sexualidad», tal y como los nativos aseguraban sobre el significado de los relieves de los templos de Kahurajo. De hecho, no creía que existiera un británico en toda la India capaz de comulgar con eso que los nativos llaman tantra o tantrismo, y que, grosso modo, enseña a alcanzar la realización espiritual sin apartarse de los estímulos que activan las pasiones. Nada semejante sería admisible para la Iglesia de Inglaterra, la Iglesia católica, el judaísmo, o para cualquier otra confesión que se haya extendido por Occidente.

Sea como fuere, mi padre siempre decía que yo había heredado el carácter de mi madre, sin extenderse jamás en las características o particularidades de éste. Desconozco hasta qué punto es cierto este extremo, salvando el asunto del puritanismo, pues desgraciadamente no puedo establecer una comparación; en cambio, gracias a aquella correspondencia descubrí también que había heredado el sonambulismo de mi madre. De manera regular, su madre, mi abuela, le preguntaba: «¿Qué tal llevas el *asunto* de tu sueño?», y le recordaba la necesidad de no cansarse demasiado ni de trasnochar, como medidas para que los episodios no se reprodujeran.

Ahora estaba convencido de que Lalita Kadori era el lugar (ni siquiera me atrevía a llamarlo puerto o fondeadero) donde había de encallar, pues su persona ejercía sobre mí un magnetismo comparable a la gravedad que nos mantiene anclados a la Tierra. Ninguna otra mujer, ni siquiera el recuerdo de mi madre, a la que había idealizado hasta lo indecible, había provocado en mi interior un estado de agitación semejante.

Esa noche soñé que Lalita Kadori besaba mis labios con los dedos, acariciaba mi cabello con su boca, rozaba mi cuerpo con la lengua y abrazaba mi sexo con los ojos.

—¿Quién le ha enseñado a besar, acariciar y abrazar de esa manera? —le pregunté en un momento del sueño.

—El pasado; todo lo que sé me lo ha enseñado el pasado —me respondió.

Cuando a eso de las cinco y cuarto de la madrugada salí al pasillo, comprobé para mi sorpresa que la puerta del dormitorio de Lalita Kadori estaba entreabierta, y que el *boy* que tenía asignado había comenzado el rítmico tironeo de la cuerda que movía el *punkah*. Al cabo, vi uno de los pies de la bailarina flotando en el aire, ocupando el espacio que quedaba entre la hoja y el quicio de la puerta.

—Veo que es usted madrugadora —dije.

—Hoy tengo dos actuaciones, una por la mañana y otra por la tarde. Si no tonifico los músculos como es debido, puedo tener problemas. Por ejemplo, calambres —respondió sin apartar el pie de la puerta, por lo que tuve la impresión de que era éste quien hablaba.

—¿Qué tal ha pasado la noche? —me interesé.

—Creo que, dadas las circunstancias, esa pregunta me corresponde formularla a mí.

—Voy a necesitar la pistola —le indiqué.

—¿Seguro que está despierto? —bromeó.

—Completamente.

Desapareció el pie y surgió su rostro, que no paraba de realizar extraños gestos.

—¿Ensaya también las muecas?

—Desde luego. Me comunico con el público a través de la mímica. Cada gesto tiene un significado. Por ejemplo, hay angustias, dolores o penas que se expresan mejor con mohínes que con palabras. Otro tanto ocurre con los sentimientos contrarios. Si lo piensa detenidamente, cuando uno quiere expresar un sentimiento profundo con palabras, busca el apoyo de un gesto que venga a realzar el discurso. La felicidad parece mayor si va acompañada del gesto adecuado; lo mismo ocurre con la pena.

—Sí, tiene sentido.

—¿Qué hago con el rifle? —preguntó a continuación.

—¡Oh, sí, el rifle! Bueno, no creo que vaya a necesitarlo hoy. Guárdelo en su dormitorio, así no tendré que entregárselo de nuevo esta noche.

—De acuerdo.

—Voy a cabalgar una hora, ¿tomará conmigo el *chota hazri* más tarde?

—Será un placer, Henry.

Envolví mi garganta con aquellas palabras como si de un fular se tratase y me dispuse a montar mi caballo convencido de que aquella mañana no cabalgaríamos por los márgenes de la selva de las afueras de Jay Town, sino por los verdes prados del valle de las chimeneas mágicas, un lugar que Lalita Kadori había creado a base de unir pequeños instantes de felicidad. Por primera vez en mucho tiempo, sentí en mi interior una fuerza cuya única pretensión era arañar un poco de esa felicidad. Entonces recordé un viejo cuento hindú titulado *La llave de la felicidad*, que Arundhati me contaba siendo yo niño, y al que entonces no le encontraba sentido práctico:

Dios se sentía solo y quería compañía. Un día, pues, decidió crear unos seres para este fin. Sin embargo, estas criaturas encon-

traron pronto la llave de la felicidad y, con ella en la mano, se fundieron con la divinidad.

Dios se quedó triste, pues volvía a estar solo. Reflexionó, y pensó que había llegado el momento de crear al hombre. El problema era que temía que los hombres pudieran hallar también la llave de la felicidad, hallar el camino hacia Él, con lo que volvería a encontrarse solo. Se preguntó entonces dónde podría ocultar la llave de la felicidad para que los seres humanos no dieran con ella. Desde luego debería tratarse de un lugar recóndito. Primero pensó esconderla en el fondo del mar; luego, en una caverna de los Himalayas; por último, en los confines del universo. Pero no se sintió satisfecho, pues pensó que, más tarde o más temprano, el hombre terminaría descendiendo a lo más abisal del océano, descubriendo las grutas de las montañas más altas de la Tierra, y explorando los vastos espacios siderales. ¿Dónde ocultar entonces la llave?, volvió a preguntarse. Pasó la noche en vela tratando de encontrar la respuesta a esta pregunta, y cuando el sol comenzaba a disipar la bruma matutina, se le ocurrió de súbito el único lugar donde el hombre no buscaría la llave de la felicidad: dentro de sí mismo.

Creó al ser humano y, en su interior, muy cerca del corazón, depositó la llave de la felicidad.

Esta historia, que cuando tuve uso de razón y capacidad para rebelarme me pareció una muestra de la arbitrariedad de Dios, adquirió de pronto su verdadero significado: la felicidad, el sufrimiento, la culpa, la redención, todo estaba dentro de uno, y no en ninguna otra parte.

9

Ningún británico residente en Jay Town había sido incinerado, de modo que cuando Sabal Mendes, el abogado que
ejercía la defensa de los líderes del Partido del Congreso,
hizo público que Lewis Wilson era su cliente y que había dejado por escrito su deseo de ser cremado en una pira fune-
raria, al más puro estilo hindú, se produjo una auténtica
conmoción. La dirección del club prohibió que el nombre
de Wilson volviera a pronunciarse entre sus paredes, a la vez
que recomendaba a sus miembros no asistir a la mencionada «ceremonia». En cuanto a las damas, se vieron atadas de
pies y manos, no sólo por la influencia que las recomen-
daciones emanadas del club ejercían sobre los miembros de
nuestra pequeña comunidad, sino también por el hecho
de que las cremaciones nativas prohibían la presencia de las
mujeres, las cuales estaban consideradas emocionalmente
demasiado débiles para soportar la despedida de un ser
querido.

Después de aquel escándalo, Mendes se presentó en la
comisaría como una estrella de Hollywood que acabara de
escenificar su mejor papel, henchido de satisfacción. Su
pocket square sobresalía del bolsillo superior de su chaqueta
como una flor recién regada.

—Perdone la molestia, superintendente, pero hay un

pequeño problema relativo a los funerales de Mr. Wilson —dijo a modo de saludo.

—¿Qué clase de problema? —me interesé.

—Mr. Wilson no tiene familiares, y es necesario que un allegado porte la antorcha y encienda la pira.

—Y ha pensado en mí, ¿no es así?

Mendes encogió los hombros y me dedicó una sonrisa tan blanca como sus dientes antes de decir:

—Mr. Wilson me aseguró que era usted su único amigo en Jay Town.

—Digamos que la popularidad de Mr. Wilson entre la comunidad británica no pasaba por su mejor momento.

—Lo sé. También me confesó que si recurría a un abogado local como yo era porque no estaba conforme con la manera que los británicos tenían de tratar a los nativos.

—Encaja a la perfección con la forma de pensar de Mr. Wilson —reconocí—. Sólo le falta decirme que le ha dejado su bungalow a Lalita Kadori.

Una nueva sonrisa me anticipó que había dado en la diana.

—Así es, superintendente. Así consta en su testamento. Si he de serle sincero, incluso a mí me ha sorprendido semejante decisión. Desde luego, voy a tratar de cumplir con la última voluntad de Mr. Wilson cuanto antes.

Ahora la boca de Mendes se llenó con el sabor del triunfo.

—Ya van diciendo de él que se había convertido en un «negro». Perdone la expresión. Esto va a empeorar las cosas —reflexioné en voz alta.

—Está disculpado, superintendente, ustedes son blancos y nosotros somos negros, como las figuras de los tableros de ajedrez. Falta por ver quién gana la partida...

—¿Y bien?, ¿qué se supone que he de hacer? —admití, resignado.

—Le pondré en contacto con el mejor *dom* de Jay Town. Le hará un buen precio, siempre y cuando le compre madera de sándalo. Es la mejor para estos casos. Aunque no ha de comprar demasiada cantidad, ya que Mr. Wilson, bueno, su cuerpo no está entero.

El *dom* era la persona encargada de vender la madera para la incineración a los familiares, y de remover la leña para que el difunto ardiese mejor y más rápidamente. Después de algunas cremaciones prometedoras, retiraba las cenizas a la busca de objetos de valor, como dientes de oro y cosas así.

—¿Y quién diablos va asistir a la ceremonia? —me interesé ante la perspectiva de tener que incinerar a Wilson yo solo—. Usted lo ha dicho: yo era su único amigo.

—Bueno, si le parece bien, yo también asistiré. Dígaselo a sus criados. Yo me encargaré de comunicárselo a los de Mr. Wilson, ¿conforme? De esa manera conformaremos un grupo de siete u ocho personas.

—No quiero a ningún periodista en la ceremonia de incineración, ¿de acuerdo?

—Desde luego no pensaba avisar a la prensa, superintendente. No creo que Mr. Wilson hubiera querido convertir su cremación en un circo mediático.

—Le aseguro que Mr. Wilson no habría querido ver su foto en el *Young India* o en otro libelo nacionalista, a pesar de que aparentemente estuviese peleado con el mundo. Era crítico con los británicos, pero seguía siendo uno de ellos. Al menos, no tendremos que esparcir sus cenizas en el Ganges —me descolgué.

—¿No le gusta nuestro Ganga Mai, superintendente?

—No me gusta el Ganges a su paso por Benarés. Mi padre era tutor de su alteza real cuando sólo era príncipe, de modo que formábamos parte del séquito de la familia real de Jay cada vez que viajaban a Benarés, donde tenían una residencia. Una vez por semana, antes de que el sol saliera, la familia real al completo se embarcaba en una lujosa chalana y se adentraba hasta el corazón del río para realizar una ofrenda floral. Un día, el príncipe Hiresh me convenció de que me uniera a la comitiva a escondidas, pues, según me aseguró, se veían cosas fabulosas en el lugar de la ofrenda, sobre todo una clase de tortuga que comía carne humana. Acepté esconderme detrás de un saco de pétalos, en la zona que ocupaban los remeros. Era tan temprano que me quedé dormido durante la pequeña travesía. Cuando uno de los criados fue a coger el saco de pétalos, y sin saber que yo me había ovillado junto a la borda, me empujó sin querer y caí al agua. Lo que vi en el fondo del río no lo he podido olvidar jamás. Decenas de cadáveres flotaban en el cieno fangoso como globos agarrados a sus cuerdas, en torno a los cuales giraban decenas de tortugas que, en efecto, se alimentaban de ellos bajo las aguas. Luego supe que los cadáveres estaban anclados a pesadas piedras, y que por eso no salían a la superficie. Yo tenía nueve años recién cumplidos. Hasta entonces, creía que los hindúes incineraban a sus muertos.

—Y es así, salvo algunas excepciones. Los anacoretas no son incinerados. Sus cuerpos son trasladados envueltos en una mortaja hasta la mitad del río, donde son arrojados atados a una piedra. Sucede lo mismo con los bebés, con las mujeres embarazadas, con los leprosos y con los *sadhus* o santos. Desde luego, comprendo que se impresionara. A mí tampoco me gusta Benarés. Obviamente siento respeto por el Ganges, pero no le profeso ninguna devoción. La primera vez que inhalé el humo negro y espeso de una cremación vomité y estuve a punto de desmayarme.

—Había olvidado que era usted católico.

—Así es, superintendente. Soy católico practicante. Los hindúes creen que quien muere por la picadura de una víbora puede resucitar si se deja su cuerpo flotando en las aguas del Ganges durante un número determinado de días; yo, en cambio, como buen católico, creo en la resurrección de la carne. Aunque si lo piensa detenidamente, no hay demasiada diferencia entre creer una cosa y otra... Todo pasa por la resurrección de la carne. Ya ve, un «negro» como yo tiene apellido portugués y es católico; en cambio, un hombre blanco como Mr. Wilson, de pura raza británica, deja escrito en su testamento que sus restos sean incinerados como los de un hindú. Cuando menos resulta paradójico, ¿no le parece?

—Si he serle sincero, Mendes, no veo la paradoja por ninguna parte. La gente, simplemente, traslada a su muerte las supersticiones que tuvo en vida. Algo que parece bastante comprensible. En el caso particular de Mr. Wilson, su decisión no ha tenido nada que ver con sus creencias religiosas, sino con su deseo de poner de manifiesto su disconformidad con respecto a nuestra pequeña comunidad.

—Su «pequeña comunidad», como usted la llama, lleva trescientos años abusando de la India.

—No me refiero a la presencia británica en la India, sino a los cien que viven en Jay Town.

—¿Acaso un puñado de británicos no representan a *todos* los británicos?

—¿Puedo pedirle un favor, Mendes?

—Siempre que usted me haga otro —me respondió sin contemplaciones.

—Las cosas se han complicado sobremanera, así que me gustaría que retrasara unos días la lectura del testamento de Mr. Wilson. No quiero echar más leña al fuego. No quiero tener que oír las quejas de los británicos, al menos hasta que la situación política se haya aclarado un poco. Ya me entiende. Además, se me está ocurriendo una solución, pero necesito unos cuantos días de margen para poder llevarla a cabo.

—¿Una solución para qué? —se interesó.

—Para que el asunto del testamento de Mr. Wilson no salga a la luz. Pero primero he de hablar con la señorita Kadori.

—¿Pretende coaccionarla para que renuncie a la herencia? ¿Es así como pretende salvaguardar la estabilidad de su «pequeña comunidad»?

—No sea tan suspicaz, Mendes. No voy a coaccionar a nadie. Simplemente voy a pedirle que renuncie a la herencia a cambio del valor que tenga en el mercado la propiedad que iba a heredar. Para que vea que no hay nada que ocultar, usted se encargará de los asuntos legales de la transacción. Pero primero tengo que trasladarle mi propuesta a la señorita Kadori.

—Acepto siempre y cuando me permita entrevistarme con el señor Basak —me pidió a cambio—. Sé que es uno de los presos que continúan en esta comisaría.

—Así es, Mendes, el señor Basak está arrestado en estas dependencias, pero he recibido órdenes estrictas de mantener incomunicados a todos los detenidos, sin excepciones —le hice ver.

—En ese caso, no me quedará más remedio que hacer público el testamento de Mr. Wilson.

—De acuerdo, Mendes. Media hora con Basak a cambio de que suspenda la lectura del testamento sine die —acabé aceptando.

—¿Cuándo podré hablar con el señor Basak?

—¿Cuándo quiere hacerlo?

—Ahora.

—Media hora, ni un minuto más.

Iba a contravenir una orden, pero ¿qué otra cosa podía hacer para que el testamento de Wilson no se hiciera público, al menos hasta que la situación se recondujera? Desde luego, podría haberme cruzado de brazos y dejar que las cosas siguieran su curso, pero yo era amigo de Wilson y me sentía en la obligación de salvar, al menos en parte, su reputación. Por mucho que los miembros del club hubiesen decidido darle la espalda, su decisión de ser incinerado como un nativo podía interpretarse de muchas maneras. En cambio, que hubiera legado el único bien material que poseía a una «negra» sólo tenía una interpretación.

Harold McLeod, el agente que la Lloyd's había enviado a Nueva Delhi en «misión especial», llegó a Jay Town como agua de mayo. En realidad, McLeod sólo llevaba tres meses y medio en la India, donde había sido destinado por varios motivos. El primero, porque era un hombre de reconocida valía en el campo de los seguros de riesgo, además de un avezado investigador con fama de poseer una mente analítica. El segundo, porque la India era, con diferencia, el lugar donde la compañía para la que trabajaba había suscrito sus más jugosas pólizas. El tercero, porque el robo del collar de perlas de su alteza real el marajá Hiresh Singh no podía considerarse como un hecho aislado. Al parecer, en los últimos cuatro meses, otros tantos príncipes nativos habían sufrido el mismo destino que el marajá de Jay. Si bien en estos cuatro robos los objetos sustraídos eran también joyas, había otras dos coincidencias que hacían pensar a los agentes de la Lloyd's que detrás de las sustracciones existía un plan maestro. Los cinco robos cometidos hasta la fecha habían sido perpetrados por miembros de confianza del servicio de sus respectivos príncipes, de la misma manera que los cinco ladrones habían aparecido horas o días más tarde asesinados. En todos los casos, las joyas robadas se habían volatilizado.

—¿Cómo es esa célebre frase de Sherlock Holmes? ¡Ah, sí! «La segunda mancha en el mismo sitio es siempre sospechosa, querido Watson» —dijo el agente de la Lloyd's después de exponer los pormenores del caso.

En lo que a mí respecta, narré la parte que era de mi incumbencia, incluyendo la muerte de Wilson, el descubrimiento de los cuatro casquillos del calibre 44/40 en la selva, la desaparición de un Winchester idéntico al que el asesino había empleado del armero de Wilson, y la conversación que había sostenido con el señor Bhiku, un ultranacionalista que mantenía una relación de amistad con Ranjiv Kashi, el ladrón de las joyas del marajá de Jay. Lo único que omití fue la entrevista que mantuve con el mayordomo de Wilson, puesto que de ser yo quien, en efecto, hubiera estado en el jardín de la casa la madrugada posterior al *durbar* de su alteza real el marajá de Jay, se trataría de un asunto de índole privada. Hasta que estuviera en disposición de demostrar que no había sido yo quien había estado en el jardín de Wilson aquella noche, no podía explicar la presencia de otro hombre, que era lo que yo creía que había ocurrido. Por otro lado, fuera yo u otra persona, el intruso no había llegado a penetrar en la casa de Wilson, donde a aquellas horas dormían el propio Lewis, Lalita Kadori y los criados. Pero incluso en el supuesto de que el intruso —dando por hecho que no fuera yo— hubiera allanado la vivienda y robado el «Henry II», Wilson debió de darse cuenta al ir a coger el «Henry I» antes de dirigirse a la selva.

A falta de pruebas o de pistas que pudieran esclarecer lo que había detrás de aquellos crímenes, el asesinato de

Wilson, en opinión de mister McLeod, se presentaba como la única grieta en el muro que los criminales habían levantado para impedir el avance de la investigación.

—Es el único crimen en el que los asesinos han cambiado el modus operandi. No sólo han acabado con la vida del ladrón, también han asesinado a un británico. ¿Se vieron obligados a ello? ¿Se trata de un descuido? Tal vez los asesinos confiaban en que las fieras no dejaran restos. Y sin éstos, nadie hubiera buscado pruebas entre la maleza. Después de todo, ¿qué probabilidades había de que un grupo de soldados hallara lo que encontraron en la selva? ¿Una entre mil? —conjeturó el agente de la Lloyd's.

—Si lo que los asesinos esperaban era que las fieras se encargaran de limpiar las huellas de sus crímenes devorando los cadáveres, como usted sugiere, entonces se trata de personas que no conocen demasiado bien el comportamiento de los animales —observé—. Un tigre no suele comer más de veinte kilos de carne de una vez, de la misma manera que hay partes del cuerpo que, salvo que esté verdaderamente hambriento, no ingiere en un primer momento. Por ejemplo, las vísceras.

—Gracias a Dios que en Gran Bretaña los tigres están dentro de jaulas y viven en los parques zoológicos. Yo, sin ir más lejos, jamás he visto en persona uno de esos temibles felinos, y si he de serle del todo sincero, espero no tener que echarme uno a la cara mientras dure mi estancia en esta tierra —observó el corredor de seguros sin ocultar el alivio que dicha afirmación le procuraba.

—Ver tigres no es tan fácil como la gente cree y, salvo excepciones, prefieren no tener que enfrentarse a los seres humanos. Los tigres son carnívoros, pero no se vuelven antropófagos hasta que prueban la carne humana. En muchos casos, lo hacen por mera casualidad. Encuentran a un hombre agachado recogiendo bayas o frutas y lo confunden con otro animal, un mono, por ejemplo. A los tigres les encanta la carne de mono. En otras ocasiones, un tigre viejo o con alguna tara se topa con un cuerpo flotando en el manglar o un cadáver mal enterrado; acto seguido, si el animal está hambriento, le da un mordisco, y ahí empieza todo...

—¿Hemos de considerar entonces la muerte de mister Wilson como una «excepción»? —me preguntó McLeod.

—En cierto sentido, así es. Imagine que va caminando hambriento, pensando en lo mucho que le apetecería comerse un buen filete y, de pronto, al doblar la esquina de una calle, se encuentra un chuletón encima de un plato. Pues algo parecido fue lo que le sucedió al tigre que devoró a mister Wilson.

—Si he de serle sincero, ni siquiera en Nueva Delhi puede uno imaginar esta clase de historias tan..., ¿cómo podría calificarlas?, ¿descarnadas? El tigre que devora al hombre blanco, o lo que es lo mismo, a la civilización. Los británicos estamos bien dotados para luchar contra los elementos, no en vano habitamos unas islas, sabemos domeñar la tierra que hollamos, pero ninguna raza humana es superior a uno de esos tigres asesinos de la India.

McLeod, un escocés de rala cabellera, piel ajada llena de manchas (no sabría decir si a causa de una dolencia hepática, de la bebida o de ambas) y aspecto inofensivo nacido en Bowmore, la capital de la isla de Islay, la más austral de las Hébridas interiores, no soportaba el clima de la India (que había consumido ya una octava parte de su cuerpo, según sus propias palabras), por lo que estaba dispuesto a realizar un esfuerzo extra por esclarecer el caso y regresar cuanto antes a Gran Bretaña. Teniendo en cuenta que nuestro granero estaba vacío, por así decirlo, la única forma de llenarlo era recolectando la cosecha las veinticuatro horas del día, es decir, trabajando día y noche.

Desde luego, pese a mis limitaciones como agente de la ley, no tenía que venir nadie de las Hébridas para hacerme comprender que el robo de las joyas de su alteza el marajá y las consiguientes muertes de Lewis Wilson y del señor Kashi no eran más que la punta de un iceberg cuyas tres cuartas partes permanecían ocultas bajo el agua. Por otro lado, estaba el asunto de la guerra, la ofensiva japonesa de Assam, y la posibilidad de que aquellos robos extraordinarios escondieran un trasfondo político. De modo que, en efecto, tantas manchas en el mismo sitio eran motivo suficiente para sospechar, siguiendo el razonamiento del famoso Sherlock Holmes.

Decidí, pues, entregarme en cuerpo y alma a resolver el caso, y convertí uno de los despachos de la comisaría en centro de operaciones, con mister McLeod a la cabeza del equipo.

—Necesito tres encerados y un ayudante —solicitó el escocés, tras lo cual pensé que a nuestro particular Sherlock Holmes sólo le había faltado acabar la frase con su célebre coletilla, «querido Watson».

Había dos aspectos que distinguían a McLeod del resto de británicos. El primero eran las arrugas de su cara, tan profundas como surcos abiertos en una tierra árida, y bajo las cuales se intuía un sinfín de pequeñas venas de color azul pálido que semejaban afluentes subterráneos. El segundo era que no necesitaba que el sargento Sahasya fumigara para ahogarse. Respiraba como un pez fuera del agua, y mientras boqueaba su lengua no dejaba de chasquear.

—Pondré a su disposición a uno de mis hombres: el sargento Sahasya —le indiqué.

Al cabo de las horas, el tiempo que yo invertí en transmitir en persona un informe detallado a su alteza real el marajá, McLeod llenó dos encerados con un sinfín de nombres, fechas y flechas que pretendía ser una especie de «índice general» o «árbol genealógico» del caso, mientras que el tercero lo reservó para las pruebas gráficas, fotografías de las joyas con sus características y toda clase de documentos relativos a los contratos que su firma había suscrito con los príncipes que habían sido víctimas de los robos. De hecho, uno de los aspectos más curiosos del caso era precisamente que los cinco príncipes expoliados eran clientes de la compañía de seguros Lloyd's. ¿Se trataba de una casualidad? En cuanto al asunto de los casquillos, seguía sin tener explicación incluso para un hombre como McLeod.

Por lo pronto, lo escrito en aquellos encerados pretendía establecer una cadena o secuencia lógica que nos permitiera analizar el caso como un todo.

Colocados como un tríptico, en el primer encerado figuraban los nombres de los estados afectados, los tipos de joyas sustraídas, los valores de las tasaciones y las fechas en las que se habían perpetrado los robos.

Mysore: Gargantilla de rubíes y diamantes con pendientes a juego. 100.000 £. 10 de diciembre de 1943.

Gwalior: Collar de rubíes y diamantes de la Belle Époque. 110.000 £. 28 de diciembre de 1943.

Rampur: Brazalete de antebrazo de diamantes de la casa Cartier. 180.000 £. 28 de febrero de 1944.

Patiala: Cinturón, brazalete y botonadura de diamantes de la casa Cartier. 250.000 £. 8 de marzo de 1944.

Jay: Collar de perlas «Panamá» de dos hilos con broche de diamantes de la casa Cartier, aretes y anillo. 450.000 £. 15 de marzo de 1944.

—¿Le dice algo lo que hay escrito en esa pizarra? —me preguntó McLeod.

—Usted es el experto —delegué.

—Veamos, las joyas sustraídas son evidentemente valiosas, y su precio de tasación supera el millón de libras esterlinas. Sin embargo, cualquiera de los marajás afectados posee joyas mucho más valiosas, puesto que todos se encuentran entre los más ricos de la India. La pregunta es ¿por qué los ladrones se conformaron con llevarse piezas *menores*, si es que un collar tasado en 450.000 £ puede considerarse como tal, cuando tenían a su alcance joyas, en algunos casos, de un valor incalculable?

—¿Por una cuestión práctica, quizá? —sugerí.

—Es posible, aunque sería la primera vez que la prudencia puede más que la avaricia. Desde luego hay joyas que no se pueden vender en el mercado negro porque su fama las convierte en piezas marcadas. De éstas hay un centenar largo en la India. Pero, al mismo tiempo, son pocas las joyas que no pueden desmontarse, con lo que el rastro de la pieza original se pierde. Incluso un gran diamante puede convertirse en media docena de diamantes de gran valor —elucubró McLeod.

—Hay un detalle de suma importancia que usted pasa por alto. Me refiero al carácter sagrado, en algunos casos hasta divino, que la figura del marajá tiene para su pueblo. Cada príncipe de la India cuenta con su propio ejército y con una guardia pretoriana, pero su mayor protección la reciben precisamente de su condición de semidioses. De modo que el hecho de que un hindú robe a su señor es lo mismo que pensar que un sacerdote católico entre en el Vaticano para saquear.

—Comprendo.

En el segundo encerado había escrito con letra pulcra media docena de reflexiones sobre ciertos aspectos que el agente de la Lloyd's consideraba relevantes.

1. Cuatro de los príncipes afectados son hindúes. Sólo el nawab de Rampur profesa la religión musulmana.

2. El ladrón de Mysore apareció ahogado en la orilla del río. El de Gwalior murió acuchillado en un bazar. El de Rampur fue estrangulado en una posada. El de Patiala fue tiroteado en un callejón oscuro. El de Jay fue, según todos los indicios, ejecutado con un arma de caza primero y devorado por una fiera más tarde. En ninguno de los crímenes hubo testigos.

3. La secuencia de los acontecimientos indica que en todos los robos hubo uno o más cómplices. El hecho de que los cinco ladrones hayan sido ejecutados nos lleva a la conclusión de que los cómplices habían recibido la orden de eliminar todo vínculo de los primeros con la organización.

4. ¿Cuál es el papel de Lewis Wilson en este rompecabezas? ¿Por qué quien o quienes dispararon contra él y su acompañante dejaron los casquillos de la supuesta arma empleada para cometer los crímenes? ¿Dónde está el rifle de Lewis Wilson conocido con el sobrenombre de «Henry II»?

5. A ninguno de los ladrones se le puede establecer relación con grupos políticos u otras organizaciones rebeldes o subversivas contrarias a la presencia británica en la India, salvo en el caso del señor Ranjiv Kashi, a quien se le vincula con un miembro del Bloque de Avanzada de Jay Town, el señor Bhiku, sastre de profesión, quien permanece detenido en estas dependencias policiales.

6. Ninguno de los robos o de los crímenes ha sido cometido en las provincias de la India gobernadas directamente por los británicos, lo que dificulta la investigación policial.

En cuanto al tercer encerado, el agente de la Lloyd's lo había cubierto con las fotografías de las joyas sustraídas y toda clase de documentos relativos a las mismas.

Aquellas pizarras dejaban a las claras que McLeod era quien llevaba el control de las pesquisas, lo que suponía un alivio para mí.

Miré al escocés, quien a su vez contemplaba su obra con suma satisfacción. Era evidente que disfrutaba con su trabajo, y tanto entusiasmo tenía su reflejo en los destellos de sus ojos, tan intensos como un par de diamantes.

—A vuela pluma diría que el señor Bhiku nos sería de mucha más utilidad en la calle que encerrado en un calabozo —se descolgó.

—Recibí la orden de detener a todos los líderes nacionalistas, y así lo hice.

—Si me permite emplear una analogía, desde mi punto de vista el señor Bhiku es el único instrumento que desafina en esta orquesta. Sabemos que es un ultranacionalista miembro del Bloque de Avanzada, y que mantenía encuentros periódicos con el criado del marajá, el señor Kashi, cuyo cuerpo apareció junto al de mister Wilson. ¿Por qué no pensar que pudiera existir una conexión entre Bhiku y Wilson? Tal vez el señor Bhiku sepa dónde se encuentra el rifle que, según usted, falta del armero de mister Wilson.

—También yo voy a emplear una analogía —repliqué a su razonamiento—. Esa naranja ya está exprimida. Yo mismo interrogué al señor Bhiku, y me aseguró no tener nada que ver con el robo de las joyas del marajá.

—¿Y usted creyó al señor Bhiku?

—Sí, porque de haber estado implicado su posición como miembro del Bloque de Avanzada se hubiera visto comprometida.

—¿Acaso su posición, como usted dice, no se ha visto comprometida con su detención?

Por un momento sentí como si el agente de seguros McLeod me estuviera interrogando. Incluso tomaba notas en una especie de cuaderno de bitácora, o algo así, donde consignaba mis respuestas.

—¿Por qué apunta todo lo que le digo? —le pregunté algo irritado.

—No apunto sus respuestas, sino las reflexiones que me sugieren. Anotar el resultado de las indagaciones me facilita el trabajo..., me permite observar las cosas a vista de pájaro.

—De acuerdo. Supongamos que tiene razón. ¿Qué sugiere que hagamos?

—Poner en libertad al señor Bhiku.

—Me temo que es demasiado tarde para eso. Primero, porque mis órdenes son tajantes. Segundo, porque si dejáramos en libertad al señor Bhiku, mientras el resto de líderes nacionalistas permanece detenido, sospecharía. No daría un paso en falso. De hecho, llevábamos tiempo vigilándolo sin ningún resultado.

Mis palabras provocaron que McLeod se arrojara de cabeza dentro de las páginas de su cuaderno. Daba la impresión de que se encontraba en la National Library de Londres y no en una ruidosa comisaría de una apartada ciudad del nordeste de la India.

—En ese caso, pues, tendremos que centrarnos en mister Wilson —dijo cuando levantó la cabeza del cuaderno.

—¿Qué desea saber de Lewis Wilson?

—Por ejemplo, si tenía alguna clase de relación con los lugares donde se cometieron los robos además de Jay: Mysore, Gwalior, Rampur y Patiala.

De repente, recordé las fotografías que había estado

contemplando en el bungalow de Wilson. Si la memoria no me fallaba, la primera había sido tomada en Mysore y la segunda en Rampur.

—Existen fotos de Wilson en Mysore y Rampur. En una está junto a un célebre ahuyentador de tigres de ese reino; en la otra comparte protagonismo con el nawab de Rampur. Las he visto en su bungalow, aunque me temo que no son recientes. Desde que los japoneses invadieron Birmania, Lewis apenas salía de Jay, ya que el ejército utilizaba sus servicios para enseñar a la tropa a desenvolverse en la jungla. Se había convertido en una especie de instructor de reclutas.

—No importa. Es un buen comienzo. Ahora hay que tratar de averiguar si también estuvo en Gwalior y Patiala.

—En su bungalow hay más fotos. En cualquier caso, conozco a alguien que tal vez pueda echarnos una mano. Se trata de una bailarina llamada Lalita Kadori. Era una amiga muy especial de Wilson y, según tengo entendido, se veían de vez en cuando allí donde los príncipes o los magnates requerían sus servicios. En la India, las cacerías suelen ir seguidas de una fiesta con baile y espectáculo, así que tal vez su testimonio pueda servirnos de ayuda.

—Entiendo. ¿Dónde podemos encontrar a esa mujer?

De pronto me sentí como el jugador de póquer que juega con una baraja de cartas marcadas.

—Casualmente se encuentra en mi casa. Vino a Jay hace unos días para bailar en el *durbar* de su alteza real el marajá, y se alojaba en casa de Wilson. Después de lo ocurrido, no quería permanecer en el bungalow de Wilson ni un minuto más, así que le ofrecí quedarse en mi casa.

McLeod se tomó unos segundos para digerir mi información antes de decir:

—¿A qué espera para llamarla?

—La señorita Kadori actúa esta tarde en uno de los

acantonamientos militares. Tiene prohibido decir en cuál de ellos, ni dar noticia de sus horarios y movimientos, de modo que tendremos que aparcar este asunto hasta mañana. Si está de acuerdo, podemos recoger las fotos del bungalow de Wilson y llevarlas mañana por la noche a mi casa, para que la señorita Kadori les eche un vistazo.

—¿Es de fiar?

—¿La señorita Kadori? Bueno, el ejército no contrata a nadie sin haber realizado una investigación previa.

—Por supuesto. En fin, si logramos establecer que Wilson visitó en algún momento los cinco lugares donde se han cometido los crímenes, habremos dado un primer paso. Ahora necesito salir de esta comisaría y respirar un poco de aire fresco.

Esa misma tarde, justo antes de que McLeod y yo nos dirigiéramos al bungalow de Wilson, recibimos buenas noticias procedentes del frente. El brigadier Orde Wingate y sus «Chinditas» —nombre que aludía al «Chindit», un león mitológico que se encargaba de custodiar los templos birmanos—, a quienes se los conocía también como «el circo de Wingate», «los locos de Wingate» o «la chusma de Wingate», habían logrado infiltrarse detrás de las líneas enemigas, creado problemas en la retaguardia de los nipones y cortado parte del abastecimiento.

Orde Wingate, llamado también *Lawrence de Birmania* o *El nuevo Lawrence* (al parecer tenía alguna clase de parentesco con el verdadero Lawrence de Arabia), era un místico a la vez que un aguerrido soldado. Aunque su idea de lo que debía ser un ejército se apartaba por completo de la ortodoxia militar y nada tenía que ver con las tradiciones parsimoniosas y fastuosas del ejército angloindio.

Hombre de cara angulosa y descarnada, mentón fuerte y ojos garzos y penetrantes, Wingate poseía una fina inteligencia, una fría determinación y una megalomanía sin límites. Creía, además, que el ser humano era capaz de almacenar energía como el camello acumula agua de reserva, y partiendo de este principio condujo a sus hombres por las junglas de Birmania, donde pronto los nativos le dieron el título de «Señor protector de las pagodas». Siempre llevaba consigo un multígrafo y un altavoz, e iba acompañado de nativos con habilidad para la oratoria y la propaganda. Cuando marchaba solía hacerlo al tiempo que mordía una cebolla cruda como si se tratara de una manzana, y por las noches se frotaba la espalda con un cepillo de caucho.

Pero si Wingate era un tipo pintoresco en grado sumo, otro tanto podía decirse de sus hombres. Por ejemplo, Mike Calvert, conocido como *el loco Mike* o *Mike Dinamita*, quien era especialista en minas trampa y en demolición de edificios. O el sargento Bernard Ferguson, quien había viajado a la jungla portando un monóculo y una novela de Trollope, cuyas seiscientas páginas acabaron siendo empleadas como papel para liar cigarrillos. O el teniente Geoffrey Lockett, comerciante de vinos en Liverpool, quien no tenía un diente y, en cambio, la barba le llegaba hasta la cintura, aspecto con el que pretendía infundir terror entre los japoneses. O el sargento escocés Robert Blain, que cuando la situación se ponía negra, decía: «Como dice mi abuelita, éstas son cosas que el cielo nos manda para probarnos.»

Pese a que Wingate no estaba bien visto por el *establishment* militar, había logrado ganarse una reputación y alcanzado el pináculo de la fama gracias a la audacia de sus planteamientos y a las excentricidades de sus hombres. Por ejemplo, se decía que le había encargado un pastel de chocolate a un famoso repostero de Calcuta, que posteriormente fue arrojado en paracaídas en pleno corazón de la jungla birmana. Al parecer, la tarta llegó intacta y fue degustada por aquellos hombres indomables que vestían trajes de camuflaje del cuerpo de paracaidistas, sombreros de tamujo y largas barbas.

Yo había conocido a Wingate y a algunos de sus hombres cuando realizaron su primera incursión detrás de las líneas enemigas unos meses antes, y me alegraba sobremanera que aquella «chusma» fuera la que estaba parando los pies a los japoneses en el terreno en el que, supuestamente, mejor se desenvolvían: la selva. Algo que, hasta ahora, no había conseguido nuestro ejército regular.

Al menos, las hazañas de Wingate y sus Chinditas nos iban a dar un respiro para que pudiéramos resolver nuestros asuntos antes de que los japoneses nos hicieran prisioneros de guerra, algo que aún estaba por verse.

El despacho de Wilson presentaba el mismo aspecto que el día anterior, lo que indicaba que los criados no habían vuelto a entrar, tal vez por temor a que el fantasma de Lewis pudiera tomar represalias en caso de que contravinieran la orden de no pisar aquel lugar sin su autorización. Quizá también por ese mismo motivo, la servidumbre se reunió en torno al umbral de la puerta para contemplar, en el más absoluto silencio, cómo McLeod y yo lo revolvíamos todo, como si estuviéramos realizando un sortilegio o ritual que ayudara al alma de Wilson a encontrar su camino en la otra vida. No en vano, para muchos nativos, fotografiar a un hombre era lo mismo que robarle una parte del alma, y como Wilson había muerto, según éstos, parte de su alma había quedado impregnada en aquellas fotografías, de modo que para que las aguas volvieran a su cauce era imprescindible hacerlas «desaparecer».

Una vez que empezamos a mirar dentro de los cajones y entre las páginas de los libros, me sorprendió el elevado número de fotografías que encontramos, así como que algunas de ellas hubieran sido tomadas en Gwalior y Patiala. En total, contando las dos fotografías de Mysore y Rampur que yo había identificado el día anterior, encontramos nueve fotografías que situaban a Wilson en los escenarios donde se habían cometido los cuatro robos. En cinco de las nueve fotografías aparecía en compañía de los respectivos príncipes de estos reinos, quienes eran además las víctimas de los robos. En las otras cuatro fotografías, los personajes que acompañaban a Wilson eran desconocidos, salvo en el caso del fundador del Sindicato de Ahuyentadores de Tigres de Mysore. El problema era que, de la misma manera que Wilson había escrito en el reverso el lugar y el nombre de su acompañante, también había anotado las fechas, y éstas no coincidían con las de los robos.

—Por ahora no hay que preocuparse por las fechas, da igual que no coincidan, sólo nos interesa establecer un vínculo entre Mr. Wilson y los príncipes que han sido robados, y eso lo hemos conseguido. Ahora estamos seguros de que Wilson estuvo en los cuatro reinos donde se cometieron los robos, además de en Jay, por descontado.

—Aunque no hayamos encontrado ninguna fotografía de Lewis en compañía de su alteza el marajá Hiresh Singh, soy testigo de que mantenían una..., ¿cómo decirlo?, estrecha y cordial enemistad —apunté.

—¿Qué quiere decir con eso de «una estrecha y cordial enemistad»? —se interesó McLeod.

—Muy sencillo. Wilson ha cazado más tigres que su alteza real, y a ningún marajá de la India le gusta ocupar el segundo lugar en ese ranking. Por otro lado, Wilson caza al acecho, mientras que su alteza lo hace subido a un elefante rodeado por doscientos ahuyentadores.

—Comprendo.

Por último, estuve revisando las anotaciones que Wilson —aunque no fuera un hombre que se prodigara escribiendo— había dejado repartidas en media docena de cuartillas. Se trataba de palabras, cifras o números telefónicos, y alguna que otra frase aparentemente inconexa. El nombre de Lucy aparecía escrito en cuatro ocasiones, en una de ellas junto al número 247. Sin duda se refería a Lucy Dixon, puesto que el número de teléfono de los Dixon era el 247. Hacía meses que todo el mundo en Jay Town sabía que la señora Dixon y Lewis mantenían un *affaire*. El hecho de que el señor Dixon hubiera sido hecho prisionero cuando los japoneses tomaron Singapur no decía gran cosa de la catadura moral de su esposa ni de la de Wilson, y así se lo había hecho ver. Como consecuencia de mi reprimenda, Wilson rompió la relación. En la última cuartilla, la frase que leí me dejó aún más sorprendido. Rezaba: «El valle de las chimeneas mágicas.» Supuse que, tal vez, la última conversación de Lalita Kadori y Lewis había versado sobre aquel extraño lugar que la bailarina utilizaba para evadirse de la realidad, y del que me había hablado la noche anterior.

Por algún extraño motivo, imaginé a Wilson pensando en aquel valle mágico justo un instante antes de ser ejecutado. Una imagen que tenía que ver más con un mártir que implora poder alcanzar la gloria y el perdón de Dios que con la figura de un hombre al que la muerte sorprende sin tiempo para arrepentirse de sus pecados.

Lalita Kadori recibió la noticia de que había heredado el bungalow de Wilson esgrimiendo una enigmática mueca, similar a las que empleaba en sus danzas. Al cabo, su expresión se tornó hierática y fría, por lo que llegué a la conclusión de que o bien no sabía cómo responder a lo que yo acababa de contarle o, simplemente, se sentía molesta. Era evidente que los entresijos de su relación con Wilson quedaban fuera de mi alcance.

—¿Sabe usted por qué Lewis ha hecho tal cosa? —me preguntó la bailarina después de tomarse un minuto de silencio para digerir la noticia.

—¿Nombrarla su heredera? Me temo que soy yo quien debería formularle esa pregunta.

—Lewis nunca hablaba de su familia en Inglaterra, lo que me llevó a pensar en más de una ocasión que estaba solo en el mundo. Cuando quería era un hombre muy reservado.

—Que yo sepa, tiene algunos parientes lejanos —expuse—. Tenía un hermano mayor, pero murió hace ya algunos años mientras exploraba el desierto de Atacama, en Chile. En cualquier caso, tal vez pensó que no tenía sentido dejarle una propiedad en la India a alguien que vive en Inglaterra.

—¿Para qué puedo querer yo el bungalow de Lewis? No pienso quedarme a vivir en Jay Town.

Ahora el tono de voz de la bailarina se impregnó de desilusión.

—Bueno, llevo toda la tarde pensando precisamente en esa posibilidad. Creo que si no tiene intención de quedarse podría vender la propiedad —le sugerí.

—¿Quién podría quererla? —se interesó.

—Bueno, tal vez yo —admití.

—¿Usted, Henry? Ya tiene un bungalow, de mayor tamaño y más confortable incluso que el de Lewis, ¿para qué iba a querer otro? Además, ¿qué hay de Inglaterra? Lleva soñando toda la vida con viajar a Inglaterra. Usted mismo me lo dijo.

—Tal vez sea demasiado tarde para eso. Quizá nunca vaya a Inglaterra —reconocí.

—¿Y renunciar a conocer *su* valle de las chimeneas mágicas?

Pensé que, en el supuesto de que un lugar así existiera, sólo tendría sentido con ella a mi lado.

—La vida está llena de renuncias —dije.

—También se puede renunciar a la renuncia. Basta con actuar siguiendo los consejos del corazón —me replicó.

¿Cómo explicarle a Lalita Kadori que haciéndole el favor de comprarle la propiedad que iba a heredar me estaba haciendo también un favor a mí mismo? ¿Cómo exponerle, sin que se sintiera ofendida, que con mi propuesta pretendía salvar el buen nombre de Wilson frente a la comunidad británica? Claro que tratar de rescatar el nombre de Wilson era a estas alturas lo mismo que salvar los restos de un naufragio pero, aun así, yo lo sentía como una obligación. Supongo que mantener una serie de principios, aunque pudieran parecer pequeños detalles, era la forma que tenía de permanecer unido a mis raíces, a Gran Bretaña. No obstante, cada vez me sentía más confuso sobre mi propia identidad.

—Cabe la posibilidad de que padezca la misma enfermedad que Lewis —sugerí.

—¿Qué enfermedad es ésa? —se interesó.

—La que lo impulsó a dejar por escrito que su cuerpo fuera incinerado como el de un nativo. He nacido en la India, supongo que eso me convierte en un indio, aunque mi piel no sea oscura. Mis padres están enterrados en esta tierra... Todo lo que soy tiene que ver con este país... Mi infancia, mis recuerdos, los olores, los paisajes, los animales, absolutamente todo está ligado a la India. Tal vez también yo deba dejar por escrito que me incineren como a un nativo.

—En el valle de las chimeneas mágicas cada uno es de donde quiere y lo que quiere ser. Basta con proponérselo —observó.

—En la vida real, en cambio, cada uno es lo que los demás le dicen que es. Al final, con el paso de los años, de la misma manera que uno se identifica con la imagen que le devuelve el espejo, cree también reconocerse en los comentarios que los demás hacen de él. «Ése soy yo», se dice uno a sí mismo cuando oye hablar de su persona, hasta que acaba convirtiéndolo en el eco de su conciencia.

—¿Y qué es lo que los demás dicen de usted? —me preguntó a continuación.

—Que mi papel es el de intermediario de dos mundos irreconciliables que, por serlo, detestan las intermediaciones. Es lo mismo que tener lepra, pues quien la padece no logra jamás librarse de su estigma. Si todo el mundo está marcado por sus orígenes, yo lo estoy por partida doble.

—¿Sabe cuál ha sido el error de nuestros dos mundos, como usted los llama? Creer que el futuro es algo que puede ganarse, sea de manera conjunta o individual, cuando ni siquiera existe. Sólo existe el momento presente, siempre es presente, el futuro es presente, de modo que es absurdo que andemos persiguiendo lo que jamás podremos alcanzar. Tanto a ustedes los británicos como a nosotros los hindúes se nos llena la boca hablando de progreso, de futuro, de lo que está por venir, de las conquistas que esperamos alcanzar el día de mañana, cuando nada de eso es posible, cuando nada de eso existe. Sólo hay presente. ¿Se da cuenta? Volvemos al tema de la conversación de la otra noche. La realidad sólo existe a medias, sólo se produce en tiempo presente, por lo que el resto de los tiempos verbales son sólo una forma de hablar. Y a mayor cantidad de tiempos verbales, mayor confusión e incomprensión entre quienes los emplean. El mundo es más naíf de lo que la gente piensa, aunque nuestra forma de relacionarnos con él se haya vuelto tan compleja que hayamos tenido que inventar el arte abstracto.

Pese a que no era la primera conversación que mantenía con ella, no dejaba de sorprenderme el hecho de que en sus peroratas sólo había lugar para las respuestas y nunca para las preguntas.

—Bueno, usted acaba de darme la respuesta. Quiero el bungalow de Lewis para vivir el presente. No cabe entonces preocuparse por lo que vaya a hacer con él en el futuro, ya que, según usted, no existe.

De buena gana le hubiera dicho que lo que de verdad me gustaría era compartir el bungalow con ella y construir el futuro a su lado.

—Si de verdad quiere ese bungalow, cuente con él.

—Mi propuesta es que renuncie al testamento a mi favor, y yo a cambio le entregaré una cantidad en metálico equivalente al precio de la propiedad.

—Me parece bien cualquier fórmula.

—Le haré entrega de un cheque nominativo, y usted mañana irá al despacho del abogado Sabal Mendes para cumplir con su parte del trato. ¿Tiene prevista alguna actuación por la mañana?

—No. Tengo la mañana libre.

—¿Puedo preguntarle dónde tiene establecida su residencia?

—Allí donde surge una actuación —me respondió—. Llevo una vida nómada. La ciudad de mi infancia es Bombay, pero cuando deje la danza probablemente me instale en Nueva Delhi. No voy a negar que la herencia de Lewis me vaya a servir de gran ayuda.

La conversación me había dejado la garganta seca y áspera.

—¿Le apetece una copa de vino? —le ofrecí.

—Por favor.

—Brindemos por nuestro trato —le propuse.

—Prefiero un brindis por el presente.

—¡Por el presente, entonces, puesto que es lo único cierto!

Antes de irnos a dormir, le extendí un cheque nominal por valor de tres mil quinientas libras, que era lo que valía un bungalow como el de Wilson. Lalita Kadori se abanicó con él antes de retirarse a su habitación.

10

Cuando su alteza real el marajá Hiresh Singh no fornicaba o miccionaba en público, era un hombre que llevaba una vida intensa, aunque de todo punto vacía. De no haber sido por su condición de marajá, nunca hubiera despertado la admiración de nadie bajo ninguna circunstancia. Detestaba la puntualidad en la misma proporción que adoraba la holgazanería. La tenacidad y la capacidad de resistencia de Gandhi, por ejemplo, le enervaban tanto como la disciplina y la pompa de los británicos. Y, como éstos, adolecía del defecto de la autocomplacencia. Sólo durante los primeros meses de reinado había mostrado interés por las labores de gobierno, para luego arrojarse a los brazos de una clase de vida que perseguía la laxitud como un yogui busca alcanzar el nirvana. Lo único que conseguía sacarlo de su letargo era una mujer o una intensa jornada de caza, pues se consideraba a sí mismo un experto tanto en el arte del amor como en el venatorio.

Conociendo a Hiresh como lo conocía, estaba seguro de que a estas alturas ya se había olvidado tanto del robo de las joyas como del asesinato de su criado (que consideraba justo), y que todo su interés se centraba ahora en la aparición del «devorador de hombres». La muerte de Wilson no sólo le había dejado el camino franco para convertirse en el mejor cazador del reino por número de piezas cobradas, sino también para erigirse en un héroe a los ojos de su pueblo si era capaz de acabar con la fiera. El último «devorador de hombres» de Jay había sucumbido bajo las balas de Wilson, quien ahora, paradójicamente, se había convertido en la primera víctima de un nuevo tigre cuatrero. Si conseguía, por tanto, darle caza, la gloria y el reconocimiento general sería doble, de la misma manera que la fama y el prestigio de Wilson quedarían reducidos a la mitad. ¿Acaso podía haber algo que excitara más a su alteza real el marajá que la posibilidad de este escenario? No.

De modo que en cuanto el sargento Sahasya me comunicó que una mujer y su hijo de cinco años habían sido atacados por el *Oontia bagh*, supe que su alteza organizaría una cacería de inmediato, antes de que la superstición de los nativos convirtiera al tigre en un *shaitan* (un demonio), y su leyenda creciera más que la del hombre que le diera caza.

Lo más sorprendente fue que su alteza solicitara mi presencia para llevar a cabo su hazaña.

La cacería comenzó conmigo sentado en el asiento izquierdo del castillete del elefante de su alteza el marajá, un animal de cuatro toneladas llamado *Must*, como la enfermedad que hacía enloquecer a los paquidermos, cuyos flancos habían sido revestidos con mallas metálicas que servían, por una parte, para amortiguar los posibles envites de la fiera y, por otra, para deslumbrarla. Aunque era bastante improbable que algo así pudiera suceder, ya que íbamos acompañados por doscientos ahuyentadores «armados» con latas, palos y panderos, quienes previa y sigilosamente habían rodeado el encame del animal, al que habían localizado siguiendo el rastro de sangre de sus víctimas. Para dotar de mayor seguridad a estos hombres, se les habían suministrado caretas impresas con un rostro humano que colocaban a la altura de la nuca. De esa forma, en el supuesto de que fueran sorprendidos por detrás, la fiera creería estar viéndolos de frente.

De modo que, cuando por orden de su alteza el marajá comenzó el concierto, cuya finalidad era hacer salir al tigre de su guarida, una hendidura sumamente frondosa que desembocaba en un pequeño arroyo, me sobresalté tanto que a punto estuvo el rifle de caérseme, pues tal fue el estruendo. De hecho, he de reconocer que me sentía incómodo portando aquella carabina, ya que se trataba de un Winchester con munición del calibre 44/40, idéntico al que había desaparecido del armero de Wilson.

—¿Acaso no te gusta el rifle que te he proporcionado? Cualquiera diría que has visto un fantasma, Henry —se dirigió a mí su alteza el marajá.

—Ando detrás de un rifle como éste. Quien mató a Wilson y a vuestro criado empleó munición del calibre 44/40 —expuse.

—¡Eso es fantástico, Henry, porque me convierte entonces en sospechoso! —exclamó su alteza con fingido júbilo.

—He dicho que quien mató a Wilson y a su criado utilizó un rifle como éste, pero eso no significa que fuera *éste*, alteza. El rifle que busco pertenecía a Wilson —aclaré.

—Bueno, Henry, tu obligación como jefe de la policía, en cualquier caso, es requisar el rifle y realizar las comprobaciones que creas pertinentes —me dijo, imprimiendo a su voz un tono imperativo—. Naturalmente, tendrás que esperar a que cacemos al *Oontia bagh*.

¿Hablaba en serio? También Lalita Kadori se había postulado como sospechosa la otra noche. En cualquier caso, su alteza tenía razón, y lo mejor era echarle un vistazo al Winchester, aunque sólo fuera para extraer alguna conclusión general.

—De acuerdo, cuando termine la cacería me llevaré el rifle para examinarlo —acepté.

—Llevo un par de Westley Richards de disparo rápido de reserva. Si prefieres disparar con un Westley antes que con un Winchester, cambia de arma.

—No os preocupéis, alteza, el Winchester está perfectamente.

—Recuerdo que tu padre siempre me decía que había que predicar con el ejemplo.

—Sí, ésa era una de sus frases favoritas.

Conforme los ahuyentadores fueron cerrando el cerco en torno al encame, el sonido que emitían se amplificó con gritos onomatopéyicos que pretendían llamar la atención del animal.

Durante los minutos siguientes, la confusión se adueñó de la situación, pues en las zonas donde la maleza estaba alta resultaba fácil confundir los movimientos de los ahuyentadores con los de la fiera. Sólo gracias a que desde la atalaya del castillete teníamos una vista panorámica, no comenzamos a disparar en más de una ocasión. Cuando ya pensábamos que el tigre había logrado romper el cerco, el elefante se frenó en seco y barritó como si hubiera detectado un peligro. Quince segundos más tarde el tigre cruzó raudo delante de nosotros, con el cuerpo pegado al del elefante, que volvió a agitarse.

—Es más listo de lo que pensaba —reconoció su alteza el marajá—. En vez de atacar a un ahuyentador, se ha dirigido directamente hacia nosotros, como si supiera que al hacerlo el elefante iba a moverse y, en consecuencia, no íbamos a poder dispararle.

Atribuirle semejante capacidad de discernimiento a aquella fiera formaba parte de la relación hiperbólica que todo cazador entabla con su presa, pues cuantas más cualidades tenga el enemigo mayor es el mérito de quien consigue neutralizarlas. Recordé entonces que Wilson siempre me decía que, de la misma manera que el tigre cazaba en solitario, al acecho, puesto que ésa era la única forma de tener éxito cuando se estaba en mitad de la espesura del bosque o de la sabana, el hombre tenía que seguir su ejemplo.

—¿Y ahora qué hacemos? —le pregunté.

—He dispuesto una segunda línea de ahuyentadores. No tiene escapatoria —me respondió su alteza real.

Un instante después oímos una carga corta y súbita abriéndose paso entre la maleza, y el grito de un hombre al que el tigre había derribado antes de fracturarle la médula espinal. Había perdido la máscara que le cubría la nuca y eso le había costado la vida. Mientras el *cornac* hacía girar al elefante en la dirección correcta, al tiempo que los ahuyentadores se reagrupaban, nos llegó otro chillido, esta vez procedente de un echador que había podido alcanzar un árbol y al que la fiera, de un soberbio salto, había desgarrado media pierna.

Por fin, los ahuyentadores que habían permanecido en la retaguardia, haciendo de nuevo uso de sus latas, palos y panderos, consiguieron cortar el camino de huida del animal, que tras varios intentos fallidos de alcanzar de nuevo la hendidura donde tenía su cubil, quedó definitivamente expuesto al fuego de nuestras armas.

—¡Dispara, Henry! —exclamó su alteza real.

Por un instante confundí su tono imperativo y enérgico con el rugido del tigre. No entendía aquella muestra de generosidad, salvo que Hiresh hubiera dejado de ser Hiresh.

Aunque, por otro lado, tal vez aquel aparente gesto de generosidad no fuera tal, sino una nueva demostración de la soberbia que presidía todos y cada uno de sus actos. El príncipe conocía a la perfección los problemas que yo padecía en la mano (siendo adolescentes habíamos jugado infinidad de veces al críquet y al polo), con lo que cabía suponer que esperaba que errara el tiro, lo que le brindaría la oportunidad de disparar a continuación. Así era Hiresh, tenía tanta confianza en sí mismo que no le importaba otorgarle cierta ventaja a su contrincante, siempre y cuando el resultado final le fuera favorable, claro está. En caso contrario, se inventaba un mohín y se limitaba a decir: «Me debes una.»

Amartillé el arma y apunté unos metros delante del animal, que había pegado el cuerpo al suelo, adoptando la posición con la que iniciar la carrera. Sin embargo, en vez de tomar nuestra dirección, tal y como hubiera sido lo lógico, la fiera giró sobre sí misma y corrió como una exhalación hasta un árbol próximo, al que no tardó en encaramarse. El movimiento fue tan inesperado que tanto su alteza como yo nos miramos desconcertados. Sin duda, nos encontrábamos ante un ejemplar único de tigre, capaz de comportarse como una pantera. Por regla general, a los tigres no les gustaba trepar a los árboles, aunque estaban perfectamente capacitados para hacerlo. Siempre solían dar la cara, así que lo normal era que hubiera tratado de sestear a ras de suelo hasta lograr alcanzar una espesura tras la que ocultarse.

Media docena de monos cayeron a tierra como frutos maduros al ser conscientes del peligro que conllevaba permanecer en aquel árbol. El salto, que había tenido lugar desde una altura que superaba los quince metros, dejó a los macacos aturdidos o en estado de shock, algo que en otras circunstancias hubiera sido aprovechado por la fiera para cobrarse una nueva presa.

Cuando por fin disparé, el depredador se aferraba al tronco del árbol como un bailarín experto en bailes de salón se agarra a su pareja, en un intento por alcanzar las ramas más altas. Fallé, más por la sorpresa que me había causado aquella escena que por mi mala puntería. Que yo supiera, era la primera vez que un tigre que estaba siendo acechado respondía trepando a un árbol, máxime cuando unos minutos antes no había dudado en atacar a dos ahuyentadores. ¿Acaso era un cobarde o, por el contrario, como había insinuado su alteza real, se trataba de un animal excepcional?

Diez segundos después de mi disparo, el marajá apretó dos veces seguidas el gatillo de su Westley Richards. Los dos proyectiles impactaron en el cuerpo de la fiera —uno en el cuello y otro en una paleta anterior—, que se desplomó sobre el suelo emitiendo unos terribles gruñidos.

Durante los dos minutos posteriores guardamos un espectral silencio, a la espera de que el cuerpo derribado diera señales de vida, tras los cuales la treintena de ahuyentadores que estaban más cerca de la fiera comenzaron a gritar y a simular los rugidos del animal:

—¡El *Oontia bagh* ha muerto! ¡Grrr...! ¡Grrr...! ¡El *Oontia bagh* ha muerto! ¡Viva su alteza real el marajá Hiresh!

—¡Por todos los dioses de la India, Henry, ahora es tu rostro el que tiene aspecto de fantasma! ¡Estás pálido, amigo mío! —exclamó ufano su alteza real.

McLeod llegó a mi casa con la frente empapada en sudor y una expresión de ansiedad en el rostro. Había cometido el error de salir a la calle justo cuando el sol acababa de ponerse, y en su camino se había encontrado con una nube de mosquitos que, nada más detectar su presencia, había caído sobre él para libar su sangre escocesa.

—El primer día que salí a pasear por las calles de Nueva Delhi, regresé al hotel con un principio de insolación y una deshidratación severa. Desde entonces, cuando tengo que dar dos o más pasos seguidos, espero hasta que el sol se ha ocultado —se dirigió a mí.

—Los mosquitos pueden ser mucho más dañinos que el sol —le advertí.

—Y que lo diga. Me he sentido como una botella de whisky un instante después de que un centenar de trabajadores entren en un pub tras una dura jornada de trabajo —dijo. Y tras comprobar que yo portaba un rifle en la mano, preguntó a continuación—: ¿Limpiando su rifle, superintendente?

—¡Oh, no es mi rifle! Se trata de un Winchester idéntico al que falta en el armero de Wilson. Le estoy echando un vistazo. El parecido con el «Henry II» es sorprendente.

—¿Dónde lo ha encontrado? —se interesó McLeod.

—Pertenece a su alteza real el marajá. Esta mañana hemos salido a cazar el tigre que devoró los cuerpos de Wilson y del señor Kashi. Cuando un tigre prueba la carne humana, ya no puede dejar de comerla, así que ayer por la tarde atacó a una campesina y a su hijo. Y durante la batida ha embestido a dos de los ahuyentadores. Uno ha muerto y el otro ha perdido parte de una pierna. Algunos de estos animales han llegado a asesinar a más de cuatrocientas personas, así que lo más conveniente es acabar con ellos cuanto antes.

—Comprendo. ¿Puedo hacerle una pregunta un tanto comprometida?

—Naturalmente.

—¿Qué ocurrirá si descubre que el Winchester que le ha entregado su alteza real y el rifle que falta del armero de Mr. Wilson son la misma arma?

—Que nuestra investigación concluirá en ese mismo instante. Pero no creo que eso ocurra. Si este Winchester fuera el de Wilson, no tendría sentido que su alteza me lo hubiera entregado en bandeja. Fue él quien me obligó a traerme la carabina para examinarla. Asegura que hay que predicar con el ejemplo, para que la población comprenda lo importante que resulta colaborar con la policía. Mañana llevaré el rifle a la comisaría y lo cotejaremos con los casquillos que aparecieron en la escena del crimen.

—¿Y la señorita Kadori? —pregunté a continuación.

—Actuaba esta tarde en no sé qué acuartelamiento, pero debe de estar a punto de llegar.

—¿Ha comprobado que no falta ninguna de las fotografías de Mr. Wilson? —me interrogó a continuación.

—Está todo en orden, McLeod. Tranquilícese. ¿Quiere que le sirva un jerez? ¿O tal vez prefiere un oporto? Tengo uno blanco bastante aceptable.

—El vino antes de cenar me provoca dolor de cabeza. Si no tiene inconveniente, tomaré un whisky.

—¿Solo, con soda, con hielo o con agua?

—Solo, por favor.

Le ordené al *boy* que preparara el whisky de McLeod y una copa de oporto para mí. Ambos bebimos en silencio, absortos en nuestros pensamientos, hasta que oímos el ronroneo de un motor acercándose al bungalow.

En cuanto Lalita Kadori apareció por la puerta y procedí a las presentaciones, me di cuenta de que aquella velada no iba a parecerse a la que habíamos compartido la otra noche. El carácter analítico del escocés chocó frontalmente con la personalidad ensoñadora de la bailarina, lo que evidenció, una vez más, cuán difícil resulta casi siempre la comunicación entre las personas. Sin duda, McLeod no fue admitido en el valle de las chimeneas mágicas, de la misma manera que Lalita Kadori jamás sería aceptada en el mundo ordenado y metódico del agente de seguros, donde la improvisación e incluso la inspiración no sumaban, sino que restaban.

A Lalita Kadori no le costó relacionar cada una de las fotografías que le mostramos con una serie de acontecimientos que tenían que ver con los protagonistas de las mismas, es decir, Wilson en compañía de un príncipe en casi todos los casos, pero la naturaleza de los sucesos que narraba era inocua para nuestra investigación, por lo que los comentarios acababan extinguiéndose por sí solos. La bailarina sacó a relucir los detalles más sórdidos de una clase ociosa en pleno proceso autodestructivo, un mundo en decadencia, vetusto, diríase depravado, donde la lujuria le había ganado el terreno a la dignidad. Desgraciadamente, como digo, estos comentarios espontáneos y a menudo triviales de puro enunciativos no servían para establecer vínculo alguno entre Wilson y los robos y asesinatos posteriores. Yo conocía ese mundo por haberlo vivido en primera persona, y sabía lo que significaba y representaba; en cambio, McLeod, para quien el universo era una extensión de las islas Hébridas, y no al contrario, se alteró sobremanera por lo que estaba oyendo. Admitía que un príncipe nativo, de conducta licenciosa y escasa moralidad, tejiera en sus dominios una telaraña con los hilos de la disipación y la degradación, pero en ningún caso podía consentirse que dicho príncipe gobernara semejante lugar bajo el paraguas protector del Imperio británico. En cuanto a Wilson, llegó a la conclusión de que representaba lo peor de la raza británica, si bien su comportamiento tenía una justificación:

los quince años que había pasado en la India eran un plazo de tiempo más que suficiente para que cualquier hombre soltero y aventurero como él perdiera la «perspectiva y el seso», según sus palabras. «Como señaló lord Curzon, la Gran Bretaña es, después de la providencia, la fuerza bienhechora más grande del mundo. O al menos debería serlo. Después de lo que he oído aquí esta noche, Mr. Wilson hizo méritos para acabar como acabó. También entiendo que quisiera ser incinerado: había dejado de ser uno de los nuestros», observó. Obviamente, el comentario que McLeod realizó sobre Wilson podía aplicárseme a mí, puesto que ambos formábamos el anverso y el reverso de la misma moneda.

—Tal vez si fueran más explícitos podría servirles de ayuda —observó la bailarina, quien, al parecer, no alcanzaba a comprender el objeto de nuestro interés por aquellas fotografías ni tampoco que el escocés se hubiera escandalizado con sus palabras.

—Cada uno de los príncipes que aparecen en las fotografías ha sido objeto de un robo, y los ladrones asesinados. Las joyas, como podrá imaginar, no han vuelto a aparecer. Creo que ya conoce las circunstancias que rodearon la muerte de Mr. Wilson —expuso McLeod.

—¿Acaso creen que Lewis pudo tener algo que ver con esos robos? —preguntó la bailarina con una mirada que yo calificaría de dolorida.

—Es lo que tratamos de averiguar —intervine.

—Yo estoy casi seguro —me corrigió McLeod—. Wilson visitó los escenarios donde luego tuvieron lugar los robos y entabló relaciones de «amistad» con las víctimas, usted misma acaba de corroborarlo, y la experiencia me dice que las casualidades no existen en esta clase de casos.

—También existen fotos de Lewis en otros principados,

en compañía de sus respectivos príncipes, donde no se han cometido robos. Lewis ha cazado en todos los rincones de la India, de norte a sur, de este a oeste.

—En efecto, así es. Pero no podemos descartar que no se vayan a cometer más robos en un futuro próximo, por lo que esas fotos no exculpan a Mr. Wilson.

Imaginé que, en cuanto McLeod regresara a la comisaría, pegaría aquellas fotografías en un cuarto encerado.

—Francamente, que yo sepa, como acabo de contarles, en esas reuniones se cazaba, se comía, se bebía y se fornicaba, por este orden —insistió la bailarina.

El hecho de que las fotografías no nos permitieran avanzar en la investigación no me decepcionó tanto como el repentino cambio del punto de vista de McLeod, quien después de escuchar el relato de Lalita Kadori había perdido el pulso que mantenía con sus prejuicios. Algo que la experiencia me había enseñado que equivalía a tomar la tortuosa senda de la arbitrariedad. No era una cuestión de capacidad o de preparación, de las que McLeod andaba sobrado, sino de amplitud de miras. Si hasta ahora, al menos desde mi punto de vista, el escocés había enfocado la investigación con notable acierto, la visión que acababa de tener de la India —cual revelación mística— había cegado sus ojos y su razón. A partir de ahora lo miraría todo con desprecio, a los nativos y, lo que era aún peor, a sí mismo. Sentiría la culpa de quienes llegaban de las islas vestidos con la armadura que había empleado san Jorge para derrotar al dragón y a las primeras de cambio chocaban contra el muro de la permisividad. De modo que no sólo Wilson había tenido la clase de muerte que merecía, también aquellos príncipes habían recibido su castigo. Desde luego era imposible que McLeod se identificara con los asesinos, así que lo que había hecho era rebajar a las víctimas al nivel de éstos. Otro tanto ocurría con la impresión que había sacado de Lalita Kadori. El hecho de que la bailarina mantuviera actitudes progresistas no hizo sino aumentar la desconfianza que el escocés sentía hacia las mujeres nativas. Claro que, después de lo que había oído de los príncipes indios, no era de extrañar que sus mujeres no les fueran a la zaga. Así pues, lo que McLeod había escrito en aquellos encerados formaba parte de un mundo predeterminado que había viajado con él desde Gran Bretaña. Una clase de universo donde, como ya he dicho, no tenía cabida la improvisación. Y si había algo que resultaba imprescindible en la India era tener capacidad de improvisación, reflejos para esquivar los obstáculos.

Después de que McLeod se hubo marchado, Lalita Kadori y yo dimos cuenta de una botella de clarete. Al cabo, cuando los efluvios del alcohol se apoderaron de nuestras conciencias, nos ovillamos en el sofá como adolescentes que dan rienda suelta a una incipiente y mal controlada pasión, pero sin perder de vista la puerta con el rabillo del ojo, por temor a que pudiera aparecer un adulto que diera al traste con todo. En un principio, había cierta torpeza en cada caricia, en cada acercamiento, pero el enardecimiento acabó imponiéndose al miedo y la inseguridad inicial. Luego, esa misma pasión nos arrastró hasta mi cama, donde la molicie del colchón se transformó en el territorio de una cacería. No tardé en convertirme en el ahuyentador abatido por la fiera, una tigresa hambrienta de carne cruda que, miembro a miembro, fue desgarrando mi cuerpo, devorándolo. De vez en cuando, lograba librarme de sus fauces o de sus zarpas, pero antes de que pudiera siquiera recuperar el aliento, me veía de nuevo envuelto en aquella vorágine. Curiosamente, sus movimientos y posturas se sucedían a un ritmo tan pausado como categórico, y en su mirada no había ni concupiscencia, ni lujuria ni deseo, sino la concentración de quien está llevando a cabo una acción que, de tantas veces repetida, ha convertido en rutina.

—¿Estoy despierto? —conseguí preguntarle en un receso.

—Mucho más que cuando sueña —me respondió.

—Me invade una extraña sensación de libertad y de plenitud al mismo tiempo, como si los cabos que me unían a este mundo se hubieran soltado de sus amarres y ahora navegara por un vasto océano a merced de la corriente, sin rumbo ni nada parecido —reconocí.

—Eso es porque ahora mismo estás viajando conmigo por el valle de las chimeneas mágicas —me indicó—. Aprendí el camino siendo una niña, pero pocas, poquísimas veces, lo he recorrido en compañía de un hombre.

—Me halaga que me haya escogido.

—No he sido yo, sino el destino.

—El presente. El momento presente.

—En efecto, el momento presente.

—¿Y qué pasará en el futuro? Podríamos...

—Ya le he dicho, Henry, que no creo en el futuro. Dejemos que el presente siga su curso. El próximo beso, el próximo abrazo, nos aferraremos al presente...

Pensé que, si Lalita Kadori no creía en el futuro, no podría arrancarle una promesa; ¿cuál?, cualquiera que pudiera cumplir y la uniera a mí, y sin una promesa tampoco habría espacio para la esperanza. Todo a lo que podía aspirar era a poseerla en ese momento. Pero ¿acaso no era eso suficiente?

—Sí, un beso y un abrazo más no estarían mal —balbucí, un instante antes de que la fiera volviera a abalanzarse sobre mi cuerpo moribundo.

Después del segundo orgasmo, la excitación inicial dio paso a un estado de bienestar primero y de laxitud más tarde que acabó por paralizarme del todo. Tenía la sensación de que un abismo se abría debajo de mis pies y que mi cuerpo había empezado a flotar.

Me dormí escuchando cómo reverberaba el aire en la noche tropical, y saboreando las partículas del sudor fresco de Lalita Kadori que habían quedado adheridas a mis labios.

11

Me despertó la voz de mi *boy* anunciándome la visita del coronel Hitch. Primero miré el lado vacío de la cama que había ocupado Lalita Kadori durante la noche, que aún destilaba su perfume, y después busqué mi reloj de pulsera: eran las siete menos cuarto de la mañana. Hacía más de quince años que no me levantaba tan tarde. Al reincorporarme, la habitación comenzó a darme vueltas, algo que ni siquiera me había ocurrido cuando abusaba de la bebida. Tuve que recurrir a la ayuda de mi *boy* para ponerme en pie.

A pesar de la temprana hora, el odio había aflorado en el rostro de Hitch como el aceite se decanta cuando se mezcla con agua. Yo sabía que se trataba de un proceso que no tenía vuelta atrás. Definitivamente, la India había comenzado a resbalarle como lo hacía el sudor por todos y cada uno de los poros de su piel, algo que le hacía sentir incómodo.

—¿Qué quiere a esta hora, coronel? ¿Más problemas con los elefantes?

Me alarmó la expresión pétrea del militar, en cuyo rostro rebotaron mis palabras.

—Su alteza real el marajá Hiresh Singh ha sido asesinado esta madrugada en uno de los bungalows de su residencia —se dirigió a mí.

La sensación de pesadez bajó de mi cabeza a mis tripas, que se retorcieron. Estuve a punto de perder el equilibrio.

—Tardo un segundo en vestirme —dije.

—Estoy aquí en mi condición de máxima autoridad militar del acantonamiento de Jay Town —dijo, ahora con una solemnidad que no alcanzaba a comprender.

—¿Qué quiere decir?

—¿Podría mostrarme su arma reglamentaria, superintendente Masters? —me preguntó de sopetón.

—¿Mi arma reglamentaria? Un momento... Ahora mismo se la enseño...

Busqué a mi *boy* con la mirada y le pregunté:

—¿Dónde está la señorita Kadori?

—Se fue a eso de las cuatro de la madrugada, *sahib* —me respondió—. Me dijo que no lo despertara bajo ningún concepto, que hoy usted dormiría hasta más tarde.

—Aguarde un minuto, coronel. Voy a buscar mi pistola.

—Le ruego que no dé un paso, superintendente —me advirtió Hitch.

Empezaba a perder la paciencia y, para colmo, me sentía como un púgil que acabase de recobrar el conocimiento tras haber caído inconsciente sobre la lona.

—¿Puede decirme a qué viene todo esto? —le pregunté sin ocultar mi mal humor.

—Me temo, superintendente Masters, que no encontrará su arma reglamentaria, ya que ha sido empleada para asesinar a su alteza real y abandonada en la escena del crimen.

—¡Lalita Kadori! ¡Ha sido ella! ¡Búsquenla! —exclamé.

Pero mis palabras volvieron a chocar contra el cuerpo de Hitch.

—Su alteza real dijo a sus guardaespaldas que iba a tomar con usted el primer desayuno de la mañana en uno de los bungalows de su residencia. Luego fue asesinado, y junto a su cuerpo hemos encontrado un arma reglamentaria de la policía de Jay Town.

—Hitch, míreme, acabo de salir de la cama. Mi *boy* se lo confirmará —traté de hacerle entrar en razón.

—Sé que es usted un caballero y que, por lo tanto, no pondrá obstáculos si ordeno a mis hombres que registren su casa —se desmarcó.

En ese instante observé que, en efecto, Hitch se había hecho acompañar por cuatro miembros de la policía militar, que aguardaban instrucciones en la veranda.

—¿Registrar mi casa? Le aseguro que puedo darle una explicación convincente de lo que ha sucedido. Alguien me ha tendido una trampa. Una mujer, una bailarina llamada Lalita Kadori, pasó aquí la noche. Debió de echarme algún somnífero en la bebida...

Los cuatro policías entraron en el bungalow a la orden de Hitch. En ese instante fui consciente de que un futuro nada halagüeño me esperaba a la vuelta de la esquina. En realidad, debería decir que el futuro me aguardaba en el cuarto de invitados, el mismo que había ocupado Lalita Kadori, pues uno de los hombres de Hitch encontró allí las joyas de su alteza real el marajá Hiresh Singh.

—Me temo que va a necesitar un abogado, superintendente Masters —se dirigió a mí el coronel Hitch con aire malhumorado y el rostro embotado, como si guardara en su interior una retahíla de palabras altisonantes.

—¡Por Dios, coronel, busquen a Lalita Kadori! ¡Vino para bailar en el *durbar* de su alteza real! —exclamé—. Luego fue contratada por nuestro ejército para entretener a las tropas. Era amiga de Lewis Wilson, cuyo cadáver apareció en compañía del hombre que robó las joyas de su alteza el marajá. Estaba hospedada en casa de Wilson, pero me dijo que se sentía incómoda sabiendo lo que había ocurrido, así que le ofrecí mi casa mientras duraran sus actuaciones.

—Me temo, superintendente Masters, que *nuestro* ejército no ha contratado a ninguna bailarina.

La noticia me causó tanta impresión como si Hitch me acabara de decir que Londres no existía.

—¡Maldita sea! —volví a exclamar.

Nada más pronunciar mi queja, me di cuenta de que la traición de Lalita Kadori me dolía más que la imputación de haber asesinado a su alteza el marajá. Era el amor lo que me lastimaba, y no las consecuencias del crimen que se me atribuía. Mi ingenuidad me había llevado a creer, a soñar, que era posible una relación con la bailarina, que hacer el amor había establecido entre ambos un vínculo duradero. Cada uno viviría en un bungalow para guardar las apariencias, y aprovecharíamos las noches para viajar de la mano hasta el valle de las chimeneas mágicas.

Cuando empecé a ser consciente de la situación, y a tenor de la actitud que el coronel Hitch mantenía para conmigo, pensé en McLeod. Tal vez él podría echarme una mano para encontrar a Lalita Kadori. Había aparecido el primer juego de joyas, y eso debería servirle de aliciente. Además, estaba seguro de que McLeod había abandonado mi casa la noche anterior compadeciéndome por haber vivido toda la vida en un mundo «primitivo», casi «rupestre», a los ojos de cualquier británico. Estaba convencido de que la nefasta impresión que había sacado de la sociedad india podía convertirlo en un aliado, pues atribuiría mi situación a la moral disoluta que imperaba en el país.

—Ayer le entregué un cheque por valor de tres mil quinientas libras a esa mujer. ¿Sería tan amable de mandar a uno de sus hombres al banco? Tal vez intente hacer efectivo el talón —le pedí a Hitch.

—¿Acaso cree que voy a caer en una de sus añagazas? —se desmarcó el militar—. Nadie va a salir de esta casa hasta que la registre a fondo. ¿Entendido?

Aún cegado por el brillo de las alhajas fui conducido hasta el salón-comedor del bungalow, donde habría de aguardar en compañía de Hitch mientras sus hombres completaban el registro. Fue una espera tensa, en la que tuve que soportar que Hitch me escrutara como si tratara de dilucidar qué trato dispensarme. Por un momento, temí que el resto de las joyas pudieran encontrarse entre mis pertenencias, sin embargo, lo que apareció me dejó aún más perplejo que si lo hallado hubiera sido el diamante más grande del mundo. Al parecer, en el primer cajón de mi mesilla de noche había una copia de la fotografía que nos habían tomado a Lalita Kadori y a mí justo antes de la celebración del *durbar*. En el anverso figuraba la siguiente dedicatoria: «Para Henry, de *su* Lalita. Por un futuro afortunado.» No pude evitar que el rictus que mantenía mis labios en tensión se transformara en una sonrisa cargada de ironía.

—¡Maldita sea, Masters, tenga al menos la decencia de no reírse! —me espetó Hitch.

—¿Cree en el futuro, coronel Hitch? Me río porque la mujer que escribió esto no dejaba de hablar del presente.

El militar ni siquiera tuvo tiempo de responderme, puesto que acto seguido un tercer hombre dijo haber encontrado varios mazos de cartas; unas estaban escritas por la familia de mi madre y ella era la destinataria; las otras, en cambio, estaban firmadas por Lalita Kadori. Reconocí la veintena de cartas que yo mismo había recogido del cuarto de invitados del bungalow de Wilson, donde la bailarina me dijo que las había olvidado.

Un minuto más tarde Hitch se puso a leer una de aquellas cartas en voz alta:

Habla con su alteza y trata de convencerlo como sea. Hazle comprender que las joyas son poca cosa a cambio de haber abusado de mí. La compañía de seguros le resarcirá el valor íntegro de las mismas, por lo que no tiene que preocuparse de nada. Cuando reciba el dinero de la Lloyd's, él nos lo entregará y nosotros le devolveremos las joyas. Hasta entonces, resulta imprescindible que no nos vean juntos. Creo que tu casa es el mejor lugar para esconder las joyas, puesto que eres el jefe de la policía de Jay Town...

En esta ocasión solté una carcajada.

—Masters, no he conocido a nadie tan despreciable como usted. Gracias a Dios, es usted medio indio. Le aseguro que si fuera un británico de verdad, de los pies a la cabeza, le descerrajaría un tiro aquí mismo —me recriminó Hitch.

—Me río, coronel, porque esos sobres tienen mis huellas dactilares por todas partes; en cambio, no encontrarán una sola huella mía en el papel de las cartas. Toqué los sobres en casa de Wilson, pero jamás he leído lo que contenían. Supongo que la persona que me tendió la trampa contaba con eso.

—Creo que no es usted consciente de la gravedad de su situación, ni tampoco de las consecuencias que sus actos pueden acarrear en las futuras relaciones indobritánicas. Los marajás son nuestros mejores aliados en la India, y usted acaba de asesinar a uno de ellos.

—De nuevo sale a relucir el futuro. Pues bien, ya que estamos tan interesados en el futuro, practiquemos la futurología. ¿Se apuesta una libra conmigo a que el Winchester que tengo en la casa es el rifle que desapareció del armero de Lewis Wilson?

—¿Quién es ese Lewis Wilson del que habla tanto y qué tiene que ver en este asunto? —preguntó Hitch.

—Wilson era el cazador que apareció muerto en la selva. Fue ejecutado primero y luego devorado por un tigre. Iba acompañado por el criado del marajá, quien era el principal sospechoso del robo de las joyas —se pronunció uno de los policías militares.

—Lewis Wilson era otro caso sin resolver, hasta ahora —intervine.

—¿Se está autoinculpando de su muerte? —volvió a preguntarme el coronel.

—Yo no me estoy autoinculpando de nada, pero las pruebas, aunque estén manipuladas y hayan sido colocadas cada una en su sitio para que encajen, suelen ser tozudas.

—¿Dónde tiene guardado ese rifle? —me preguntó a continuación.

—La pregunta no es ésa, sino por qué su alteza real el marajá me lo entregó ayer mismo durante el transcurso de una cacería —reflexioné en voz alta—. ¡He sido tan estúpido! Pero supongo que ya nada de eso importa.

—He recibido la orden de hacerme cargo de la situación hasta que Nueva Delhi decida sobre qué hacer en Jay. Hasta que eso ocurra, permanecerá en una celda de su comisaría bajo vigilancia militar —concluyó el coronel.

Ni siquiera me tomé la molestia de seguir discutiendo, pues mi cabeza trataba de desentrañar el fin último de aquel complot. Por ejemplo, ¿qué sentido tenía que las joyas del marajá aparecieran en mi poder? Eso suponía que los conspiradores no las recuperarían jamás. ¿Por qué sacrificarlas? Si lo que pretendían era involucrarme, les hubiera bastado con el arma o con las cartas de Lalita Kadori. De entre todos los lotes de joyas robadas, según la estimación que McLeod había escrito en una de sus pizarras, el perteneciente al marajá Hiresh Singh era el más valioso. Por no mencionar el hecho de que hubiera sido su alteza real quien me entregara el Winchester. ¿Suponía eso que él también había caído en una trampa? En ese caso, cabía suponer que Wilson había sido la primera víctima de aquella trama.

Camino de la comisaría me sentí profundamente cansado y confuso, y en aquel estado de desconcierto, mezclado con la laxitud que me había provocado el narcótico o lo que fuera que Lalita Kadori me había suministrado, recordé la frase que mi padre pronunciaba cada vez que perdía una partida de ajedrez en el club: «A veces hay que aprender a resignarse.»

En otras circunstancias, acabar en un calabozo de la comisaría que dirigía hubiera resultado sin duda la mayor humillación de mi vida, sin embargo, lo encajé mucho mejor de lo que hubiera imaginado. Una vez que superé el desconcierto inicial, comencé a establecer asociaciones inesperadas que arrojaran luz sobre lo sucedido. Para empezar, verme rodeado de pronto por aquellos a los que había detenido en tantas ocasiones fue como tener una revelación. Si pensaba en los líderes nacionalistas de Jay Town como en los responsables de aquella maquinación, las piezas empezaban a encajar. Al menos, eso creía. De modo que convertí la búsqueda de un abogado que pudiera defenderme en mi máxima preocupación. En un primer momento, pensé en McLeod para que llevara a cabo las gestiones, pero al recordar el extracto de la carta que Hitch había leído en mi bungalow, comprendí que su compasión hacia mi persona se tornaría en desprecio en cuanto tuviera conocimiento del contenido de las misivas. En ese caso suponía que cambiaría de discurso, que diría de mí que estaba «contaminado», pues no en vano yo era el mejor amigo de Wilson, quien había sido incinerado por mi propia mano, y que, en consecuencia, después de conocer a Lalita Kadori, había empezado a no fiarse de mí.

—*Yai Jind*, hermano —dijo la voz de Basak desde el interior de su celda—. ¿A qué movimiento perteneces? ¿Partido del Congreso? ¿Bloque de Avanzada? ¿Liga Musulmana?

No abrí la boca, aunque era consciente de que tendría que hacerlo más tarde o más temprano.

—¿Cómo te llamas y por qué te han detenido, compañero? ¿Es verdad que el superintendente ha asesinado al marajá Singh? Se rumorea que la situación se ha vuelto crítica en todo el reino —añadió Basak.

Tragué saliva, esperando el momento oportuno para hablar.

—Tal vez haya sido torturado por los británicos —intervino el señor Bhiku, cuya celda se encontraba al final del corredor.

—Soy yo, Masters —me identifiqué al fin—. En lo que a ustedes concierne, sigo siendo el jefe de policía de Jay Town, así que ándense con mucho ojo antes de decir algo de lo que luego puedan arrepentirse. He sido víctima de una trampa, y espero poder aclararlo todo en su debido momento.

—De modo que son ciertos los rumores que corren por ahí, superintendente —dijo ahora el sastre.

—Es cierto que su alteza real ha sido asesinado a primera hora de la mañana, pero es falso que haya sido yo el asesino —aclaré.

—Pese a que no puedo aplaudir su crimen, superintendente, he de reconocer que su acción abre un escenario inédito en las relaciones indobritánicas —se pronunció Basak con una voz impostada que no supe cómo interpretar—. Hasta ahora, los marajás sobrevivían gracias al corporativismo y la endogamia, y también al apoyo que siempre han encontrado en ustedes. Me pregunto qué pensarán cuando sepan que un británico ha asesinado a uno de ellos.

—Tal vez piensen que los británicos han decidido abandonarlos, y que, en consecuencia, ha llegado el momento de cambiar de aliados. Ahora no les quedará más remedio que arrojarse en nuestros brazos —completó el señor Bhiku el razonamiento.

—A veces el mal puede obrar el bien —intervino un tercer hombre, al que no reconocí por su voz.

—Sin duda, se trata de un infortunio afortunado —expresó Basak.

Cualquiera podía darse cuenta de que el calabozo había fortalecido la identidad de grupo de aquellos hombres.

—¿De verdad creen que los marajás van a renunciar a sus privilegios, a despojarse de sus joyas y trajes de seda para adoptar el taparrabos de Gandhi? Primero demostraré mi inocencia y, luego, que son ustedes quienes están detrás de todo este desagradable asunto. Si fuera cosa de vulgares ladrones, jamás habrían sacrificado el juego de joyas más valioso de todos, tampoco habrían asesinado a su alteza el marajá y, desde luego, no me habrían involucrado en sus crímenes. Eso me lleva a pensar que se trata de una operación política que pretende desestabilizar las buenas relaciones que los británicos mantenemos con los príncipes —argüí.

—¿Operación política? Se rumorea que usted y la bailarina eran socios, pero que le perdieron los celos cuando su alteza el marajá tuvo un *affaire* amoroso con la señorita Kadori después del *durbar* —se descolgó el sastre.

Resultaba tanto o más sorprendente el argumento del señor Bhiku como el hecho de que aquella noticia hubiera llegado hasta los calabozos en tan sólo dos o tres horas.

—Sí, y por ese mismo motivo también asesiné a Mr. Wilson, que era mi mejor amigo.

—Desde fuera cualquiera diría que formaban un trío, una sociedad, la bailarina, el cazador y el policía. Wilson y la bailarina señalaban a las víctimas y usted se encargaba de llevar a cabo los robos. Pero los celos se apoderaron de usted, el amor cegó su mente y decidió acabar con las personas que se interponían entre usted y la bailarina, es decir, Wilson y el marajá —elucubró el tercer hombre.

—*La bailarina, el cazador y el policía,* es un buen título para una novela. Me temo, superintendente Masters, que su caso tiene todos los ingredientes para llenar los libelos de la Gran Bretaña y de la India —apuntó Bhiku.

A estas alturas, era indudable que había cierta altanería y superioridad en los comentarios de aquellos hombres, lo que aumentaba mis sospechas hacia ellos. Era como si estuvieran recitando de memoria.

—Hay un detalle que pasan por alto: la primera vez que vi a la señorita Kadori fue la tarde previa al *durbar* de su alteza —les hice ver.

—También se rumorea que hay unas cartas comprometedoras —insistió el sastre.

—No hace ni dos horas que esas cartas fueron descubiertas, de manera que es imposible que las noticias de su aparición hayan llegado a estos calabozos antes que yo, entre otras razones porque las cinco personas que han intervenido en el registro de mi bungalow eran militares británicos. ¿Qué tienen que decir a eso?

—Que va a necesitar un buen abogado si su defensa se basa en echarnos la culpa a nosotros —sugirió Basak.

—«Señor juez, dispararon a su alteza real con mi arma reglamentaria después de que éste le dijo a su guardia pretoriana que iba a encontrarse conmigo, aparecieron las joyas robadas en mi domicilio, así como el rifle que el asesino empleó para ejecutar a Mr. Wilson y a un sirviente del marajá, hallaron en mi poder unas cartas donde hablaba del robo y de mi relación amorosa con una bailarina y del chantaje al que estaba sometiendo al marajá, ¡pero los culpables fueron los nacionalistas!» ¿De verdad piensa que alguien va a creerle? —dijo el señor Bhiku.

—Ningún tribunal creerá que estaba sobornando a su alteza por haber abusado sexualmente de una joven que, entre otras profesiones, había practicado la prostitución —argumenté en mi defensa—. Todo el mundo sabe que los marajás gozan de impunidad jurídica.

—Así es, por eso actuó como un... ¿Robin Hood? Tal vez el ejemplo no sea el más acertado, pero creo que usted entiende perfectamente lo que quiero decir —me replicó el sastre.

—Si yo fuera usted, superintendente Masters, no lo dudaría: contrataría a Sabal Mendes —volvió a hablar el tercer hombre—. Es el mejor abogado de Jay Town, y el único que ha conseguido sentencias de absolución de nativos en tribunales presididos por británicos.

—Olvidan que sigo siendo británico.

—¿Hasta cuándo? También es medio indio —observó Basak.

De pronto comprendí que ese detalle podía desempeñar un papel en mi contra. Cuando un británico duda de la honradez de un compatriota, lo primero que hace es escudriñar su pasado con el propósito de hallar en él el motivo que explique su comportamiento. El hecho de que yo hubiera nacido en la India y no conociera Inglaterra se me antojaba un argumento más que sólido sobre el que los demás justificarían mi supuesta conducta delictiva. Partiendo del lugar donde había crecido, la corte de un príncipe nativo, todo lo demás era plausible, incluido el crimen. El simple hecho de haberme criado entre nativos me convertía en sospechoso de seguir las pautas morales de éstos. Es decir, carecía de la aureola moral que distinguía a los británicos por el hecho de serlo, de ahí que me hubiera dejado corromper. En cierta forma, eso significaba que el sistema social británico rechazaba casos como el mío por no haberme educado en su seno. El señor Basak lo había dicho la noche del *durbar*, yo era un hombre «limbo» y como tal no pertenecía a ninguno de los mundos que, por nacimiento y ascendientes, me correspondían. Lo que me convertía en una víctima propiciatoria tanto para los británicos como para los indios.

Acto seguido, me puse a sopesar qué clase de abogado me convenía. Desde luego, podía contratar los servicios de un bufete de Calcuta o de Nueva Delhi, pero dada la repercusión que mi caso iba a tener, era dudoso que me aceptaran como cliente. Digamos que los delitos que se me atribuían suponían en última instancia un caso de traición al Reino Unido, pues mis actos habían quebrado la confianza que los príncipes nativos habían depositado en los británicos. Algo que favorecía claramente las reivindicaciones nacionalistas. Además, a tenor del estado de guerra y de la calidad de la víctima, preveía un juicio inmediato para acallar cuanto antes el escándalo, con lo que iba a necesitar un abogado que conociera la idiosincrasia de un reino como Jay y los pormenores de la situación política. Estaba claro que ese hombre no podía ser otro que Sabal Mendes, quien a su vez era el abogado de los líderes del Partido del Congreso de Jay Town, a quienes yo atribuía estar detrás de aquel complot. Partiendo de la base de que el mío era un caso perdido, salvo que Lalita Kadori fuera encontrada y obligada a decir la verdad, contar con Mendes como abogado podría darme cierta ventaja. Al menos, dispondría del mismo abogado defensor que mis enemigos, de modo que si jugaba bien mis cartas tal vez pudiera salvar los restos del naufragio. Era cuestión de madurar un plan durante la noche. Por ejemplo, ¿qué pasaría si me declaraba culpable y acusaba a los marajás implicados en el caso de ser mis socios? Sería lo mismo que darle la vuelta al calcetín, como suele decirse, algo que podía poner en evidencia a quienes habían organizado aquella trama y me habían elegido a mí como chivo expiatorio.

Cuando la luz del calabozo se apagó, experimenté la sensación de haberme convertido en un personaje de novela, uno de esos héroes que son atropellados por su propia vida, al estilo de Edmundo Dantés, conde de Montecristo. La pregunta era si el destino iba a brindarme la ocasión de vengarme de aquellos hombres.

12

Gracias al sargento Sahasya desayuné con la noticia de mi crimen en todos los periódicos nacionales. El *Times of India*, por ejemplo, aseguraba que habían encontrado pruebas irrefutables de mis vínculos con John Amery, hijo de Leopold Stennett Amery, secretario para la India con Churchill, quien, tras traicionar a Gran Bretaña, había impulsado la creación de la Legión Británica, que formaba parte de las Waffen-SS, y cuyos miembros eran simpatizantes de la Unión Británica de Fascistas fundada por sir Oswald Mosley. Al parecer, el vínculo que me unía con este grupo de filonazis británicos era un ejemplar del libro de Amery titulado *L'Angleterre et l'Europe*, publicado en Francia en 1943, que había sido encontrado en mi casa. Desde luego, yo había oído hablar tanto de Amery como de Mosley, pero jamás me habían interesado sus ideas, menos aún sus escritos, con lo que, al igual que las joyas, las cartas y las fotografías, alguien, probablemente Lalita Kadori, había depositado aquel libro en una de mis baldas. Si hasta ahora la sofisticación de la trampa que me habían tendido me llenaba de asombro, entre otras reacciones, el hecho de que se me vinculara con una organización de traidores que luchaban a favor de las potencias del Eje me causó una profunda preocupación. Desde luego se trataba de un infundio, uno más, pero de consecuencias imprevisibles. Que se me acusara de haber cometido un crimen pasional era una cosa, y otra muy distinta que la acusación estuviera adornada con un delito de traición. Teniendo en cuenta que nos encontrábamos en guerra contra las potencias del Eje, que se me acusara de ser simpatizante de los nazis podía conducirme a la horca. ¿Era eso lo que buscaban mis enemigos?

Pero las cosas aún empeoraron un poco más.

A media mañana regresó el sargento Sahasya con dos malas noticias. La primera, que, como había sospechado, la munición del calibre 44/40 encontrada en la selva se correspondía con el Winchester que me había entregado su alteza real el marajá para que lo sometiera a las pruebas pertinentes, algo que, como ya he señalado, no pude hacer. La segunda, que Lalita Kadori había hecho efectivo el cheque de tres mil quinientas libras que yo le había entregado la noche anterior. Ahora la fiscalía contaría con una prueba más, puesto que en el talón figuraba el nombre de la bailarina (mi supuesta cómplice) escrito de mi puño y letra. Sin tiempo para que el notario diera fe de la transacción económica que habíamos pactado, la suma retirada podía interpretarse como los fondos que yo le había proporcionado para que se mantuviera oculta hasta que pudiéramos reunirnos de nuevo.

Me pregunté dónde estaría el final de la pendiente por la que estaba rodando.

Pese a que seguía teniendo dudas sobre la clase de abogado que me convenía, al final le pedí al sargento que buscara a Sabal Mendes.

Cuando una hora y media más tarde el soldado encargado de custodiar la entrada a los calabozos me dijo que

Harold McLeod quería verme, me sentí en un primer momento como una fiera enjaulada, pero al cabo comprendí que su ayuda podía serme muy valiosa, siempre y cuando supiera llevarlo a mi terreno. Llevaba un rato tratando de encajar las piezas de aquel rompecabezas, y ahora estaba convencido de que, como suele decirse, la mejor defensa es un buen ataque, es decir, pensaba hacer lo contrario de lo que mis enemigos esperaban que hiciera: amenazaría a los nacionalistas con autoinculparme y ampliar mi declaración implicando a cuantas personas fuera necesario. Actuando de esa forma, la estrategia de quienes me habían tendido aquella trampa quedaría desmontada.

Como no quería que mis compañeros de calabozo escucharan nuestra conversación, solicité que la visita tuviera lugar en la celda de aislamiento, situada una planta más abajo, a la que se accedía a través de un estrecho corredor iluminado por claraboyas que filtraban la luz del piso superior. Luego McLeod se internó por el oscuro pasillo con el sigilo propio de quien teme a la fiera y ni siquiera confía en que los barrotes de hierro sean lo suficientemente recios para protegerle de un posible ataque.

—Estoy esperando la visita de mi abogado, así que tiene cinco minutos —le dije.

Traté de escrutar su rostro, pero se había situado un paso por detrás de la línea de sombras.

—¿Por qué lo hizo? He de reconocer que la muchacha es hermosa, pero usted es un británico... —me espetó.

Su voz sonó como la de uno de esos actores que interpretan radionovelas, declamando cada palabra y poniendo énfasis allí donde era necesario, como si la verdad fuera una mera cuestión de dicción.

—Ahórrese el melodrama, McLeod. Si ha venido a comprobar que me he convertido en un monstruo, ya ve que sigo siendo el mismo de siempre. No me han salido pelos en la frente ni echo espuma por la boca.

—He venido a proponerle un trato —se desmarcó, al tiempo que daba un paso al frente. La luz puso de manifiesto un rostro demacrado en exceso, como si llevara varios días sin dormir, tal vez delante de uno de sus encerados.

—¿Un trato? ¿Qué clase de trato? —me interesé.

—Estoy dispuesto a testificar a su favor si me dice dónde están las joyas que faltan.

—¿Y qué estaría dispuesto a declarar en mi favor? —pregunté sorprendido.

—La verdad. Que es usted una víctima de este mundo... depravado.

El agente de seguros extendió las palmas de las manos, como si el mundo al que se refería cupiera en aquella habitación.

—McLeod, creo que ha equivocado su vocación. Debería ser pastor de almas y no agente de seguros —le espeté.

—Mi padre fue pastor de almas, como usted lo llama —me replicó.

—¿De verdad cree que declarar que soy víctima de un mundo depravado puede ayudarme?

—Al menos le servirá de atenuante. Por supuesto, también diré que me ha ayudado a recuperar las joyas robadas, que hay en usted... arrepentimiento.

—¿Y qué me dice de los crímenes? Me achacan ser el asesino de su alteza el marajá, de Lewis Wilson y del señor Kashi. Al menos eso dicen los periódicos. ¿Cómo puede sentir arrepentimiento alguien que, supuestamente, ha asesinado a tres personas? Si reconociera saber dónde están las joyas que faltan sería lo mismo que admitir que también estoy implicado en los crímenes de los cuatro criados que están aún por resolver. ¿Cuántos crímenes suman en total? ¡Oh, sí, siete!

—Si la Lloyd's recupera las joyas, estoy dispuesto a echarle una mano también en ese asunto —dijo ahora como si estuviera inmerso en una negociación. Parecía uno de esos vendedores de baratijas que abundaban en el bazar y que siempre estaban dispuestos a rebajar el valor de sus mercancías.

—¿Mentiría por mí, McLeod? Me sorprende. ¿O quizá no debería sorprenderme? Supongo que si logra recuperar todas esas joyas será ascendido dentro de su compañía, ¿no es así?

—He leído todo lo que publican los diarios. Diré que, en el transcurso de mis investigaciones, interrogué a la señorita Kadori, quien veladamente reconoció que detrás de la muerte de esos criados estaba Lewis Wilson. Mr. Wilson era un experto cazador, todo el mundo lo creerá...

—Olvida un detalle, McLeod: soy inocente y, en consecuencia, no sé nada de las joyas que faltan. Aunque he de reconocer que tiene razón en una cosa: soy víctima de un mundo que busca librarse de nosotros, los británicos, cuanto antes. Los indios llevan lustros siguiendo las directrices de Gandhi, practicando eso que llaman *Satyagraha*, la resistencia pasiva, pero ahora han cambiado de estrategia, se han vuelto más astutos y persiguen que nos enfrentemos no a ellos, sino entre nosotros, británicos contra británicos, lo que a su vez provocará la quiebra de la confianza que los príncipes tienen depositada en nuestras instituciones. Hasta ahora hemos sido sus garantes, pero todo eso puede venirse abajo si se demuestra que han dejado de ser intocables para nosotros.

—¿Y ese libro? Dicen que es usted un fascista, y que con sus crímenes pretendía abrirles la frontera indobirmana a los japoneses y al Ejército Nacional Hindú de Bose —dijo ahora McLeod.

—Hay tropas japonesas apostadas al otro lado de la frontera, desde el golfo de Bengala hasta Assam, es decir, a lo largo de más de doscientas cincuenta millas. Le aseguro que los japoneses no me necesitan para invadir la India. La cuestión, McLeod, es que los nacionalistas quieren trasladar a la opinión pública la sensación de que hemos dejado de controlar la situación, que ya no somos de fiar, puesto que robamos y asesinamos a nuestros aliados. Pretenden que el gobierno de Londres crea que ingleses como yo simpatizamos con los nazis, que hay fisuras entre nosotros y que, en consecuencia, el peligro de que los japoneses invadan la India no sólo pasa por el empuje del ejército nipón y de sus aliados indios, sino también por la colaboración que reciben desde el interior de la India. Pero hay un detalle aún más clarificador: los británicos nos apoyábamos en los príncipes nativos, y viceversa. Al atribuirme el crimen de su alteza a mí, se abre la posibilidad de que los marajás y nawabs escenifiquen un acercamiento con los nacionalistas de cara a los cambios que puedan producirse a corto plazo, en un futuro inmediato.

—¿Se refiere a la independencia de la India?

El tono de voz de McLeod, que denotaba extrañeza y sorpresa al mismo tiempo, me hizo comprender que aún existían británicos que se resistían a aceptar que la India pudiese convertirse en un país libre.

—Incluso esta guerra acabará algún día —le hice ver.

—¿Y qué me dice del rifle? Yo le vi con él en la mano —me preguntó a continuación.

—Ya le dije que me lo había entregado el marajá esa misma tarde. Se trataba de que yo recibiera el Winchester que había sido empleado para asesinar a Wilson, que apareciera en mi poder junto con otras pruebas incriminatorias. Todo estaba calculado al milímetro.

—Según eso, su alteza el marajá estaba implicado —observó el agente de seguros.

—Piense en lo que acabo de decirle. Imagine que alguien convence al marajá para que entregue unas joyas a cambio de conservar ciertas prerrogativas en el futuro, cuando la India sea una nación independiente. En realidad, sólo tiene que hacer lo que le digan. Denunciar el robo de las joyas, que están aseguradas por su compañía, y entregarme un rifle Winchester a su debido momento. Eso es todo. Al menos, en principio. Obviamente, su alteza el marajá desconocía que el plan de esas personas tenía una segunda parte: su asesinato y mi implicación como sospechoso, con lo que las relaciones entre británicos y príncipes recibirían un duro golpe.

—Bueno, he de reconocer que lo que dice puede tener sentido. ¿Quiénes, según usted, son esas personas?

—Aquellas que en breve detentarán el poder en la India. Algunas de ellas se encuentran detenidas en esta comisaría.

—¿Puedo preguntarle cómo piensa salir de este lío? —se interesó McLeod.

—Para serle franco, no creo que pueda salir con bien de este embrollo. Aunque tengo un plan para que quienes me han metido en esto no se salgan con la suya. He decidido seguirles la corriente, aceptar los cargos que se me imputan, pero con una sorpresa. Voy a amenazarlos con ampliar mi declaración. Llevaré mi invención más lejos incluso de donde ellos han llevado su plan. Voy a declarar que los marajás eran cómplices de esa sociedad delictiva que, al parecer, formábamos Lalita Kadori, Lewis Wilson y un servidor. Tal vez no todo esté perdido.

—Me temo, superintendente, que lo único que puedo hacer es desearle que Dios se apiade de su alma.

—En realidad, McLeod, puede hacer por mí algo más que apiadarse de mi alma.

—¿De veras? Usted dirá.

—Veamos, si su compañía descubriera que el marajá de Jay está detrás del robo de sus propias joyas, ¿qué pasaría?

—Que la indemnización pactada quedaría sin efecto, claro está.

—Pues bien, multiplique «indemnización sin efecto» por los otros cuatro casos que su compañía tiene pendientes de resolución. Es decir, si consiguiera demostrar que los robos no fueron tales, sino que lo que hay detrás es una contribución voluntaria por parte de los príncipes a cambio de ciertas prebendas futuras, su compañía no tendría que desembolsar un mísero chelín, puesto que quedaría al descubierto que se trataba de una gigantesca estafa. Aparecieran o no las joyas, usted seguiría obteniendo un ascenso, ya que le habría ahorrado más de un millón de libras a su compañía.

—Tal vez le haya juzgado con demasiada precipitación, superintendente Masters —reconoció McLeod—. En cualquier caso, ¿dónde pueden encontrarse las joyas que faltan?

—He estado dándole vueltas a ese asunto durante toda la noche. En mi opinión, las joyas que faltan cruzaron la frontera indobirmana el mismo día que asesinaron a Lewis Wilson. Es decir, las joyas han salido de la India para financiar al ejército que dirige Chandra Bose.

McLeod reflexionó unos segundos antes de ofrecerme su ayuda.

—¿Qué quiere que haga?

—Le propongo que emita un comunicado anunciando

que la Lloyd's aplaza sine die el pago de las indemnizaciones a los príncipes afectados por el robo de las joyas.

—¿Con qué argumento?

—Escuche atentamente. Tengo la intención de declarar que, tal y como dicen los periódicos, Wilson, la bailarina y yo teníamos una sociedad que actuaba allí donde Wilson y la señorita Kadori eran invitados para cazar y bailar, respectivamente, pero que lo hacíamos en connivencia con los príncipes. Una vez Wilson y la bailarina entraban en contacto con el príncipe de turno, éste entregaba un paquete que contenía las joyas a uno de sus criados de confianza para que lo llevara hasta un determinado lugar, un domicilio o una pequeña tienda, por ejemplo. El criado, desconocedor de lo que contenía ese paquete, era asaltado y asesinado antes de llegar a su destino. El siguiente paso consistía en denunciar el supuesto robo, de modo que la Lloyd's desembolsara la correspondiente indemnización. En realidad, las joyas permanecían en nuestro poder mientras durara la investigación de la policía y de la compañía aseguradora. Una vez cerrado el caso, los marajás recuperarían sus joyas, y el dinero de la compañía sería dividido en dos partes, una para nosotros y la otra para el Ejército Nacional Hindú. Por último, los príncipes sólo tendrían que desmontar las joyas «marcadas» por el robo y mandar confeccionar otras nuevas.

—¡Brillante, Masters, realmente brillante! —exclamó McLeod.

—Lo importante de mi declaración es que los príncipes verán comprometida su situación, al tiempo que quienes están detrás de todo este plan reciben un duro golpe, pues en ningún caso esperan que asuma los cargos que se me atribuyen y que, para colmo, los amplíe mediante una declaración. En resumidas cuentas, mis propios enemigos se verán obligados a defenderme en contra de su voluntad y del plan que habían establecido. Si las cosas salen como espero, usted, McLeod, o mejor dicho, su compañía, no tendrá que pagar ninguna indemnización.

—Lamento haber dudado de usted, Masters —expresó con júbilo, como si fuera yo quien le acabara de comunicar el ascenso.

—No es momento de lamentaciones. Sólo le pido que corrobore todo lo que aquí se ha dicho cuando sea llamado a declarar durante el juicio. Si lo hace, no sólo ayudará a su compañía, sino también a Gran Bretaña. Una última cosa, McLeod, el abogado que va a representarme se llama Sabal Mendes y es un mestizo. Quiero que lo sepa para que cuando lo lea en los periódicos no se lleve una sorpresa que le haga dudar de mí.

—Un británico ha de ser defendido por otro británico. Esos abogados nativos, superintendente, no entienden las leyes británicas, ya que su mundo está regido por atavismos...

—Sabal Mendes es el abogado de los líderes nacionalistas de Jay Town, los mismos hombres que tengo como compañeros de celda, por eso resulta imprescindible que sea él quien se ocupe de mi defensa, pues es la única persona que conoce los detalles.

—Comprendo. Nadie mejor para deshacer el nudo que la persona que ha anudado la cuerda.

—Eso es, McLeod.

Siempre había oído decir que, cuando un hombre es consciente de que todo está perdido, no le asalta la desesperación, sino que le invade una calma lúcida y provechosa. Algo parecido fue lo que experimenté cuando, tras la marcha de McLeod, me dispuse a recibir a Mendes. Me sentía como el condenado a muerte un instante antes de someterse a la última confesión, para el que la vida ya ha dejado de tener valor porque ya ha empezado a acostumbrarse a la idea de la muerte. Sin embargo, yo no tenía la sensación de ser un moribundo. Mi repentina calma era sólo aparente o, mejor dicho espiritual, porque mi interior bullía como la caldera de una locomotora. Por primera vez en mi vida estaba seguro de poder controlar la situación, pues había dejado atrás el desconcierto que me había acompañado durante las primeras horas. Ahora creía estar seguro de cómo habían sucedido las cosas, no todos los detalles, claro está, pero sí en líneas generales, y eso me había insuflado una gran dosis de confianza y de autosuficiencia. De modo que, cuando me quedé a solas con Mendes en la celda de aislamiento, lo recibí como si fuera él quien me necesitara y no al contrario. Ni siquiera me sorprendió su terno impecable, de lino color azul cielo, que en ese momento, en el lenguaje de los símbolos, quería señalar su superioridad frente a mí.

—Creo que necesita un abogado, superintendente Masters. El sargento Sahasya me ha dicho que viniera cuanto antes. Me halaga que haya pensado en mí —dijo.

Me dio la impresión de que su tono de voz escondía una falsa condescendencia.

—A mí, en cambio, no me halaga que hayan pensado en mí —le reproché.

—¿Pensar en usted? ¿A qué se refiere?

—Reconozco que yo mismo me hubiera elegido como víctima, pero se equivocan si piensan que voy a quedarme cruzado de brazos mientras ustedes me despedazan.

—No sé adónde quiere ir a parar, superintendente.

—Lo sabe perfectamente, Mendes. Es usted el abogado de las personas responsables de que me encuentre aquí.

—Si eso es lo que piensa, me temo entonces que no podré representarlo —se desmarcó el *vakil*.

—¡Oh, Mendes, le aseguro que será mi abogado, aunque sea yo el último cliente al que represente! ¿Quiere saber por qué?

El silencio del abogado me indicó que ardía en deseos de escuchar mis argumentos.

—Porque soy culpable de los cargos que me imputan —añadí—. Porque Lewis Wilson, Lalita Kadori y yo formábamos una sociedad delictiva mediante la cual, y en connivencia con varios príncipes de la India, fingíamos el robo de determinadas joyas aseguradas por la casa Lloyd's de Londres, que devolvíamos a sus propietarios una vez éstos recibían el valor en libras de las piezas aseguradas. El botín obtenido lo repartíamos entre los propios príncipes, quienes tengo entendido que lo donaban para la causa nacionalista, y nosotros, es decir, Lewis Wilson, Lalita Kadori y un servidor. En cuanto a los crímenes, tal y como demuestran las pruebas, los cometí por celos, ya que yo estaba enamorado de la señorita Kadori y no soportaba la idea de compartirla con Lewis Wilson y con su alteza el marajá, quien se inmiscuyó en mi vida sentimental después de que yo mismo le propuse tomar parte en nuestro negocio. No obstante, aún puedo ir más lejos y decir que, al ser yo un miembro de la Unión Británica de Fascistas, acabé con la vida de su alteza por orden del Bloque de Avanzada, puesto que Chandra Bose es un filonazi. En resumidas cuentas, si lo que pretendían era que los príncipes nativos perdieran su confianza en los británicos y se arrojaran a sus brazos, el tiro les saldrá por la culata. En el fondo y en la forma, usted y yo sabemos que esta versión es la que más se aproxima a la verdad.

—¡Vaya! —exclamó como si hubiera detectado una mancha incómoda en su impoluto traje de lino.

—¿Comprende ahora por qué se avendrá a defenderme, Mendes?

—Se ha vuelto usted loco, Masters —se desmarcó. Pero yo sabía que su resistencia no era más que una impostura.

—Es mucho peor. Soy un hombre desesperado, Mendes. Si se niega a representarme, contrataré los servicios de un abogado que me proporcionará la casa Lloyd's, habida cuenta de que es una de las grandes perjudicadas en este asunto, y pediré la comparecencia de los marajás de Mysore, Gwalior y Patiala, y del nawab de Rampur. ¿Qué diablos cree que pasará cuando esos príncipes sean citados a testificar y yo me declare un filonazi simpatizante de la organización de Bose? Yo iré a la cárcel de por vida, pero el escándalo será mayúsculo.

El silencio que siguió a mi invectiva me indicó que se avendría a negociar.

—Veo que ciertas personas le han subestimado —reconoció.

—Aún está a tiempo para que el tribunal que ha de juzgarme acabe sobrestimándome —fui directamente al grano.

—Ha pasado por alto un detalle. Los príncipes reinantes de la India están exentos de declarar ante los tribunales de justicia —observó.

—Usted y yo sabemos que el testimonio de esos príncipes es lo de menos; lo importante es el ruido que hará mi declaración cuando asegure que las joyas han servido como contribución a la causa nacionalista, pensando en el futuro, una India gobernada por sus patrocinados del Partido del Congreso. Claro que diré también que las intenciones de éstos pasan por acabar con los príncipes de la India. Revelaré un plan de Chandra Bose y de su Bloque de Avanzada para detener, enjuiciar y eliminar a todos los príncipes de la India una vez que el país sea independiente. Ya ve, puedo convertir este juicio en la peor pesadilla del Movimiento de Liberación de la India.

—¿Se da cuenta de que podrían condenarlo a la horca si realiza una declaración de esa naturaleza? —me preguntó Mendes al tiempo que clavaba sus ojos en los míos inquisitivamente, como si quisiera medir mi determinación.

—También me ahorcarán si dejo que las cosas sigan su curso —le repliqué—. He de reconocer que han hecho bien su trabajo.

Por primera vez, Mendes se movió dentro de su terno como si le sobrase.

—El problema es que alguna de las pruebas no puede desmontarse a estas alturas —reconoció—. Por ejemplo, la presencia de su arma reglamentaria en la escena del crimen de su alteza el marajá, las cartas de Lalita Kadori, o el hecho de que las joyas aparecieran en su bungalow. Tendremos que llegar a un acuerdo.

—El primer punto de nuestro acuerdo es que quiero verle implicado en mi defensa como si yo fuera el mismísimo Mohandas Gandhi. El segundo punto pasa porque los príncipes involucrados en el caso renuncien a cobrar indemnización alguna de la Lloyd's, puesto que, estoy completamente convencido, las joyas han cruzado la frontera indobirmana para sufragar la guerra del Ejército Nacional Hindú que lidera Chandra Bose...

—¿Puedo preguntarle en qué se basa para pensar eso? —me interrumpió.

—En que la única persona que podía llevar las joyas desde la India hasta Birmania sin que fueran detectadas por nuestros soldados era Lewis Wilson, quien a su vez me consta que mantenía una relación con Lalita Kadori, quien, he de reconocer, desconozco qué papel desempeña dentro de su organización. ¿He de llamarla así? De modo que el papel de Wilson en este asunto tenía que ser el de correo. Tampoco sé si Lewis estaba al tanto de lo que estaba transportando, pero en todo caso sólo él podía llevar a cabo ese trabajo con garantías de éxito.

—Prosiga. ¿Qué más quiere que haga?

—El tercer punto de nuestro acuerdo es que encuentre un atenuante y testigos que siembren una duda razonable sobre mi participación en los crímenes que se me atribuyen. En el transcurso de la vista, usted se sacará un as de la manga: encontrará a Lalita Kadori o, en su defecto, pruebas concluyentes que la sitúen en el *dak bungalow* del palacio de la Luz Lunar, donde fue asesinado su alteza real el marajá Hiresh Singh. En cuanto al crimen de Wilson, es obvio que quiero que su asesino se siente en el banquillo de los acusados. Por último, llamará a declarar a Harold McLeod, el agente que la Lloyd's ha enviado a Jay Town, quien comunicará al tribunal que su compañía ha decidido suspender el pago de las indemnizaciones hasta que concluyan las investigaciones internas que están llevando a cabo. Su declaración coincidirá con la renuncia de los príncipes al cobro de las mismas.

—Bueno, si jugamos bien nuestras cartas, tal vez consigamos un juicio nulo. Le prometo que haré todo lo que esté en mi mano, superintendente,

Por primera vez, Mendes se dirigió a mí como mi abogado. Al menos, esa impresión me causó.

—Empecemos por encontrar un atenuante —añadió—. ¿Se droga, bebe demasiado?

—Bebo demasiado, sin duda, pero no más que el resto de los británicos que viven en Jay Town. Sin embargo, hay algo que puede servirle: soy sonámbulo. Uno de los criados de Lewis Wilson asegura haberme visto merodeando por el jardín la noche antes de que el Winchester desapareciera de su armero. Me dijo que me había hablado y que yo no respondí. Llámelo a declarar. Se han dado casos de sonámbulos que han delinquido, incluso cometido un crimen, mientras padecían un episodio de sonambulismo. La enfermedad se activa o se potencia con el alcohol y la falta de descanso. Existe numerosa bibliografía al respecto. Incluso yo cuento con un par de libros que le servirán de ayuda. Los encontrará en mi casa. En resumidas cuentas, si el fiscal se empecina en buscarme las cosquillas, saque a relucir el asunto de mi enfermedad.

—Para que su sonambulismo nos sirva en un tribunal, necesitaremos un informe médico —observó Mendes.

—Existe ese informe médico y está en manos del ejército. Tuve que presentarlo cuando fui liberado de incorporarme a filas.

—Desde luego es un comienzo prometedor —reconoció el abogado—. Claro que tendremos que movernos deprisa. Se rumorea que quieren resolver su caso cuanto antes para acallar a las masas. Esta mañana ha habido disturbios y el ejército ha cargado contra los revoltosos con contundencia. Hitch ya ha manifestado que si es necesario se convertirá en el Dyer de Jay Town.

Mendes hablaba del artífice de la matanza de Amritsar, donde el brigadier Reginald Dyer mandó disparar a cincuenta hombres contra una multitud desarmada que celebraba una manifestación religiosa en una plaza cerrada. Los soldados de Dyer emplearon mil seiscientos cartuchos, mataron a trescientas setenta y nueve personas (mujeres, niños y ancianos incluidos) e hirieron a otras mil doscientas. La matanza de Amritsar marcó un punto de inflexión en las relaciones entre indios y británicos.

—Era eso lo que buscaban, ¿no es así? Querían que Jay Town se convirtiera en un polvorín en contra de los británicos después del asesinato de su alteza el marajá. Lamento haberles fastidiado la fiesta, Mendes.

El abogado se encogió de hombros antes de tirar y alisar las arrugas de su traje para encajarlo de nuevo en su sitio.

—Mi padre siempre decía que el lino se arruga en un rato lo que un hombre en toda una vida —le dije.

—Ya que hablamos de trajes, necesitará uno decente para la vista —me hizo ver.

—¿Puede encargarse de decirle a uno de mis criados que me traiga uno? —le pedí.

—Si no le supone una molestia, prefiero que ese día estrene traje. Conozco un sastre, yo me encargo de todo, superintendente. Por supuesto, tendrá que conformarse con un terno confeccionado con algodón indio.

—¿Y de dónde piensa sacar mis medidas? No creo que permitan que me visite un sastre —le hice ver.

—No hay problema. Pasaré por su casa y cogeré uno de sus trajes viejos.

Cuando volví a quedarme solo me invadió la sensación de haber dejado muchos puntos por aclarar y muchas cuestiones sin responder. En especial, había una pregunta que fui demorando en un intento por no mostrar debilidad y también, he de reconocerlo, por el temor a la respuesta de Mendes: ¿por qué yo?

Con todo, la conversación con Mendes tuvo un efecto positivo en mis nervios.

13

El juicio quedó fijado para el 25 de marzo, es decir, apenas tendríamos una semana para preparar la defensa. Tanto el presidente como el fiscal fueron enviados desde Nueva Delhi con la orden expresa de resolver el caso con la mayor solvencia y a la mayor brevedad, pues en los días que siguieron al asesinato de su alteza real el marajá Hiresh Singh, habían muerto cuarenta y cinco personas, ya fuera por la acción directa de los hombres del coronel Hitch en su intento por mantener el orden o por los enfrentamientos entre facciones de manifestantes.

Durante las reuniones que mantuve con Mendes en los días previos, fui puesto al corriente del procedimiento procesal, a la vez que me fue comunicado que la fiscalía iba a solicitar una pena de cadena perpetua, pero en el caso de que durante la vista quedara demostrado que también había un delito de traición a la patria, pediría entonces la pena de muerte en la horca. Tengo que reconocer que oír al *vakil* pronunciar «pena de muerte en la horca» me produjo un nudo en la garganta, como si el verdugo hubiera ceñido la soga en torno a mi cuello. La sensación se hizo más intensa cuando recibí la ropa que habría de vestir durante los días que durara la vista, un traje de algodón de color avellana que olía fuertemente a almendra amarga.

Recuerdo perfectamente que el día del juicio el calor yacía sobre la calle como un cadáver en plena descomposición, y la multitud caminaba rauda en la dirección del palacio de justicia de Jay Town dando pequeños saltos, como si el suelo les abrasara los pies. También recuerdo que una vez en la salita donde debíamos aguardar el inicio de la vista, a la que accedimos tras sortear a una multitud enardecida y a medio centenar de periodistas y fotógrafos que aguardaban junto a la entrada, me atreví a formularle a Mendes la pregunta que había evitado hacerle el otro día:

—¿Por qué yo?

—Porque es usted británico y su sufrimiento resulta mezquino comparado con el de nuestro pueblo —me respondió sin contemplaciones.

Luego me quedé paralizado cuando leí en un periódico que alguien había dejado sobre la mesa que Orde Wingate había muerto el día anterior en un accidente aéreo, cuando volaba desde la jungla birmana hacia la India. ¿Significaba eso que la invasión japonesa era inevitable? Por primera vez en mi vida sentí cierto alivio al pensar en esa posibilidad, pues entonces mi juicio se demoraría o caería en el olvido para siempre.

El juicio oral dio comienzo en una sala abarrotada sobre la que se cernía amenazante un gigantesco *punkah* eléctrico, tan estilizado y ruidoso como las aspas de un avión. Inmediatamente se produjo la primera paradoja formal, pues era costumbre que el superintendente de la policía tomara la palabra en representación del ministerio fiscal. Al ser yo mismo el superintendente de la policía y a la vez el acusado, tuvo que ser el fiscal quien hablara directamente. En cuanto al discurso de éste, pronto evidenció que llevaba tan sólo cinco días en Jay Town y que, en consecuencia, carecía de la más mínima familiaridad con el caso. Comenzó refiriéndose a ciertos tecnicismos jurídicos, para luego desgranar su discurso acusatorio. En su afán por encontrar el génesis de aquel asunto, se retrotrajo a mi infancia y a mi educación, que calificó de «deficiente», no porque la cultura local careciera de valores, sino porque éstos eran útiles para los nativos, pero completamente ineficaces para los británicos. Otra cosa distinta era el caso contrario, de ahí que la gran mayoría de los líderes e intelectuales indios hubieran recibido una educación inglesa. En cambio, ¿qué había recibido yo? La pregunta, que quedó suspensa en el aire durante unos cuantos segundos como partículas de polvo, fue removida por las aspas del *punkah* y esparcida por la sala. «En estas circunstancias —añadió el fiscal—, es normal que el estado de embrutecimiento del acusado le haya llevado a considerar el robo y el asesinato como actividades aceptables.» Luego, aludiendo a mi expediente académico y a mis años de trabajo para la Compañía Ferroviaria de las Indias, me calificó de persona inteligente y brillante, pero, añadió, llegado el momento había puesto esos dones que Dios me había concedido al servicio de la maldad. «¿Tal vez por haber adorado precisamente a un dios equivocado?», preguntó mirando a la sala. Como yo me encontraba justo enfrente de la mesa donde se sentaba el presidente del tribunal, vi que éste asentía, como si estuviera conforme con el fiscal. A partir de ese momento, éste modificó su actitud distanciada y arrogante por otra que estaba más en consonancia con su misión esclarecedora y acusadora. Se refirió a mi relación con el marajá asesinado, y la calificó de frustrante en lo que a mí concernía, a pesar de la confianza que su alteza había depositado en mi persona al nombrarme jefe de la policía de Jay Town, pues la raza británica no había nacido para recibir órdenes, sino para darlas. Un sentimiento comprensible que yo, atendiendo a las carencias de mi carácter, no había sabido controlar. Es decir, yo era un británico dominado por un espíritu salvaje, una especie de híbrido, mitad hombre, mitad bestia. Se regodeó hablando de mi relación con Lalita Kadori, una vulgar prostituta, de la sociedad criminal que habíamos formado y de la correspondencia encontrada en mi casa. Mencionó mi rivalidad con Lewis Wilson, al que calificó como «persona de un carácter parecido al del acusado», y al que asesiné por un sentimiento tan primitivo e irracional como el de los celos. Por último, se refirió al conjunto de mis delitos como «hechos que helaban la sangre», y calificó las pruebas que me incriminaban como «claras y cristalinas como las aguas de un manantial». En más de una ocasión sentí el deseo de ponerme en pie y replicarle, pues sus inexactitudes sobre algunos pasajes de mi vida o incluso sobre los hechos de los que se me acusaba me enardecían. Sin embargo, cuando quise hablar me quedé mudo, pues el discurso del fiscal me había sumido en un estado de aturdimiento paralizante. Cuando un silencio sepulcral siguió a la exposición del fiscal, comprendí que, pese a que el caso en sí mismo era un fárrago de datos y acontecimientos que se entrecruzaban entre sí a veces de manera contradictoria, aquel hombre poseía don de convicción, que adornaba con una oratoria directa y contundente.

Para cuando llegó el turno de Mendes, quien obviamente tenía que ocuparse de poner en marcha la defensa, mi piel había comenzado a transpirar copiosamente, no tanto por la atmósfera agobiante como por tener la impresión de que el fiscal había conseguido acorralarme antes incluso de que hubiera tenido ocasión para defenderme. Sí, me declaré inocente de todos los cargos cuando se me permitió hablar, tal y como había hecho delante del juez en los interrogatorios previos a la vista, y Mendes reiteró que en los días siguientes presentaría nuevas pruebas y testigos que darían un giro al caso, que habría de sobreseerse o declararse nulo. «¿Qué pruebas y qué testigos?», preguntó el *vakil* en voz alta, como si estuviera conversando consigo mismo, pero dirigiéndose al auditorio. Toda la sala quedó a la espera de la respuesta, pero no la hubo. Para empeorar la situación, afirmó que yo sólo era culpable de estar enfermo y, por si esto no fuera suficiente, formuló una nueva pregunta que también quedó sin respuesta: «¿Enfermo de qué?, se estarán preguntando.» Luego, llevando al extremo aquella errática estrategia, siguió planteando preguntas que el *punkah* se encargaba de esparcir por la sala. Por ejemplo: «¿Acaso hay pruebas de que mi patrocinado sea un hombre pendenciero, siquiera insolente?, ¿no lleva velando por nuestra seguridad más de un lustro?» El problema era que aquellas preguntas que quedaban flotando en el aire no podían competir con las pruebas que me situaban en la escena del crimen de su alteza el marajá y del robo de sus joyas. Al discurso de Mendes, en definitiva, no sólo le faltó claridad e intensidad, sino que le sobraron demasiadas preguntas sin respuesta. Tantas que el juez se mostró algo desorientado con respecto al planteamiento de mi abogado, tal vez por temor a que el proceso se prolongara más de lo que tenía previsto en un principio, lo que provocó que terminara desconfiando de él e interrumpiéndolo en varias ocasiones. Pero si resulta grave que su señoría desconfíe del letrado de la defensa a las primeras de cambio, más lo es que el propio defendido experimente el mismo sentimiento. Y eso fue exactamente lo que ocurrió. A la finalización de la primera jornada, tenía la sensación de que Mendes había traicionado de manera flagrante nuestro pacto.

Antes de que me condujeran de nuevo a mi celda, le dije sin ocultar la irritación que me embargaba:

—Renuncio a sus servicios, Mendes. Mañana asumiré mi propia defensa.

—¿Mañana? El mañana no existe, superintendente Masters. Sólo existe este momento, el presente. Creí que al menos eso le habría quedado claro —me replicó.

El hecho de que empleara el mismo argumento que Lalita Kadori, casi las mismas palabras que la bailarina, me hizo revolverme con la escasa virulencia que me permitían las esposas y los dos carceleros que me escoltaban.

—¡De modo que hemos dormido en compañía de la misma zorra! —exclamé—. ¡Dígale de mi parte que algún día encontraré su madriguera en el valle de las chimeneas mágicas! En cuanto a usted, mañana pienso llamarle a declarar.

—Algún día, superintendente, acabará por aceptar que las cosas son inevitables.

—Me parece, Mendes, que en esta ocasión es usted quien no comprende lo inevitable. Mañana a esta hora usted ocupara mi puesto y yo estaré libre. Se habrá hecho justicia.

—En la India, superintendente, decimos que la justicia es una serpiente que sólo muerde a los pobres. Yo, en cambio, añadiría que la serpiente de la justicia muerde también a los demasiado confiados.

—Bueno, he de admitir que había confiado en usted porque creía que teníamos un acuerdo, pero aún estoy a tiempo de rectificar.

—Le guste o no, mañana seguiré siendo su abogado,

así que deje de revolverse. Lo único que conseguirá será que su traje se arrugue más de lo que ya lo está.

—¿Es que no me ha entendido? ¡Renuncio a su defensa!

—Le he entendido perfectamente, pero no puedo permitir tal cosa precisamente porque tenemos un pacto.

—Después de lo que he visto hoy, nuestro acuerdo ha quedado sin efecto. Para que me ahorquen me basto yo solo.

—Créame, lo único que conseguirá será empeorar las cosas.

—¿Empeorar las cosas? ¿Qué puede haber peor que ser condenado a la horca siendo inocente?

No pude escuchar la respuesta de Mendes, pues en ese momento fui arrastrado a empujones por los dos carceleros que me custodiaban.

A media tarde empecé a tener dificultades para respirar, que yo achaqué en un primer momento al intenso calor y a la tensión vivida en la sala de sesiones, pero a la falta de aire le siguió una fuerte opresión del pecho, un enrojecimiento de los ojos, que comenzaron a picarme, náuseas y vómitos, hasta que a eso de la medianoche sufrí un proceso anafiláctico que obligó a mi traslado hasta el hospital de campaña que el ejército tenía en el bungalow del palacio de la Luz Lunar que su alteza había cedido. Ni siquiera recuerdo mi ingreso, puesto que a mitad de camino perdí el conocimiento.

Desperté cinco días más tarde entre aquellas paredes que me resultaban tan familiares. Para entonces el juicio había terminado y yo había sido condenado a doce años de prisión por un homicidio imprudente. Para ser del todo franco, reconozco que el veredicto me sorprendió tanto como el hecho de que el proceso no se hubiera pospuesto a causa de mi repentina enfermedad.

Según pude averiguar más tarde, el presidente del tribunal decidió proseguir con la vista para evitar los disturbios que la suspensión hubiera provocado, pues a la finalización del primer día del juicio oral había habido de nuevo revueltas y otros dos fallecidos como consecuencia de las mismas. Además, pese a que nuestra jurisprudencia no contemplaba que se pudiera celebrar una vista sin encontrarse el acusado presente, el magistrado entendió que había fingido un intento de suicidio para provocar la suspensión del proceso, lo que en esencia podía interpretarse como un acto de rebeldía contra el tribunal. Para solventar este inconveniente procesal, todas las mañanas me trasladaban desde el sanatorio hasta el palacio de justicia en una ambulancia, donde, en compañía de un médico, permanecía hasta que se suspendía la vista hasta el día siguiente. De modo que, aunque inconsciente, estaba presente en la vista.

Es evidente que, de haberse mostrado más decidido, Mendes habría conseguido un aplazamiento, a pesar de la delicada situación política; sin embargo, no lo hizo, puesto que su plan era otro. De hecho, los únicos argumentos que esgrimió en mi defensa, según consta en las actas del proceso, fueron el de mi sonambulismo y el hecho de que en los cadáveres de Lewis Wilson y del señor Kashi no hubieran aparecido otros signos de violencia además de los provocados por las fieras, tal y como aseguraban los informes forenses, atenuantes que a la larga me libraron de ser condenado a cadena perpetua. Por el contrario, aceptó que disparé contra su alteza real el marajá durante un episodio de sonambulismo, con lo que «técnicamente» no se me podía achacar asesinato alguno. «¿Acaso puede un hombre en estado de "no conciencia" ser responsable de sus actos?», argumentó. Y cuando su señoría le recordó que yo me había declarado inocente de todos los cargos, exclamó: «¡Al admitir su participación en los hechos bajo una eximente determinante estoy defendiendo su inocencia!» En cuanto al robo de las joyas, admitió mi complicidad, pero achacó mi comportamiento a la naturaleza dependiente de mi relación con Lalita Kadori, tal y como lo evidenciaba la correspondencia aparecida en mi bungalow. En lo concerniente a mi supuesta vinculación con la Unión Británica de Fascistas de sir Oswald Mosley o con John Amery y su Britisches Freikorps, era indemostrable, sobre todo teniendo en cuenta que en el libro sobre el que la acusación se apoyaba no figuraban mis huellas dactilares, por no mencionar que había sido encontrado otro ejemplar de la misma obra en la librería del Club Británico de Jay Town. ¿Significaba eso que todos los miembros del club eran sospechosos de traición a la patria?, preguntó. «No, puesto que la mencionada obra no es más que un alegato anticomunista», respondió a su pregunta el *vakil*. Todavía hoy me sigo preguntando cómo dio con ese libro y cómo pudo sacarlo del club para exponerlo como prueba ante el tribunal. Al parecer, la primera hoja del libro presentaba el ex libris del club, con lo que no cabían dudas sobre su procedencia. He de reconocer que, cuando tuve conocimiento de este extremo, me sorprendió el cinismo mostrado por Mendes, pues cuando le interesaba llevaba a cabo una defensa tan brillante y eficaz como ineficaz y pasiva resultaba en otros momentos. Por ejemplo, McLeod fue llamado a declarar, pero el sentido de las preguntas que Mendes le formuló nada tenía que ver con lo pactado. Cuando el agente de la Lloyd's trató de señalar la más que posible implicación de los príncipes en los robos de sus propias joyas, fue increpado por una multi-

tud de nativos que, ya no me cabe la menor duda, fue lleva-
da hasta la sala de vistas con el único propósito de armar ja-
leo y crear confusión.

En definitiva, Mendes me devolvió el golpe. Me hizo
que confiara en él, me dejó que creyera que era yo quien
tenía la sartén agarrada por el mango, que llevaría mi defensa atendiendo a mis deseos, y cuando menos lo esperaba, me golpeó en la sien a traición, con tanta virulencia que
estuve a punto de perder la vida. ¿Que cómo hizo tal cosa?
Por descontado, yo no intenté suicidarme. La pregunta,
por tanto, era qué me había pasado. Teniendo en cuenta
los síntomas, el médico que me atendió, un militar especializado en enfermedades tropicales, llegó a la conclusión de
que habían tratado de envenenarme con una sustancia ve-
sicante. Tal vez incluso con una combinación de ellas. La
cuestión era averiguar quién lo había intentado y cómo,
puesto que desde mi detención había permanecido aislado
en una celda, vigilado por soldados británicos, hombres de
Hitch, e incluso lo que comía pasaba por las manos de éstos. Fue entonces cuando al recordar uno de esos cuentos
de la época de los emperadores mogoles, tan aficionados a
envenenar a sus enemigos, intuí lo que podía haber ocurrido. Llamé al médico y le pregunté:

—¿Conoce el *Manual de jurisprudencia médica para la India* del comandante cirujano Norman Chevers?

—¿El de 1870? He oído hablar de él, pero se ha quedado un poco anticuado —se desmarcó.

Yo conocía aquel vademécum porque, siendo un niño
de diez u once años, mi padre me lo había abierto para que
lo hojeara en más de una ocasión, cuando sus partidas de
ajedrez en el club se prolongaban en el tiempo y yo empezaba a dar síntomas de estar aburrido. Algunas de las enfermedades que describía Chevers eran tan extraordinarias que

leer su libro resultaba un gran entretenimiento hasta para un niño de mi edad.

—Digamos que lo que me ha pasado es también un poco anticuado. En las páginas del manual de Chevers está la respuesta a mi enfermedad.

—Sea más explícito, se lo ruego.

—Chevers habla de tres casos por veneno khilat en el último tercio del siglo XIX, aunque en la literatura mogola abundan los cuentos donde se habla de este veneno.

—¿Qué clase de veneno es el khilat? —me preguntó.

—En la India existen o, mejor dicho, existían los llamados «trajes del honor», trajes que eran impregnados en un veneno llamado khilat, una mezcla de sustancias vesicantes que resultaba mortal. Cuando un emperador quería acabar con un enemigo le regalaba uno de estos trajes. La impregnación de la tela del traje al entrar en contacto con la piel, normalmente sudorosa, provocaba efectos devastadores. Mi abogado me dijo que necesitaría un terno nuevo para la vista, y que él se encargaría de proporcionármelo. La noche antes de que comenzara el juicio me fue entregado un traje de algodón de color avellana que olía fuertemente a almendra amarga. Creí, simplemente, que era debido a los tintes naturales que emplean los indios, sobre todo ahora que rechazan los procesos industriales británicos. El resultado fue que caí enfermo y que mi abogado defensor me traicionó.

—¡Cianuro! —exclamó el médico—. ¿Dónde está ese traje?

—Lo traía puesto cuando perdí el conocimiento camino de aquí. Supongo que lo tendrán guardado en alguna parte.

Tampoco pude demostrar mi teoría del «traje del honor», puesto que el terno, simplemente, había desaparecido del hospital. Ni siquiera tuve ocasión de preguntarle a Mendes con qué clase de sustancias y en qué dosis había impregnado aquel traje, pues se marchó de Jay Town el mismo día del fallo. El funcionario que me comunicó la sentencia, mientras yo permanecía convaleciente en la cama del hospital, me hizo entrega también de la carta en la que el *vakil* renunciaba a mi defensa.

He de reconocer que sentí una gran decepción conmigo mismo, pues había subestimado la capacidad de respuesta del abogado. ¿Acaso mi error no había sido enseñarle mis cartas antes de que empezara el juicio? Sin duda. Eso le había concedido el tiempo suficiente para contrarrestar mi plan, mis amenazas, mis exigencias. Sencillamente, una vez que estuve seguro de lo que pasaba y de quienes estaban detrás de la trampa que me habían tendido, debería haber ideado mi plan, fingir lo que Mendes esperaba de mí, y ponerlo en evidencia una vez el juicio se hubiera iniciado.

Claro que, por otra parte, Mendes no se había cebado del todo conmigo. Para empezar, había conseguido una condena por homicidio imprudente. En cuanto al asunto del traje, no me cabía la menor duda: me había perdonado la vida. Pero ¿por qué? ¿Acaso le era más útil vivo que muerto para sus fines?

La última persona con la que hablé en Jay Town o, mejor dicho, en el *dak bungalow* habilitado como hospital, fue Harold McLeod, a quien se le permitió visitarme en consideración a que la compañía Lloyd's había decidido interponer una demanda contra los marajás de Gwalior, Mysore y Patiala y el nawab de Rampur. El propio McLeod reconocía que mi proceso había estado lleno de irregularidades, tanto de parte de la defensa como del propio presidente del tribunal, hasta el punto de calificarlo de «pantomima política». McLeod, que presenció el juicio en directo, llegó a la conclusión de que la parte británica, entendiendo por tal al fiscal y al propio presidente del tribunal, no quería profundizar en aquellos aspectos del caso donde los hechos se entremezclaban de manera sospechosa con la política, y daba por buena la calificación de crimen pasional cometido bajo una «circunstancia emocional excepcional», es decir, mi sonambulismo. En el otro extremo, el ministerio fiscal también rebajó sus pretensiones conforme se fue desarrollando el juicio, como si hubiera llegado a un pacto secreto con la defensa. Sea como fuere, la compañía de seguros (en realidad McLeod hablaba en nombre propio) estaba convencida de que me asistía la razón, que yo había sido víctima de una celada, y que sobre ese convencimiento iban a llevar el caso de los robos de joyas a los tribunales. De ser ciertas mis sospechas, que como digo McLeod compartía, no se trataba de una cuestión meramente mercantil, sino que había un trasfondo patriótico que la Lloyd's tenía que atender. Desde luego era inmoral que unos príncipes nativos trataran de estafar a la compañía de seguros, pero aún lo era más que el fruto de ese fraude fuera a destinarse a sufragar un ejército que pretendía invadir la India de la mano de los japoneses y expulsar a los británicos. En el supuesto de que la demanda prosperase, según McLeod, mi caso podría reabrirse al plantearse nuevas líneas de investigación, así como nuevas evidencias.

El aliento de apoyo de McLeod me duró el tiempo que tardé en hojear los periódicos que él mismo me trajo, donde se daban los detalles de mi caso. Fue entonces cuando comprendí que el juicio de la opinión pública, a través de los medios de comunicación, era inapelable y no tenía vuelta atrás. Por ejemplo, el *Times of India* presentaba la noticia con el siguiente titular:

LA TRAICIÓN DE UNO DE LOS NUESTROS. DOCE AÑOS DE PRISIÓN PARA EL JEFE DE LA POLICÍA QUE EXTORSIONÓ Y ASESINÓ AL MARAJÁ DE JAY.

El titular del *Morning Post* de Jay Town rezaba:

EL REGICIDA DE JAY SE LIBRA DE LA HORCA GRACIAS A SU SONAMBULISMO.

En *The Telegraph,* el articulista aludía vagamente al título de una obra de Rudyard Kipling, pues lo más fácil era establecer paralelismos entre mi vida y la de ciertos personajes de los cuentos de este autor.

CONDENADO A PRISIÓN EL INGLÉS QUE QUISO ACABAR CON EL RAJ.

En la prensa del vecino estado de Assam, donde se libraban los combates para frenar la invasión japonesa, la noticia quedó relegada a un segundo plano, si bien el titular del *Assam Tribune* resultaba suficientemente explícito:

JEFE DE LA POLICÍA DE JAY TOWN, UNA MANZANA PODRIDA CONDENADA A DOCE AÑOS DE PRISIÓN.

En cuanto a la prensa nativa, el titular más llamativo era el del *Young India,* que volvía a aludir a Kipling:

JEFE DE LA POLICÍA DE LA INDIA PROTAGONIZA UN JUICIO PROPIO DE UN CUENTO DE RUDYARD KIPLING.

A decir verdad, eran los periódicos dirigidos por y para los ingleses los que abundaban en que, a fuerza de vivir entre nativos desde mi nacimiento, me había convertido en un remedo de Mowgli, el cachorro de los hombres, el niño salvaje que se entiende a la perfección con los animales y que, en cambio, mantiene una relación de desencuentro con sus semejantes. Y para ilustrar lo que intentaban decir, aludían al capítulo de *El libro de la selva* de Rudyard Kipling en el que el joven protagonista quiere jugar con los monos y *Baloo*, el oso que se encarga de instruir al muchacho, le prohíbe que se relacione con los primates por carecer éstos de leyes, de jefes y hasta de memoria. ¿No era yo, pues, una suerte de Mowgli que, incluso habiendo vivido en la selva, había quebrantado las leyes que la regían y relacionado con los traicioneros monos? Claro que algunos editorialistas iban más lejos y me comparaban con «el arcángel Gabriel llamando al Juicio Final con el cuerno», en referencia a las consecuencias que mis delitos podrían acarrearle al Raj.

14

En la madrugada del 1 de junio de 1944 fui trasladado hasta la prisión de Yerawada de Pune City, en el estado de Maharastra. Al tratarse de la cárcel de referencia de los nacionalistas indios —el propio Mohandas Gandhi había estado recluido allí cuando la rebelión de la sal de 1930, con la que pretendía acabar con el monopolio británico de este producto—, fui instalado en un pabellón aislado, donde no tenía contacto con los demás presos. A poco más de cien millas de Bombay, mi paso por Yerawada tenía que ser provisional, sin embargo, se convirtió en mi destino definitivo hasta el 1 de agosto de 1947, quince días antes de que la India se convirtiera en un país independiente. En los tres años que pasé en la prisión de Yerawada sólo recibí la visita de Harold McLeod pocos días antes de su regreso al Reino Unido. En un principio pensé que tal vez pudiera ser portador de buenas noticias con respecto a mi caso, puesto que se había tomado la molestia de viajar desde Nueva Delhi hasta Pune City, un trayecto verdaderamente incómodo, pero no fue así. Todo lo contrario. Los marajás implicados en los robos, me contó, renunciaron a las indemnizaciones a cambio de que la Lloyd's retirara la demanda. Él, ante su negativa a llegar a un acuerdo, fue apartado del caso, con lo que la decisión correspondió a la dirección de la empresa, que mantuvo a su vez contactos discretos con una persona que representaba a los tres marajás y al nawab implicados. Al final, como reconoció el propio McLeod, habían primado los intereses mercantiles a «otros» (ya no habló de patriotismo ni de nada que se le pareciera). No en vano, la India contaba con más de seiscientos cincuenta príncipes, muchos de los cuales eran o serían en un futuro clientes de la compañía. Por no mencionar que la ofensiva japonesa había sido frenada y la amenaza de una invasión por la frontera birmana parecía cada vez más improbable. «Con lo que lo mejor es mirar al futuro», concluyó.

A pesar de todo, agradecí el gesto de McLeod, pues se creyó en la obligación moral de contarme lo sucedido cara a cara.

El *coup de grâce*, no obstante, lo recibí semanas más tarde de la visita de McLeod a la prisión de Yerawada, cuando se supo que Chandra Bose, el líder del Bloque de Avanzada y creador del Ejército Nacional Hindú, había muerto en un extraño accidente aéreo en Saigón, instantes después de que su avión hubo despegado con rumbo a Taipei. Según publicó la prensa, Bose viajaba en el momento de su accidente con dos maletas llenas de oro y joyas. ¿Estaban entre éstas las joyas de los marajás de Patiala, Gwalior y Mysore y las del nawab de Rampur, que nunca habían aparecido? A mí no me cabía la menor duda.

La muerte de Bose, una buena noticia para los intereses británicos, cerraba definitivamente el capítulo de la invasión de la India por parte de los japoneses y, por ende, también el de mi causa. Con Bose fuera de combate y los japoneses en franca retirada, reabrir mi caso hubiera carecido de sentido, ya que, como había indicado McLeod, todo el mundo había empezado a mirar hacia el futuro. Y mi caso, si se puede expresar así, carecía precisamente de futuro. Las personas que habían tomado parte en él habían muerto o, simplemente, habían desaparecido. Hasta los efectos de la guerra habían empezado a diluirse. De modo que había que empezar a pensar en la paz. En definitiva, lo único que permanecía inamovible en todo aquel asunto eran las pruebas en mi contra.

De modo que, haciendo mía la teoría de Lalita Kadori, no me quedó más remedio que resignarme, que aceptar el presente como única realidad tangible. Lo contrario me hubiera arrastrado a la autocompasión, lo que a la larga hubiera ahondado todos aquellos aspectos que mi carácter tenía de débil. Temía que mi conciencia encendiera el odio que anidaba en mi interior, y que el fuego acabara por consumirme. Aprendí, pues, a tachar los días del calendario uno a uno. Incluso me acostumbré a no pensar en las razones que me habían llevado hasta allí. El presente era siempre sinónimo de cercanía, en tanto que salirse de él suponía tener que establecer una distancia, aunque sólo fuera mental, y recorrerla podía resultar tan devastador como atravesar caminando el desierto de Tar. De modo que, de la misma manera que había renunciado a pensar en el futuro, procuraba no hurgar en el pasado. El presente lo ocupaba todo, y de esa manera desalojé los nombres de Lewis Wilson, Lalita Kadori, Sabal Mendes o Hiresh Singh, entre otros, de mi memoria, y los sustituí por los de los carceleros que me custodiaban en aquel pabellón vacío. Tal vez, de haber estado rodeado de otros presos, me hubiera resultado más fácil llenar el presente con nombres nuevos, pero a falta de éstos, me conformé con la media docena de carceleros que, según el día y el turno, se ocupaban de mí. Pero ni siquiera con ellos hablaba de mi pasado o del futuro. En realidad, eran de esa clase de personas a las que únicamente les preocupaba el presente, sobrevivir cada día.

De hecho, luego he conocido a muchos hombres así en Inglaterra.

Sea como fuere, durante casi tres años me limité a luchar contra la terquedad del presente, comparable con una mula que, día a día, repite siempre las mismas cosas. Mi vida era monótona, plana y sin variaciones. Lo único que la enturbiaba era el calor, tan intenso que me hacía desfallecer. No conocía otro lugar más que la India, así que estaba acostumbrado a su clima; sin embargo, había algo en aquel pabellón vacío que atraía el calor. Tal vez fueran las planchas de calamina del tejado o la falta de cristales de algunas ventanas, o el corredor estrecho, o la estructura de hierro que soportaba el suelo, o todas estas cosas a la vez.

El ruidoso proceso negociador que tuvo como resultado la partición del subcontinente indio en dos países independientes, la India y Pakistán, apenas llegó como un lejano rumor hasta mi celda, pues mis preocupaciones entonces se limitaban a que no me faltara una bombilla en el techo para poder leer o un balde con agua y una esponja con la que refrescarme durante las tórridas noches. Después de todo, la independencia cambiaría la India, pero no a los indios.

Ni siquiera fui plenamente consciente de lo que iba a ocurrir a mediados del mes de agosto de 1947, cuando un día recibí la orden de recoger mis escasas pertenencias y seguir a un grupo de soldados que me custodió hasta el aeródromo de Bombay. La luz del sol me cegó, no tanto por su intensidad como por su amplitud, pues en la cárcel sólo veía retazos del cielo. Otro tanto me ocurrió con la brisa caliginosa que se colaba por la ventanilla del vehículo, y que uno podía masticar como si estuviera comiendo un plato de la gastronomía local. La visión de un mar agitado de rizadas olas coronadas de espuma me recordó que existía un mundo al margen de los hombres. Todos aquellos signos, algunos llenos de incontinencia, eran la prueba de que mi vida estaba a punto de dar un nuevo giro; sin embargo, al estar anclado en el presente, era incapaz siquiera de adelantarme a los acontecimientos, de imaginar lo que me iba a deparar el futuro inmediato.

Lo primero que llamó mi atención cuando por fin pisé Inglaterra fue la ausencia de determinados colores —el índigo, los bermellones y las tonalidades azafranadas, por ejemplo—, y lo primero que solicité fue un plano para situar la prisión de Preston, en el área de St. Matthew's, en el condado de Lancashire, el lugar donde habría de cumplir el tiempo de condena que me restaba.

Todavía hoy recuerdo con suma alegría cuando me fue comunicado que el viaje desde Londres a Lancashire iba a realizarlo en tren junto con una cuerda de presos. Mientras que aquellos hombres escrutaron hasta el más mínimo detalle las posibilidades de fuga que ofrecía aquel tren, y el equipo de guardianes hizo lo propio para impedirlo, yo me concentré en lo que me ofrecía el paisaje. Me sentía como Adán hollando por primera vez el Paraíso terrenal, lejos de la realidad de aquel tren y de mi propio destino. Juro que de haber podido escapar no hubiera sabido qué hacer o dónde dirigirme, pues desde la muerte de mi padre no había vuelto a tener noticias de mi tío Henry, del que únicamente sabía que era propietario de una sidrería en el condado de Somerset.

En cualquier caso, pronto llegué a la conclusión de que la belleza natural de la India no podía compararse con la de Gran Bretaña, infinitamente más monótona y falta de emotividad. No obstante, precisamente el lugar hacia el que fui conducido era uno de los más hermosos y singulares de

Inglaterra, pues en Lancashire se encuentra el bosque de Bowland, una zona gélida de áridos páramos, valles profundos y abundante turba, donde escasean los árboles y uno tiene la impresión de haber llegado a un lugar donde la civilización se ha derrumbado y convertido en un montón de rocas del color del chocolate. De hecho, hay zonas en esta comarca que albergan antiguas y derruidas mansiones que se esconden detrás de un muro de bruma perenne.

Acabo de afirmar que de haber podido escapar no hubiera sabido dónde esconderme, pero, pensándolo mejor, me hubiera dirigido hacia el corazón del bosque de Bowland, tal vez al valle de Hodder, donde ni siquiera el diablo hubiera dado conmigo. En realidad, de alguna forma, la cárcel de Preston tenía cierto parecido con el bosque «sin árboles» de Bowland, pues se trataba de un lugar tranquilo e inhóspito que durante los primeros meses de mi estancia pasó de ser una cárcel militar a convertirse en un centro penitenciario civil. La pregunta que en esos días me hice, y que luego se formuló también mi tío Henry cuando empezó a visitarme una vez al mes, era qué diablos hacía yo en una prisión militar cuando yo no era militar y ni siquiera había sido enjuiciado por un tribunal castrense. Durante los tres años que transcurrieron hasta la muerte de mi tío, mostró una encomiable y voluntariosa determinación por sacarme de aquella cárcel, tanta que incluso puso a mi disposición un abogado de Londres para que solicitara la reapertura del juicio, pues los errores procesales de la causa eran tan evidentes que, de prosperar el recurso, sería puesto en libertad de inmediato. Al menos, eso podía desprenderse de la teoría. Desgraciadamente, el triángulo Londres-Somerset-Preston no funcionó como esperábamos, ya que el hecho de que mi juicio se hubiera celebrado en la India, que era ahora una nación soberana, dificultaba sobremanera la labor de mi abogado, que chocó de frente contra una especie de vacío administrativo que no era más que el temor que tenían nuestras autoridades a que la reapertura de mi caso pudiera provocar un incidente diplomático con ese nuevo país amigo y aliado que era la India. En enero de 1951, año de la muerte de mi tío, por tanto, mi caso se encontraba en el mismo punto que el día de mi llegada a Inglaterra, con la salvedad de que, al cambiar de régimen la prisión en la que me hallaba, me convertí en el primer preso civil de la cárcel de Preston.

Resulta curioso, pero el hecho de que dejara de creer en la justicia me hizo olvidar que se estaba cometiendo una injusticia que ya duraba más de seis años. Volví a recurrir a la anestesia del presente, a dejar que los días pasaran sin más. No era ni feliz ni desgraciado, ya que evitaba pensar en mi vida. Además, el dinero que mi tío había dejado para el abogado se agotó, y antes de permitirle a mi letrado que vendiera la sidrería que me había sido legada, opté por prescindir de sus servicios. No en vano, había cumplido más de la mitad de la condena y necesitaba un lugar donde vivir cuando quedara en libertad.

Sin embargo, el destino me tenía preparada una nueva sorpresa que vino a cambiarlo todo.

Corría el mes de noviembre de 1954 cuando el carcelero me comunicó que tenía una visita. Primero pensé en el abogado de Londres y luego en algún miembro de la familia de mi madre, de quienes no había tenido noticias desde que rompieron relaciones con mi padre. Según creía, en esa época aún me quedaba una tía viva y tres primas, pero ni siquiera había movido un dedo por ponerme en contacto con ellas, dando por hecho que, si apenas se habían preocupado por mí mientras era un niño, no iban a cambiar de parecer ahora que era un adulto y cumplía condena en una prisión. Me dirigí, pues, intrigado a la sala de visitas. Allí me esperaba un joven indio de ojos verdes y aspecto elegante (vestía un traje de franela de color gris marengo, camisa blanca y corbata de color granate), que a primera vista me resultó vagamente familiar. Antes de que tuviera incluso tiempo para preguntarle quién era y qué quería, me entregó una tarjeta de visita, donde leí:

Lewis Wilson
Abogado

Comprobé que, en efecto, el joven llevaba consigo una cartera de piel y me dispuse a escrutar su rostro como si acabara de ver un fantasma.

—Me llamo Lewis Wilson y estoy interesado en su caso —se presentó.

Oír la voz de Lewis Wilson brotar de la garganta de aquel joven de piel atezada me hizo retroceder un paso.

—Mi caso se resolvió hace más de diez años —pude decir al fin.

—Lo sé. He estudiado todo el proceso a fondo. Incluso lo he elegido como tema para mi tesis doctoral en la Universidad de Cambridge. Sé que era amigo de mi padre y que usted no lo mató. Me lo ha contado mi madre.

—¿Su madre? —logré balbucir a duras penas.

—Lalita Kadori. Sé que la conoce y que las cosas entre ustedes no acabaron demasiado bien.

De pronto fue como si me hubiera sumergido de nuevo en las aguas del Ganges, el día que caí de la barca del marajá Birendra, a punto de ahogarme y rodeado de cadáveres que flotaban hinchados como globos, pero atados a pesadas piedras que descansaban sobre el fondo cenagoso.

—Siempre me dice que usted no fue más que una víctima de un plan que pretendía acelerar el proceso de independencia de la India, en el que ella desempeñó un papel relevante —añadió.

Conforme avanzaba la conversación, los rasgos del joven parecieron animarse, como si la elocuencia lograra dotarlos de vida. En este punto, me dejó estupefacto comprobar que Lewis Wilson Jr. arqueaba las cejas de manera idéntica a como lo hacía su padre, y que poseía la misma mirada húmeda dentro de unos ojos de largas pestañas.

—Sí, yo era amigo de tu padre, pero ni siquiera sabía que tuviera un hijo con Lalita Kadori —admití.

¿Cuánto tiempo llevaba sin pronunciar aquel nombre?, me pregunté. De nuevo sentí una sacudida en el estómago.

—Nací en 1933. Cumpliré veintidós años dentro de dos meses y medio. Me crié en Bombay, en casa de mis abuelos maternos. Ya sabe cómo eran las cosas en la India por aquel entonces, así que mis padres no pudieron darle mucha publicidad a mi nacimiento.

¿Acaso Lalita Kadori no me había descrito la relación que mantenía con sus padres como de inexistente? ¿No había inventado el valle de las chimeneas mágicas precisamente para encontrar el afecto que supuestamente le era negado en su casa? ¿Por qué entonces había dejado a su hijo a cargo de sus padres? Era evidente que también en eso me había mentido.

—¿Qué es lo que quieres de mí? —le pregunté al joven.

—Sacarle de aquí —me respondió.

—Dentro de dos años seré un hombre libre, si es que eso es posible —le hice ver.

—No tiene que esperar tanto. Yo puedo ayudarle.

—¿Por qué quieres ayudarme?

—Porque usted era amigo de mi padre, y también porque sé el daño que le ha hecho mi madre.

—El daño que me ha hecho tu madre no es comparable al que le hizo a tu padre. Ella es la única persona que sabe quién acabó con su vida.

—Lo sé, pero se niega a darme su nombre. Asegura que el asesino de mi padre lleva tiempo pudriéndose en el infierno, y que saber eso ha de bastarme.

—Pero no te basta.

—No, no me basta —reconoció.

—Tal vez fue ella. Siempre he barajado esa posibilidad —dije.

—No, no fue ella, porque cuando se lo sugerí me dijo que en ese caso me lo hubiera dicho. Mi madre amaba a mi padre. Por alguna razón quiere que olvide el pasado, que no mire atrás. Dice que ella es el pasado y el presente, y yo el futuro, un futuro que no existía hasta que la India pasó a ser una nación soberana.

—A tu madre siempre le ha gustado jugar con los tiempos verbales. Pero has de saber que fue ella quien me robó el arma y disparó contra su alteza real el marajá.

—Soy plenamente consciente de que fue así. Ella misma me lo confesó todo cuando empecé a interesarme por su caso. Sé también que las cartas y todo lo demás que encontraron en su poder eran pruebas amañadas. Unos días más tarde, cuando hube digerido su confesión, le pregunté qué había sentido al cometer su crimen. Me respondió que no había sentido nada porque no había sido ella quien había disparado contra el marajá, sino la India.

—Y tú la creíste y la perdonaste.

—En cierto sentido, mi madre representa, en efecto, a la nueva India. Se ha convertido en una alta funcionaria del gobierno de Pandit Nehru. Siempre he pensado que su crimen salvó muchas vidas.

—Si piensas eso de todos los criminales a los que tengas

que representar en un futuro, serás un buen abogado —observé.

—Entiendo su rencor, incluso comprendo que quiera desfogarse conmigo. No me importa. Insúlteme.

—No tengo dinero para pagar a un abogado —me desmarqué.

—Usted le extendió un cheque a mi madre por un importe de tres mil quinientas libras, que ella nunca le devolvió. Yo pagaré su deuda haciéndome cargo de su caso.

Ahora los ojos del joven resplandecieron como los de Lewis un instante antes de anunciarme que me había vuelto a ganar a las cartas.

—Veo que has pensado en todo.

—Desde el punto de vista procesal, su juicio es una chapuza. Además, creo que tengo en mi poder nuevas pruebas que lo exculpan.

—¿Nuevas pruebas?

—Mi madre me ha pedido que le entregue una carta. Creo que se trata de una especie de confesión —dijo al tiempo que abría su cartera de abogado y sacaba un voluminoso sobre.

El corazón me dio un vuelco al reconocer mi nombre escrito con la misma letra de las cartas que habían aparecido en mi casa diez años atrás.

—La última vez que tu madre me escribió una carta, acabé en la cárcel —le hice ver.

—Esta carta es distinta.

Agarré el sobre y me sorprendió cuán voluminoso y pesado era.

—También va alguna foto —añadió—. Ahora tómese su tiempo para leer la carta. Yo regresaré mañana.

15

Estimado Henry:

Lo primero que se me viene a la cabeza es cuán tarde se ha hecho para que esta carta tenga sentido, pero he de reconocer que no la escribo con el propósito de pedirle perdón o de reconciliarme con usted, sino para calmar mi conciencia. Estoy gravemente enferma (Lewis no lo sabe, evite decírselo, se lo ruego) y, según los médicos, me quedan aproximadamente seis meses de vida, así que es un impulso egoísta el que me lleva a irrumpir de nuevo en su vida. Sin embargo, para serle del todo sincera, ha sido Lewis quien ha terminado removiendo de nuevo todo este asunto. Como ya le habrá contado, acababa de finalizar sus estudios de Derecho en la Universidad de Cambridge y allí, gracias a la ayuda de no sé qué profesor, tuvo acceso a los pormenores de su caso. Al principio le rogué que lo dejara estar, que remover aquellas aguas después de tanto tiempo acabaría enturbiando nuestros corazones de nuevo, pero ya sabe lo impulsivos que son los jóvenes, así que persistió en su empeño, pues no en vano su caso era también el de su padre. Creo que siempre le quedó la duda de si fue usted quien lo ejecutó en la selva, siempre quiso preguntárselo a la cara, a pesar de que yo le he dicho en multitud de ocasiones que usted no tuvo nada que ver. Es evidente que sé quién mató a Lewis aquella tarde, pero no es un asunto que le incumba a un muchacho sano con un futuro más que prometedor. En estos diez años, la India ha empezado a sufrir una transformación como no había conocido a lo largo de su historia, y esta nueva India requiere de jóvenes como Lewis, que no estén contaminados por los pecados que cometimos en el pasado.

Como ya sabe, conocí a Lewis siendo una devadasi, aunque de manera diferente de como le conté. Las muchachas de mi templo disponíamos de nuestros propios pisos en Bombay, donde celebrábamos veladas musicales para nuestros clientes. Fue en una de estas veladas, a comienzos de 1932, cuando conocí a Lewis. Yo aún no había cumplido los quince y él tenía más de treinta y cinco, a pesar de lo cual surgió el amor entre ambos. Lewis repitió sus visitas durante los cuatro meses y medio que estuvo cazando por Baroda y otros reinos cercanos a Bombay. Fruto de aquellos encuentros, quedé embarazada del pequeño Lewis, que vino al mundo a finales de enero de 1933. Cuando se promulgó la Ley Devadasi de 1934, pude abandonar definitivamente la disciplina del templo, y Lewis y yo nos veíamos allí donde el trabajo nos reunía. El pequeño Lewis seguía siendo un secreto, pues, como decía Lewis, «la sociedad británica no estaba preparada para aceptar la relación de uno de sus miembros con una nativa, que, para colmo, no era más que una cría de quince años». Siempre he defendido, y lo seguiré haciendo hasta que exhale mi último aliento, que es intolerable el régimen de matrimonios concertados que desde tiempo ancestral impera en nuestro país; sin embargo, no creo que el amor tenga edad cuando es voluntario y verdadero, y ése fue mi caso para con Lewis. Desgraciadamente, pertenecíamos a mundos enfrentados, con lo que nuestra relación resultaba de todo punto frustrante. Creo que esta circunstancia hizo que el carácter de Lewis cambiara, que desarrollara cierta inquina hacia la sociedad a la que pertenecía, de la que, en parte, se vengaba conquistando a las mujeres que mejor la representaban. En cierto sentido, y sin negar que Lewis fuera por naturaleza un mujeriego impenitente, poner patas arriba la vida de aquellas damas inglesas era una forma de venganza, un lenitivo que le servía para calmar el odio que sentía por aquel mundo hipócrita e impostado. ¿Que cómo llevaba yo los devaneos de Lewis? He sido una prostituta la mayor parte de mi vida, de modo que siempre he sabido ponerme en el papel del otro. Imagino que ahora mismo discrepará de mí, teniendo en cuenta que me aproveché de usted sin tomar en consideración sus sentimientos. Claro que no lo hice por un motivo espurio, sino por una causa superior: la independencia de la India.

No recuerdo cuándo ocurrió, pero un día, años más tarde, descubrí que Lewis simpatizaba con los nacionalsocialistas alemanes, para quienes los indios formábamos parte de la familia de la raza aria. Al no llevar una vida en pareja propiamente dicha, no puedo darle detalles de cómo se produjo la deriva ideológica de Lewis, pero el día en que Gran Bretaña le declaró la guerra a Alemania, arrastrando a la India de camino, aseguró desear con todas sus fuerzas la victoria de Hitler. Lewis estaba convencido de que la democracia, permisiva y laxa en cuanto a sus propios mecanismos de control, sería engullida por el comunismo, y que el fascismo era el único medio eficaz para frenar el avance de los bolcheviques por el mundo. Si se para a reflexionar un instante, se dará cuenta de que estas ideas casan a la perfección con las vertidas por John Amery en el libro que fue encontrado en su casa y que sirvió de prueba para insinuar su posible vinculación con los movimientos fascistas británicos. Sí, Lewis era el propietario de ese libro. Nadie se percató, pero al ejemplar que fue encontrado en su casa le faltaba una página, donde figuraba una dedicatoria y la rúbrica del propio Amery, quien le hizo llegar el ejemplar desde Vichy. Desconozco si está al tanto de los pormenores de su juicio, pero su abogado presentó durante la vista un segundo ejemplar que el propio Lewis había entregado a ciertos miembros del club de Jay Town que, como él, eran fervientes anticomunistas y comulgaban con las ideas de Amery. Le aseguro que la aparición de aquel libro fue el desencadenante para que el tribunal no se cebara con usted, puesto que, de haberlo hecho, hubiera tenido que iniciar una investigación de imprevisibles consecuencias que hubiera puesto en entredicho los valores democráticos y patrióticos de muchos de los miembros más destacados de la sociedad británica en Jay Town. Es obvio que, al final, unos y otros, nacionalistas y británicos, optamos por encontrar una solución a su caso que satisficiera a ambos bandos. Desde luego, el hecho de que diera un paso al frente ante las acusaciones que se cernían sobre usted nos hizo cambiar de planes, improvisar. No podíamos permitir que tomara parte activa en su juicio, pues era imprescindible que el mensaje llegara claro y nítido a los príncipes: «Los ingleses no son de fiar y su tiempo en la India ha pasado. Cuando todo esto acabe, tendrán que negociar con nosotros, pues seremos nosotros quienes gobernaremos la India de la postguerra.» Basak y otros miembros del Partido del Congreso pensaban que lo mejor era eliminarle; sin embargo, tanto Mendes como yo comprendimos que si lográbamos una condena no demasiado dura de parte del tribunal, el mensaje que queríamos trasladarles a los príncipes se reforzaría, pues interpretarían el veredicto como un acto de connivencia, de corporativismo. «Ahora que el barco se hunde, los ingleses se protegen los unos a los otros. DEFINITIVAMENTE ESTAMOS SOLOS.»

Pero creo que me estoy adelantando a los acontecimientos.

Conforme Lewis se fue reafirmando en su compromiso de ayudar a Alemania a ganar la guerra, empezó a reunirse con los miembros más radicales del Partido del Congreso, quienes no desdeñaban una alianza estratégica con el Tercer Reich y, posteriormente, con Japón, que les permitiera expulsar a los británicos de la India. Casi sin quererlo, yo misma empecé a asistir a las reuniones que Wilson celebraba con esos hombres allí donde era invitado a cazar. Había sido entrenada como una geisha para entretener y satisfacer a los hombres, pero esa misma preparación había hecho de mí una mujer adelantada a su tiempo. No sólo sabía recitar, sino también leer entre líneas y con profundidad. Leer a Tagore, por ejemplo, me hizo comprender mucho mejor el mundo en el que vivía y la necesidad de transformarlo. Leer me hizo ser consciente de mi propia existencia, y nadie que adquiera ese don vuelve a ser la misma persona. No estoy tratando de justificar mis actos posteriores, pero una vez que fui capaz de unir mi existencia a la de mi país, la India tomó posesión de mí en el más amplio sentido de la palabra. ¿Recuerda las noches en las que hablamos del valle de las chimeneas mágicas? Pues gracias a Tagore y a los miembros del Partido del Congreso entendí que semejante lugar podía materializarse si todos dábamos lo mejor de nosotros mismos. ¡El valle de las chimeneas mágicas podía convertirse en un lugar real! Así las cosas, conforme fui interesándome por los asuntos que tenían que ver con la guerra, comprendí que, a pesar de que las guerras son devastadoras y diezman a los pueblos, son los períodos en los que las mujeres logran mayores cotas de libertad, autonomía y reconocimiento. Había ocurrido en la Gran Guerra del 14 y estaba ocurriendo en ésta también. Es decir, la guerra no sólo iba a traer la independencia a la India, sino también nuevos derechos para las mujeres. ¿Por qué entonces no tomar parte en la acción política, por qué no aprovechar la coyuntura favorable para convertirme en la voz de los millones de mujeres sin voz?

En 1939, una vez que el gobernador general de la India involucró a la India en la Segunda Guerra Mundial, Chandra Bose fundó el Bloque de Avanzada, lo que despertó el interés de Lewis, para quien Gandhi y Nehru practicaban una política equivocada con respecto a Gran Bretaña. Para expresarlo con pocas palabras, Lewis creía que la capacidad de desobediencia de los nacionalistas era inversamente proporcional a la capacidad de resistencia de los británicos, con lo que, salvo que Gran Bretaña perdiera la guerra, el statu quo no cambiaría. En este punto, los destinos de Chandra Bose y Lewis Wilson se cruzaron. Bose pidió ayuda a Hitler, y Lewis se convirtió en el hombre de Amery en la India, a quien se le encargó la misión de captar simpatizantes dispuestos a enrolarse en el Britisches Freikorps, la Legión Británica de las SS.

Cuando Bose recaló en Birmania para dirigir desde allí al Ejército Nacional Hindú, Lewis cruzó la frontera de Jay y se reunió con él en la selva. Al final de este documento encontrará una fotografía que ilustra este encuentro secreto. En esa reunión se confeccionó un plan que permitiera financiar al ejército de Bose desde la India y la necesidad de obligar a los más de quinientos príncipes nativos a cambiar de aliados. La idea de que fueran los propios príncipes quienes aportaran joyas aseguradas por compañías de seguros británicas cobró pronto fuerza. Una vez reunidas las joyas, éstas serían llevadas hasta Birmania y entregadas a Bose por el propio Lewis. El problema surgió cuando Bose y Wilson se dieron cuenta de que simular los robos para hacer desaparecer las joyas y reclamar las correspondientes indemnizaciones iba a suponer que un elevado número de personas estuvieran implicadas, por lo que decidieron eliminar a los intermediarios, a los correos. El mensaje que los príncipes tenían que recibir era que, una vez puesto el plan en marcha, ya no había vuelta atrás. Había personas que estaban siendo sacrificadas, y no dudaríamos en sacrificarlos a ellos también.

Una vez que esa parte del plan estuvo confeccionada, Lewis ideó ponerle la guinda al pastel, es decir, hacer recaer las culpas de los robos en un británico, con lo que la confianza que los príncipes tenían depositada en ustedes como garantes de sus privilegios quedaría seriamente dañada. Es decir, cinco príncipes entregarían las joyas voluntariamente, luego denunciarían el robo de las mismas, que recaería sobre un británico —usted—, con lo que el resto de príncipes empezarían a desconfiar de ustedes.

A regañadientes, Basak y los líderes del Partido del Congreso aceptaron tomar parte en el plan, pues a la larga pensaron que, en caso de que las cosas salieran como estaban planeadas, Bose se convertiría en el líder indiscutible de la India de la mano de los japoneses. No en vano, Basak y los suyos conocían el predicamento que Bose tenía entre las bases del Partido del Congreso, habida cuenta de que Chandra Bose había sido el único líder que había logrado derrotar a Gandhi en unas elecciones. Por no mencionar que, para la mentalidad japonesa, Gandhi era, digámoslo así, un tipo exótico.

Pero imagino que se habrá dado cuenta de que estoy omitiendo deliberadamente un hecho que, a la postre, marcó el devenir de los acontecimientos. Me refiero a la muerte de su alteza real el marajá Hiresh Singh.

Ni en los planes de Bose ni en los de Lewis estaba que el príncipe muriera.

Como usted sabe, su alteza y Lewis mantenían una enconada enemistad que tenía su origen en la caza. Lewis era uno de los mejores cazadores de la India, un deportista que cazaba al acecho, desplazándose a pie por la jungla y con un viejo «Henry» cuya precisión era harto dudosa a partir de los doscientos metros. Ésa era su forma de entender la caza y también su manera de poner de manifiesto que era mejor cazador que el resto. Su alteza real el marajá, en cambio, cazaba a lomos de un elefante, rodeado de una corte de ahuyentadores y portando los más modernos rifles. Pero había otro aspecto de la vida de ambos en el que también competían: las mujeres. He de reconocer que tal vez pecamos de imprudentes, pero la privilegiada situación del reino de Jay hacía imprescindible la participación de su alteza real en nuestros planes, pues, al ser insalubre la jungla que unía Jay con Birmania, estaba menos vigilada. Luego aparecí yo y la situación se complicó sobremanera. Su alteza exigió como condición para tomar parte en nuestros planes que yo me convirtiera en su amante. Tuve (o, mejor debería decir, tuvimos) que aceptar, pues las joyas de Patiala, Gwalior, Rampur y Mysore ya estaban en nuestro poder y había que sacarlas del país para entregárselas a Bose.

Con motivo del *durbar*, su alteza retó a Wilson a salir a cazar juntos al acecho y con el mismo rifle, ya que quería demostrarle que era tanto o más diestro que él en esta modalidad de caza. De esa forma quedaría zanjada la polémica sobre cuál de los dos era mejor cazador. En un primer momento, Wilson se resistió a aceptar la propuesta de su alteza, pero sabía que, en caso de negarse, éste ordenaría que no le fuera renovada la licencia para cazar en Jay. Wilson propuso entonces esperar hasta que se hubiera resuelto el asunto de las joyas, y le hizo llegar a su alteza uno de sus «Henrys» para que fuera practicando. En realidad, lo que Lewis pretendía al enviarle uno de sus viejos rifles al marajá era que su alteza desistiera cuando comprobara de primera mano la dificultad que entrañaba el manejo de un viejo «Henry», máxime cuando había que dispararlo a pie y a una distancia de la fiera que no superara los ciento cincuenta metros. Sin embargo, los planes de su alteza real eran otros. No empleó el «Henry II» para hacer prácticas de tiro, sino para asesinar a Lewis y al valet. ¿Que por qué disparó su alteza contra Lewis? Nunca lo sabremos con certeza. Lo cierto fue que las joyas de los marajás de Patiala, Mysore y Gwalior y del nawab de Rampur se volatilizaron, nunca cruzaron la frontera y, en consecuencia, jamás llegaron a manos de Bose. El plan de su alteza, no obstante, había pasado por alto un detalle: desconocía que Wilson y yo fuéramos amantes y, en consecuencia, que yo estuviera al tanto de que éste le había enviado el «Henry II». Pero no fue el único error que cometió su alteza, puesto que después de perpetrados los crímenes le entregó a usted el «Henry II», sabedor de que el juego de joyas de su propiedad que había cedido para «nuestra causa» iba yo a depositarlo en su casa antes de dar parte a la policía con el fin de incriminarlo. De esa forma, según el plan de su alteza, las sospechas sobre las muertes de Wilson y del valet recaerían también sobre usted. Entre usted y yo, el plan del marajá era el de un idiota que vive preso de la soberbia, pues pensaba engañarnos a todos, a ustedes los británicos y a nosotros los nacionalistas. ¿Verdad que se está preguntando qué razón podía tener uno de los hombres más ricos de la India para robar unas joyas que habían sido robadas previamente y que estaban destinadas a sufragar al Ejército Nacional Hindú? La razón es: ninguna. El robo de las joyas era algo secundario. Lo importante de aquel golpe era acabar con Wilson, a quien su alteza odiaba con todo su corazón, pues los triunfos de Lewis eran su fracaso, primero la caza, luego las mujeres y, por último, el protagonismo en la acción política, en la formación de la nueva India. Como sabe, Lewis recibió la máxima condecoración del reino después de acabar con el último «devorador de hombres» que había actuado en Jay, lo que había provocado que se convirtiera en una leyenda viva. El *Angrezi Bahadur*, el «inglés valiente», lo llamaba la población. Así las cosas, su alteza vio en nuestro plan una oportunidad para «destronar» a Lewis, para acabar con él. Después de asesinar a Wilson y al valet, dejó los cuerpos a merced de un tigre para convertir al animal en el nuevo «devorador de hombres» de Jay, al que podría cazar y, de esa forma, reemplazar a Lewis Wilson en el olimpo de los cazadores de «devoradores de hombres». No olvide que su alteza era un dios, y en su condición de tal no podía permitirse que un mortal como Lewis Wilson le ganara la partida. Wilson, sin quererlo, se había convertido en el antagonista del marajá. Claro que se trata de una mera suposición, puesto que ni siquiera le permití explicarse cuando lo ejecuté con su pistola. Recibí la orden de acabar con él y lo hice sin que me temblara el pulso. No sólo nos había traicionado, sino que, además, me había arrebatado al único hombre que he amado de verdad en mi vida.

Ya ve, en un principio, nuestros planes no contemplaban

«colgarle» un crimen, pero una vez que su alteza actuó como lo hizo, ¿qué otra cosa podíamos hacer? Hiresh Singh nos la jugó robando las joyas y asesinando a Lewis, de modo que no nos quedó otra salida que atribuirle a usted su muerte.

En cuanto al paradero final de las joyas, nunca más se supo de ellas, aunque las malas lenguas aseguran que pasaron a formar parte de la colección de joyas de la familia Singh. Lo más probable es que su heredero las desmontara para que no fueran reconocidas. Como imagino que sabrá, los marajás y nawabs fueron perdiendo sus privilegios a raíz de la independencia de la India. Muchos de ellos prefirieron instalarse con sus familias en el extranjero, donde sobreviven vendiendo las joyas que lograron poner a salvo antes de que las nuevas autoridades pudieran actuar.

Créame si le digo que el destino jugó en su contra, dando lugar a situaciones que sólo podían atribuírsele al azar o la casualidad. Le pondré un ejemplo. De la misma manera que fuimos incapaces de imaginar que su alteza real tuviera la intención de asesinar a Lewis, tampoco sabíamos que yo figurara en su testamento como única beneficiaria. Luego usted se empeñó en comprarme el bungalow que acababa de heredar, con lo que puso en mis manos una nueva prueba que lo vinculara conmigo. Incluso rellenó un cheque de su puño y letra que yo ni siquiera le había pedido. Lo cierto era que aquel cheque iba a servir de complemento perfecto para reforzar los textos que aparecían en las cartas que dejé en su casa. En más de una ocasión me he preguntado qué razones le movieron a entregarme el cheque aquella noche, cuando lo normal hubiera sido que me lo diese una vez hubiéramos formalizado la transacción que usted me proponía. Claro que en otras ocasiones fuimos nosotros quienes provocamos al destino. El propio Lewis se encargó de manipular su coche con el fin de que le dejara tirado en la carretera que unía Jay Town con el palacio de la Luz Lunar. ¿Recuerda que una vez echó mano de un adagio de su tierra para referirse a la confusión que sentía con respecto a lo que estaba ocurriendo? Pues dio en el clavo. «El demonio está —estaba— en los detalles.»

Pero me temo que mi discurso está adquiriendo un tono demasiado cínico.

Humildemente, le pido disculpas.

LALITA KADORI

Posdata: Le adjunto una fotografía de Lewis Wilson en compañía de Subhas Chandra Bose a primeros de 1944 en la selva birmana, y también una declaración inculpatoria de mi participación en el asesinato de su alteza real el marajá Hiresh Singh.

La fotografía de Wilson con Chandra Bose no era de muy buena calidad. Se veía a dos hombres vestidos con uniformes caquis y las cabezas tocadas por sendos sombreros de tamujo, con la espesa jungla birmana a las espaldas. Pero la instantánea había sido tomada a demasiada distancia, así que me costó identificar a Wilson. En realidad, aquel hombre podía ser cualquier británico. La figura de Bose, un hombre de mentón ancho y pronunciado y gafas de gruesa montura, en cambio, se reconocía más fácilmente.

Por último, le eché un vistazo a la declaración de Lalita Kadori, donde la bailarina, en efecto, se declaraba responsable del asesinato de su alteza real el marajá Hiresh Singh.

Aún hoy soy incapaz de expresar con palabras lo que sentí cuando terminé de leer aquella carta. Recuerdo que experimenté la sensación de estar leyendo una carta que no iba dirigida a mí, como si el motivo que me había llevado a la cárcel no tuviera que ver con lo que allí se explicaba, con Lalita Kadori, con Lewis Wilson o con los miembros del Partido del Congreso. En cierta manera, hacía tiempo que había aprendido a resignarme, incluso a encontrarle sentido a todo lo ocurrido. Me había autoconvencido de que los años que llevaba en la cárcel eran mi contribución a la independencia de la India, como si mi concurso en ese proceso fuera necesario. De hecho, sentía un mayor resquemor hacia mi propia gente, hacia la justicia británica que hacia los indios. Gran Bretaña no había hecho nada para ayudarme; al contrario, me había arrinconado como se hace con los muebles viejos. Mi país (al que había idealizado desde pequeño) me había sacrificado en aras de una mentira interesada o conveniente, da igual el adjetivo, y eso era algo que no podía olvidar, incluso cuando me aferraba al presente como si no tuviera nada por delante o por detrás. La India se convirtió de pronto en un tema incómodo para el Reino Unido, con lo que mi caso pasó a ser un asunto embarazoso que la burocracia se encargó de ocultar. Me convertí en un expediente sobre el que siempre había otro expediente. Hay daños que llegados a un punto se tornan irreversibles, por cuanto que resultan devastadores para quien los padece, de modo que ni siquiera el hecho de que me pudieran conceder la libertad como consecuencia de la declaración de Lalita Kadori me servía de consuelo. Simplemente, era demasiado tarde. La dignidad me había sido arrebatada para siempre y, en consecuencia, jamás volvería a ser libre. Por no mencionar que la libertad se había convertido para mí en una abstracción más próxima a un debate filosófico que a la realidad.

Durante toda la mañana aguardé a Lewis Wilson como si fuera a enfrentarme a Lalita Kadori en un cara a cara después de tantos años, pero en cuanto se sentó enfrente de mí comprendí que aquel joven bien parecido y entusiasta nada tenía que ver conmigo. Podía quizá simbolizar muchas cosas, pero los símbolos no son culpables de nada por sí mismos.

—¿Y bien? —me preguntó después de examinarme con la mirada.

—Digamos que, en efecto, tu madre reconoce su crimen. La carta incluye una declaración autoinculpatoria de su puño y letra.

—Mi madre cree que no estoy al tanto de lo que le ocurre, pero sé que está muy enferma —admitió—. Lo he sabido desde que contrajo la enfermedad. De modo que si estoy aquí, no es sólo por mí, sino también por ella. Sé que al tomar yo la iniciativa le he dado la oportunidad de hacer examen de conciencia.

—Es extraño, pero me siento tan ajeno a mi propia historia que ni siquiera soy capaz de odiar a aquellos que me hicieron daño. Aunque siempre he sentido el deseo de preguntarles a esas personas, a tu madre, si actuaron por odio. Desgraciadamente, este extremo no queda claro en la carta que me entregaste ayer —expuse.

—Sinceramente, aun a riesgo de equivocarme, creo que se trataba simplemente de un trabajo que había que hacer bajo unas circunstancias concretas. El odio es un sentimiento más complejo y destructivo de lo que parece a simple vista, y es contrario al sentido del deber que ha de acompañar toda acción bélica o revolucionaria.

—Sí, tal vez tengas razón, todos tratábamos de cumplir con nuestro deber, con independencia de que lo hiciéramos en bandos distintos. Me tendieron una trampa o, mejor dicho, me dejé engañar cuando mi deber era mantenerme alerta. Quizá las autoridades tengan razón y merezca el castigo de estar encerrado. Fallé, fracasé, y mi fracaso tuvo consecuencias.

—Tendrá que firmarme estos papeles si acepta que le represente.

—¿Qué sucederá con tu madre? —le pregunté.

—Será llamada a declarar, pero como está muy enferma lo hará desde la India. Luego morirá y en su próxima reencarnación pagará por los crímenes que ha cometido en esta vida.

—Me pregunto cómo explica su religión un caso como el mío. ¿Acaso estoy pagando en esta vida los crímenes que cometí en una existencia pasada? En cualquier caso, lo que su religión evidencia es que la vida de la mayoría de las personas es un lamentable y vergonzoso fracaso.

Lewis Wilson Jr. encogió los hombros al tiempo que sonreía dejando a la vista unos dientes redondos como perlas y blanco esmalte, idénticos a los de su madre. Luego, cuando la sonrisa se hubo borrado de su rostro, dijo:

—Bueno, señor Masters, la vida es, ante todo, una fatalidad.

Cuando el joven se marchó, me invadió una extraña sensación de vacío, como si me estuviera desangrando por dentro. Luego tomé la foto de Lewis Wilson en compañía de Chandra Bose y la rompí en mil pedazos. Si aquel gesto tenía algún significado, habría de descubrirlo en mi próxima vida, cuando pagara los pecados de ésta.

16

El día 22 de diciembre de 1954 compré un billete de segunda y tomé en Preston el tren procedente de Glasgow que se dirigía a Londres. Mi plan pasaba por arreglar el papeleo en el despacho del abogado que se había hecho cargo de la propiedad de mi tío después de su muerte y dirigirme a continuación hasta el condado de Somerset. Me arrellané en mi asiento y me puse a leer el *Times*, donde una breve nota daba cuenta de mi puesta en libertad. Curiosamente, se decía que yo era un hombre con suerte, pues si bien ahora había quedado libre gracias a un nuevo testimonio, en su día me había librado de caer en manos de Albert Pierrepoint, el verdugo más famoso de Gran Bretaña, quien, entre otros, había asistido a John Amery cuando éste fue ejecutado acusado de traición en la prisión de Wordsworth.

Pasé la hoja como si estuviera cerrando la puerta de mi pasado. Entonces, mis ojos se detuvieron en una noticia fechada en Montecarlo que decía que el nuevo director general de la casa Lloyd's, el señor Harold McLeod, había declarado que su compañía no abonaría el importe correspondiente a la póliza de la joya conocida como la «Flor Blanca del Himalaya», pues disponía de pruebas que demostraban que la mencionada gema no había sido robada, tal y como aseguraba su propietario, el ex marajá de Jay Hiresh Singh II, sino enajenada por su dueño, a quien calificaba como el «mejor y más desafortunado cliente del casino monegasco». Además, el señor Harold McLeod declaraba que el ex marajá de Jay, Hiresh Singh II, era sospechoso de haberse desprendido de las joyas de los marajás de Gwalior, Mysore y Patiala y del nawab de Rampur, que habían sido robadas más de diez años atrás en la India, y que estaban aseguradas por la compañía Lloyd's. El señor McLeod, según la noticia, creía conocer el paradero de algunas gemas procedentes de las mencionadas joyas, que, tras ser desengarzadas, habían sido de nuevo montadas en otras piezas. Por su parte, el abogado del ex marajá, el señor Sabal Mendes, prometía litigar contra la compañía que dirigía el señor McLeod hasta las más altas instancias.

—¡De modo que el sucesor de Hiresh recibió las joyas robadas en herencia y ahora se las ha jugado a la ruleta! ¡Y tiene como abogado a Sabal Mendes! ¡Vaya con el viejo McLeod! —exclamé en voz alta, al tiempo que sonreía.

—¿Decía algo, señor? —se interesó mi compañero de viaje, un joven de aspecto tan parecido al mío veinticinco años atrás que, por un instante, creí estar conversando con mi propia conciencia.

—Sí, he dicho que el demonio está en los detalles.

—Por supuesto, señor, el demonio está en los detalles —me respondió el joven, convertido en la voz de mi conciencia.

Luego me centré en buscarle nombre a la propiedad que estaba a punto de recibir. El nombre que elegí ya lo imaginan ustedes: *El valle de las chimeneas mágicas*.

NOVELAS GALARDONADAS
CON EL PREMIO PLANETA
—

1952. *En la noche no hay caminos.* Juan José Mira

1953. *Una casa con goteras.* Santiago Lorén

1954. *Pequeño teatro.* Ana María Matute

1955. *Tres pisadas de hombre.* Antonio Prieto

1956. *El desconocido.* Carmen Kurtz

1957. *La paz empieza nunca.* Emilio Romero

1958. *Pasos sin huellas.* F. Bermúdez de Castro

1959. *La noche.* Andrés Bosch

1960. *El atentado.* Tomás Salvador

1961. *La mujer de otro.* Torcuato Luca de Tena

1962. *Se enciende y se apaga una luz.* Ángel Vázquez

1963. *El cacique.* Luis Romero

1964. *Las hogueras.* Concha Alós

1965. *Equipaje de amor para la tierra.* Rodrigo Rubio

1966. *A tientas y a ciegas.* Marta Portal Nicolás

1967. *Las últimas banderas.* Ángel María de Lera

1968. *Con la noche a cuestas.* Manuel Ferrand

1969. *En la vida de Ignacio Morel.* Ramón J. Sender

1970. *La cruz invertida.* Marcos Aguinis

1971. *Condenados a vivir.* José María Gironella

1972. *La cárcel.* Jesús Zárate

1973. *Azaña.* Carlos Rojas

1974. *Icaria, Icaria...* Xavier Benguerel

1975. *La gangrena.* Mercedes Salisachs

1976. *En el día de hoy.* Jesús Torbado

1977. *Autobiografía de Federico Sánchez.* Jorge Semprún

1978. *La muchacha de las bragas de oro.* Juan Marsé